走向烤鸭店

柏川 著

山西出版传媒集团　北岳文艺出版社
·太原·

图书在版编目(CIP)数据

走向烤鸭店 / 柏川著. —太原:北岳文艺出版社,2023.4
ISBN 978-7-5378-6687-3

Ⅰ.①走… Ⅱ.①柏… Ⅲ.①中篇小说—小说集—中国—当代②短篇小说—小说集—中国—当代 Ⅳ.①I247.7

中国国家版本馆CIP数据核字(2023)第025744号

走向烤鸭店 柏川著

//

出 品 人 郭文礼	出版发行:山西出版传媒集团·北岳文艺出版社 地址:山西省太原市并州南路57号 邮编:030012
选题策划 高海霞	电话:0351-5628696(发行部)　0351-5628688(总编室)
责任编辑 高海霞	传真:0351-5628680 印刷装订:山西新华印业有限公司
书籍设计 张永文	开本:787 mm×1092mm　1/32 字数:224千字　印张:10.75 版次:2023年4月第1版
印装监制 郭　勇	印次:2023年4月山西第1次印刷 书号:ISBN 978-7-5378-6687-3 定价:48.00元

本书版权为本社独家所有,未经本社同意不得转载、摘编或复制

"个体"与"女性"的生活自白录（他序）

金春平

当个体化写作成为当前文学创作的总体法则，一切在个体化名义之下获得艺术合法性的同时，开拓个体化的多维艺术探索，就成为个人重新建立与生活、与文学的一种努力。柏川的小说有着非常鲜明的个体化风格，它不再完全依靠小说的虚拟、叙事或想象营造小说的情境，而是将散文甚至诗歌的情绪融入小说的动作线当中，形成一种心理流动化的小说结构和小说形态。虽然我们可以将这种风格追溯至普鲁斯特等西方意识流经典流派，但柏川的小说更多的是去"造镜化"的本真写作。她将自己深隐的生活体验、人格多面、心灵诉求、情感体悟，艺术化地融进小说人物当中，让人物在情绪化的生活场景中，获得自我表达的"自由"。实景、记忆、器物、情感，都在作者自由但又节制的小说调动中，获得略带自然而野蛮地生长。因此，在她的小说当中，时间和空间都是极其滞缓甚至是静止的，但这个时空当中却囚禁着一个经历着婚姻之殇和情感之挫的女性的心灵奔突。可以说，柏川的小说，不是依靠文学的物质外壳来经营和呈现自己。那种过于雕琢的"匠心"在她看来显得虚伪而做作，而她更多依靠的是自我对自我的再造。在获得充分言说权力和心灵释放的同时，她开始对生活、对世界、对外在进行有意识的对抗，包括和男性、记忆、生活、情感、理性、庸常，并在这种对抗当中逐步完成了自我的确立，也构建起以个人把控生活的自信。也由此，柏川的情绪流的个人化写作，完成了对个人"心理真实"和"情感真实"的呈现，雕刻出人到中年的女性代际所正在经历的"心灵伤痕"。

柏川的小说聚焦于当代人的理想褪色和心灵漂泊，并在这种晦暗当中努力寻找自我救赎的可能。无论是《月照西邻》《走向烤鸭店》，还是《赶鸟》，女主人公都经历着爱情和婚姻的危机。相濡以沫的婚姻却在不知不觉中走向终结，曾经的挚爱在生活的诱惑当中不再是自己的情感港湾，不经意的旧情和表白却引发了猜忌和杀戮的生活惨剧。不仅如此，柏川小说当中的男性同样经受着爱情残缺的折磨、情感漂泊的痛楚，乃至生活理想的愚弄。无论是《环形路》《月照西邻》，还是《走向烤鸭店》，男性对日常生活的越轨，尽管负有道德的罪恶，但更多的却是人性压抑的一种略带扭曲的解放，温情、善良与乖戾和残酷并存。柏川不仅在这里看到了女性所遭遇的情感之殇，同样洞悉着男性所经历的生活囚禁。这是同代人的生活审视，也是一代人的精神现象。当爱情理想逐渐褪去绚烂的光辉，当异性之间不再成为孤独世界的彼此确信,信仰的坍塌也就成为必然。但柏川并没有让异性所普遍遭遇的情感的信仰危机推向绝望,而是在边缘处重新审视自我超越的可能。在赶鸟的画面定格,在他人的情感诉说,在日常的生活慰藉,在独语的情感自白当中,女主人公们却从时代的苦难当中发现了自己的价值存在感,并获得一种超越庸常和灰暗的心灵力量。尽管在她的作品当中是以回望、隐忍和断裂的方式来实现对自我的生活和心灵的救赎,但这种略带理想化的方式正是人重新回归自我,不再将救赎之途寄予他者的一种理性化的努力,也是重新建立女性与女性、女性与男性、女性与生活、女性与社会关系的一种生活哲学的开启。我相信,这应该是柏川小说持续探索的一个重要的方向和动力。

目录

走向烤鸭店　001

赶　鸟　016

环形路　033

二镜的世界　059

蜗　牛　095

不远处有片海　109

月照西邻　133

回到古原　202

影外之影　259

走向烤鸭店

婆婆喊我下楼给儿子买烤鸭的声音尖细而响亮，常常让我惊慌失措，然后脚不择步地往楼下跑。在楼梯上，我不小心踩空了，身子使劲摇晃了一下。婆婆又大声尖叫起来，又晕了？是不是老毛病犯了呢？好好一个姑娘糟蹋成这样，成果，这个狼不吃的畜生！

成果是我丈夫，他是个有钱的老板，但他的钱没有治好我的抑郁症。他带我去了北京上海很多大医院，吃了很多好药，我的抑郁症反而是越来越严重了。我整天待在家里，除了一天三顿饭，就窝在楼上的卧室里。头晕和失眠陪伴着我。夜里我大睁着眼睛，盯着窗户上的微光，一夜一夜地浮着，生出各种幻觉来。女人高跟鞋的声音，成果开着汽车回家的声音，开关大门金属碰撞的声音、咳嗽声和他上楼时弄出来的很响的脚步声。在这一连串的声音里，我浮起来，又沉下去。后来只剩下高跟鞋踩在医院的过道里发出的刺耳的声音，由远及近又由近及远反反复复地响着，在我敏感的神经上敲击着，叫我无法入睡，再后来那声音就变得让我害怕。我竖起耳朵等待成果回家的汽车声、脚步声和咳嗽声，一夜一夜地等待，希望这些声音能减轻我的恐惧，可是那些声音最后竟完全地消失了，成果对我彻底失望了，他不再回家来。

抑郁之后，我又患上了眩晕症。经常突然晕倒，弄得全家人手足无措。其实，今天，我并没有晕，我是不小心踩空了，但我很快就站稳了。我已经很长时间没有晕了。这些婆婆都不知道。我接过婆婆递给我的一百元钱时，我告诉她我没有晕，可是她还是狠狠地骂了一句，成果，这狼不吃的畜生！

婆婆把我得病的原因归咎于成果抛弃了我。实际上成果并没有完全抛弃我。他带我去看病，坐了无数趟飞机。他还让司机每天送新鲜的樱桃和草莓给我吃。我得病，是因为我不小心碰上了他。那天我要不去医院，就什么事情都不会发生。那天成果扶着那个女孩从医院的妇产科出来的时候，我就拿着给婆婆买的药和我婆婆站在医院的过道里。而就在那天的前一天晚上，成果打电话告诉我们他出国了。在这儿碰见他，我和婆婆都傻了。我手里的药掉在了地上。我看见婆婆走过去在他涨红的脸上狠狠扇了一巴掌。他就一手捂着脸，一手扶着那女孩朝对面的电梯走过去。成果很重的脚步声里突起一阵高跟鞋踩在医院过道里的声音。他们在电梯门口停下来。我迫切地希望成果能回头，只是看我一眼，表示一下歉意也好，可是他没有回头，连身子也没有侧一下。他们的背影在电梯门口消失的时候，我眼前突然黑了一阵，身子就开始在一片混沌中旋转。

从我家到烤鸭店，需要走二十分钟。其实并不太远。出了单元楼，穿过小区的两片草坪，往南出了小区大门，在隔着花池的人行道上走五百米左右，再横穿过街道，就看见老农的烤鸭店了。总长就是半里地。可是我现在能够在这一小段路程里慢慢地走，随便想一些心事。我儿子喜欢吃烤鸭，每天都要买半只来。婆婆让我去买烤鸭，也不是想要指使我干活。我们家不需要我这样的人干活，她只是想让我出去走走。第一次去烤鸭店，是婆婆领着我去的。她不耐烦地拉着我的袖子往门外走，嘴里不停地叨叨着：闷、闷，快闷成毳了，跟我出去走走吧。我就跟在她屁股后，畏畏缩缩走在大街上，不敢抬眼看人。到了烤鸭店，婆婆和烤鸭店的老板说话，我就站在一边，像傻子一样愣愣地看。婆婆指着我跟烤鸭店的老板说，这就是小娅，她得了抑郁症。是我那狼不吃的儿子毁了她，好几个月她都没出门了。烤鸭店的老板留着长头发，穿一件白棉布大褂，黑色的老板裤很宽，显得他又胖又高。他温和地看着我跟婆婆说，别担心，她会好起来的。婆婆的话让我觉得有点丢人，我虽然不说话，但我不想让她那样说我。可是这个胖男人的话让我很愉快。他说我会好起来的时候，我就朝他微微地笑了。他朝我会意地点了点头。我闻到一股浓浓的烤鸭味儿，就生出了满嘴口水。我怕别人看见，又使劲地把口水咽进肚子里。婆婆买了烤鸭往回走，我就不断回头去吸那烤鸭的香味。后来，婆婆让我一个人去给儿子买烤鸭。我就每天能闻到那种浓浓的烤鸭味儿了。我一下喜欢上了烤鸭店的味道。再后来我知道了烤鸭店的老板叫老农，知道他从北京来。他给我讲他的故事。

现在我已经出了单元楼，在小区草坪边上慢慢地溜达。我现在喜欢想那些愉快的事情，而那些愉快的事情都和烤鸭店、和那个叫老农的男人联系在一起。老农的头发很长，垂在肩上，他长着一张国字脸，眼睛内双，眼珠黑白分明，十分清澈。鼻梁挺直，嘴唇奇厚，肉墩墩的特别性感。他穿的衣服也和一般人不同，衣服裤子都十分肥大，布料都是清一色的棉布。他的样子不像开烤鸭店的老板，倒像个歌星或者画家。他戴一双透明的一次性塑料手套，一手托着一只烤得焦黄油亮的烤鸭，一只手拿着一把细长的刀子，熟稔地把鸭皮削到一个托盘里，然后让他身边的伙计小刘端过来，再端来一盘甜酱、黄瓜条、葱丝、尖椒和薄饼。他就小心翼翼地坐在我对面的椅子上，教我怎么卷着吃。他卷一个我吃一个，他再卷一个，我就再吃一个。他一边看着我吃，一边哄小孩似的念道：疙瘩老婆摊煎饼，摊一页吃一页，不给老汉撇一页。开始不管他怎么逗，我都不笑，傻傻地等着他卷，我吃，直到他怕我撑着，不卷了，我才拿餐巾纸擦嘴。后来，他再念"疙瘩老婆摊煎饼"我就笑了。他说，小娅，喜欢天天吃烤鸭吗？我点头。他就说，那我天天做给你吃。后来他问，小娅喜欢天天吃烤鸭吗？我就说，喜欢。当我开始说话的时候，他兴奋地大声喊，她会说话了，老天啊，她会说话了。

我就直愣愣地看着他，我不知道我会说话了，他为什么那么高兴。再后来我的抑郁症慢慢好起来的时候，我看出了老农喜欢我。

我出了小区的大门，走在大街旁边的人行道上。已经是暮春时节，街两旁的柳树抽出嫩黄的叶子，黄绒绒的让人感觉暖和极了。"不知细叶谁裁出，二月春风似剪刀。"我背出这句诗的时候，满心的愉悦，步子也迈得轻快起来。现在我的抑郁症已经完全好了，想去哪里我就可以去哪里。那天老农要带我去他乡下的鸭塘。我就跑回家去，把给儿子买的半只烤鸭交给婆婆。婆婆说，你去哪儿？过去闷得不出门，现在疯得不回家，丫头片子，你倒是说话呀！我朝婆婆傻笑了一下，抽身跑出家门。老农开着他的破吉普在小区门口等我。

我坐上老农吉普车的时候，就感觉像坐了辆四轮拖拉机，全身都在晃，全身都在响。我说，老农，这车不会坏在路上吧？老农扭过头来笑着说，车坏在路上，我背你走。老农的每句话都让我有点感动。虽然这车颠得我头晕，和我丈夫的"奔驰"比起来，坐着确实不怎么舒服，可我心里舒服。老农一手开着车，一手搭在我的肩膀上，那样子看起来很酷。我说，老农，你过去"北漂"的时候做什么？他说，画画。我说，后来怎么回来了？他说，和我一起画画的女孩给了我十万块钱跟一有钱的老板跑了，我就一气之下卷铺盖回老家，开起了烤鸭店。听到"有钱的老板"这个词组，我就低下头不再说话。老农没有注意到我的表情，继续说道，现在的女孩,只长了前(钱)心,没长后心。我抬起头问他,那女孩漂亮不?他说,记不清长什么样了。我就笑了。

在一个开满槐花的村口,老农把车停下来。他收回胳膊扭过头来看我。我的脸一定映在洁白的槐花里,我知道我的皮肤很干净,这是天生的。刚刚三十六岁的我映在春天的槐花里,一定还有几分美丽。这些,我都是从老农的眼睛里读出来的。他就那样傻傻地看了我半天,骂了一句:这么美的女人,不懂珍惜,真他妈的禽兽不如!听他这么一骂,我感觉有一滴眼泪从脸颊滚下来,滑到了嘴里,咸咸的。

我说,鸭塘还远吗?他说,不远,就在前头。我就和他下了车走着往鸭塘去。鸭塘在村后的一座小山下,是一个天然的池塘,大约有五十亩见方,成不规则形南北延伸成一片条带状的水域。塘水是温绿色的,塘上漂着一条竹筏子。一个脸色黑红的女孩站在竹筏上用一条长篙在水里划着,赶着一群黄澄澄的鸭子在水里游。每只鸭子都像一个小游艇,一群鸭子就画成了一个金黄色的大游艇向我们慢慢地游过来。塘的周围长满柳树和其他一些暖温带的针阔叶混交树,把塘严严实实地围起来,树下是密密匝匝的灌丛和草皮,中间延伸出一条岸边的小路。我们就顺着这条小路走进鸭塘的深处。老农指着竹筏上放鸭子的女孩跟我说,她是我表妹姐姐,不爱念书,我姨就让她来给我看鸭塘。女孩就憨憨地朝我们笑,所有的鸭子也都停住了游,大脚丫子浮在水里,好奇地注视着我们。她多大了?我问。十七岁。老农边说边让女孩把竹筏划到我们脚下。他拉着我跳到竹筏子上，拿过妞妞手里的长篙在水里一拨，竹筏就带着我们游到了对岸去。

鸭子"嘎嘎嘎"地叫起来，整个水塘气氛有点异常。我搭着老农的胳膊跳到岸上，脚刚刚落在草丛里，就看见一只绿脖子的野鸭从岸上的树丛里窜出来，对着鸭群"嘎嘎嘎"地叫着。鸭群就整体向野鸭的方向移动。我不知道那是一只野鸭，就问老农，那只鸭子怎么和别的鸭子不一样？老农说，一只野公鸭耐不住寂寞，跑出来找老婆。野公鸭，你怎么知道它是公的？你没看见它那架势像一个很久没做过爱的野战将军。我看了老农一眼，他目不斜视地望着那只野鸭继续说，看它的样子多有趣！它们过着跟人一样的生活。不过鸭们比我们过得舒服多了，如果它们最后不被吃掉的话。老农边说边把手里的长篙交给他表妹，拉着我往对岸的林子里走。我不断扭头去看那只野公鸭，它已经跳到了鸭群中间，用那只金黄的扁嘴一下一下啄着一只小黄鸭的尾羽。其他的鸭子都围着野公鸭转着游，野公鸭又转身去追别的鸭子。鸭子们便在水中欢快地嬉戏起来。我看得发呆，竟不知什么时候，被老农带到了一个别样的去处。

老农在鸭塘的密林深处开拓出一大片的土地，还修建了一排结实漂亮的石头房子。老农管石头房子叫"老农别墅"，管这片地方叫"老农庄园"。他就是这里的庄主。他把我带到石头房子里，里面有些压抑，也有些阴冷。房顶很低，是用木板盖起来的。从里面看，能看见一条条的有些发黑的木板子。从外面看，还是一条条发黑的木板子。石头房子和另一座房子中间隔着一些小门，连通着。石房子的墙上画了各色各样的图画，因为房子里光线暗，看不清，只看见一些线条，像是古代的一些春宫图，还有二十四孝的速写画。中间最大的一座石头房是一个真正的画室，里面挂着很多油画。还乱七八糟地放了一些桌子、画布、画架和五颜六色的颜料，墙上挂了一排大大小小的画笔。你就在这儿画画吗？我在罗中立的油画《父亲》前面站住。我喜欢这幅油画，画里的父亲极像我的父亲，满脸沟壑纵横的褶皱。老农说，这是我临摹的。在国家美术馆我和一位同学通宵达旦画了半个月。怎么样，还像吗？我说，你不说，我还以为是原作。老农从后面拦腰搂住我说，如果你喜欢，我把它送给你。我没有吭声，我感觉一股温暖的气流正侵入我的身体。我小声叫着，老农，老农！我转过身来，仰起脸迎着他俯下来的嘴唇。那一刻，空气凝固了。

我在老农的石头房子里住了一夜。第二天早晨，太阳升起来的时候，鸭塘变成了一个金色的池塘，树林变成了金色的树林。鸭群在暖融融的阳光下安静地游着。这一切像童话一般的美丽，诱惑着我。离开鸭塘，离开村子，坐上老农的破吉普，我感觉像做了一个梦。我说，老农，我们是在做梦吗？老农笑着说，嗯，是在做梦。水塘，鸭子，石头房，一个男人和一个女人，这就是我们的梦。

后来我又去了老农的鸭塘。在石头房子里我开始写一些文字。老农在石头房子里给我做了一个石桌子和石凳子。他还让他姨用棉线给我织了一个漂亮的粉红色的坐垫。他说,把这个垫上,石头凳子坐上去瓦凉。他还买了很多好吃的东西,多数是一些方便食品。闷了的时候,我就跑到鸭塘去看看鸭子。我觉得自己慢慢地快变成一只鸭子了。上面的这些文字就是我在石头房子里写的,是我成为一个完全正常的人之后写的。

我已经走完了人行道,在人行道口我停下来,检查了一下我手里的那一百元钱,没有丢,还在手里。要是几个月前,我可能早把它当废纸扔掉了。那时候我有病啊,黄金到我手里也会变成废铁一块。现在不会了,这崭新的一百块钱要买三次半只烤鸭。这样说,你也许不懂,就是可以买三次烤鸭,一次半只。我站在人行道口张望了一下,不敢再想心事,准备集中精力横过马路的时候,我看见了成果。

他开车过来时差点儿撞着我。他急刹车,满脸怒气地从车窗里伸出脸来。看见是我,他愣了一下,转而笑了,再转而他就皱起眉头来,看着我的脚说,这么大热的天,你怎么还穿着棉鞋?这时我下意识地看自己的脚。我的脸一下涨得通红。我果然穿着一双黑色的高腰棉鞋,鞋的上边沿还翻出一溜灰色的毛边。脚面上至鞋筒上是青绿色的类似京剧的脸谱图案。这双鞋也是成果在"达芙妮"专卖店给我买的,已经穿了好几年了。尽管成果给我买的各个季节的鞋很多,我的鞋柜已经放不下了,但是生病以后,我就只认住这双鞋穿。

走向烤鸭店

　　我感觉它厚重踏实，又是平底的，走起路来很舒服。可是，我不知道天已经热得这么厉害了。我站在成果的黑色奔驰前头，离他很近，看见他那一头自然卷曲的头发像涂了明油一样黑亮，光滑红润的肌肤和一尘不染的银灰色西装领子。他皱眉时眼睛里的那种怜悯，刺伤了我。我把脸扭开，想要逃走，可是双脚却怎么也迈不开步子。这段时间，我天天穿过马路到老农的烤鸭店去。我不知道他来这里做什么，就是一万种猜想，他也不会是为了碰上我到这里来的吧。虽然我还是他的妻子，他也还是我的丈夫，但事实上，我已不是他的妻子，他还是不是我的丈夫，我不知道。

　　我就这样傻傻地站在马路的中间，过往的车辆不停地给我们按喇叭，我也不动，像木桩一样站着。他把车停在路边，下来拉我，我就跟他上了车。很多年来，我都是这样顺着他，像影子一样跟着他。可现在我有点生气，我也说不出为何生气，我就是想从他的车子上跳下去。可他紧紧地抓住我，像抓犯人一样把我带到了附近的一家鞋城。他抓着我的手在鞋城里乱转，试了很多双鞋。我累得满头是汗，脚也出汗了，潮湿得难受。在试最后一双鞋的时候，我感觉自己精神开始恍惚。我低着头看着鞋镜里一双瘦长的脚裹在一双白色的运动袜里，又套在一双满身是洞的灰色凉鞋里。我怎么看，也觉得那不是自己的脚，朝周围看了看，除了成果和售货员，也没有别的人了。我只好确认那就是自己的脚。为了进一步肯定是自己的脚，我把凉鞋和袜子都脱了下来，露出一双白生生的小脚来，好凉快，好自由的一双小脚！它们可爱极了，裹着捂着真埋汰了它们。我看着它们突然害怕起来，生怕有人过来按住它们，给它们套上袜子和鞋子。我突然站起来，在成果和售货员惊恐的眼神中奔出了鞋城。我听见成果在后面喊我，他手里拿着一双旧棉鞋、一双新凉鞋，还有一双臭袜子，追在我的后面。但他追不上我，那些东西累赘住了他。他跑不动了，眼睁睁地看着我跑进了老农的烤鸭店。

老农穿一条军绿色的工装裤站在烤鸭店的门口，和两个买烤鸭的老太太说话，看见我没头没脑地跑过来，老太太急忙闪向两边。我就从她俩中间穿过去，一头撞进老农的怀里。

出啥事了？小娅，你怎么在街上乱跑啊？老农两条胳膊紧紧地箍住我。没等我说话，老农就看见了成果。他提着两双鞋子、一双袜子气喘吁吁地追着我到这儿来。我背对着成果，看不见成果的脸，但我敢肯定他的眼睛睁得铜铃那么大，他大概做梦也想不到他老婆和一个卖烤鸭的混到了一起。他一定认为我抑郁成疯了。

我听见他对老农说，她是我老婆，她有病。老农说，她原本就没有病。成果说，你放屁。没病，她会光着脚在街上跑吗？你怎么不光脚去街上跑。老农说，你要非说她有病，我也没办法。成果说，不管有病没病，她都是我老婆，你听清楚了吗？老农说，我打算娶她。这句话说得我心惊肉跳，我抬起眼睛盯着老农看，他的脸就在我的头顶，我看不见他的眼睛，只能看见他肥厚的下巴。我说，老农，你什么时候想要娶我了？他低头亲了我一下说，就现在。他的动作让我的心快要跳出来了。我觉得就要发生决斗，像小说里写的那样，两个男人为了一个女人去决斗，一个男人会被打死。不，我不希望看到这样的场面。成果和老农我不希望他们任何一个人受伤。我打算从老农怀里逃走，便使劲想脱出两条胳膊。没用，老农紧紧地箍着我。我强扭过头去看成果，他没有我想象的那样愤怒，他冷冷地看了我一眼，把手里的东西放在地上，转身走了。没有发生我想象的决斗，甚至像一切都不曾发生过，很快都归于平静。

老农把我抱回烤鸭店，放在平时我坐的那条长凳子上，然后跑出去把我的东西收拾回来。他又弄来一大盆热水，把我的两只脚放进去。水温正合适，脚泡进去很舒服，老农不嫌我脚脏，两只大手不停地伸进水里给我搓脚底的沙粒和尘土。一盆干干净净的水一会儿就变成一盆黑乎乎的脏水。他把脏水端出去倒进店门外的下水道里，又打了一盆清水来，给我又洗了一遍。他的手宽大柔软，握住我的脚很舒服。我愿意一直让他这样握着。他抬起脸跟我笑，眼珠黑白分明，鼻梁挺直。我说，你有艺术家气质。他说，你也有。我说，你什么时候说过要娶我了？他说，刚才呀。我说，你是说给成果听的吧？你想刺激他？他说，不是，我真这么想了。我眼睛一下湿了，赶忙装着伸手去摸他浓密的黑头发。

洗完脚，老农给我穿上袜子和那双满身是洞的凉鞋。他又带我去他的鸭塘转了一圈，带回来满满一篮子鸭蛋。他用他的破吉普把我送回了家。我站在小区门口,望着他和他的破吉普走远,消失在傍晚的车流中,就怅惘地回家了。

那天晚上,婆婆让小保姆做了很多菜,都是我喜欢吃的。我狼吞虎咽,一会儿就把自己吃饱了。准备起身离座,婆婆拉住我的衣袖让我坐下。她不像往日一样声音响亮,表情明快。她沉着脸,声音怪怪地说,小娅,你今天见到成果了吗?我点点头。听说是烤鸭店的老农治好了你的病?我又点点头。她说,赶明儿烤鸭店要改成精神病医院了,老农的烤鸭有治精神病的奇效,是不是?我眼睛瞪得很大,看着我婆婆,我觉得她一下变得很陌生。我一直以为,她是站在我这边的,在我生病的时候,她一直和我站在一起,她是我的支柱。现在她在对我说什么。我有些生气地看着她。可是她没有理会,继续说道,成果爱你和你们的儿子,这一点,你知道吗?我摇摇头。她有些激动起来,开始嚷嚷,你怎么能不知道呢?他给你看病,给你买新鲜的水果,看见你穿着棉鞋,他心疼你,立马去给你买凉鞋。这些不都证明他还爱着你吗?你怎么能不知道呢?她生气地站起来,又坐下,看见我面无表情木头一样地坐在那儿,她越发生气,声音越发尖利,我早该想到那个烤鸭店的老板不是好人,我怎么能带你去烤鸭店,我真昏。你别坐那儿装傻,你倒是说话,你是不是真跟那个老农厮混上了?你要是说你没有,我倒相信是真的。最后我婆婆恶狠狠地说,从明天开始,你不许再去烤鸭店!

我自始至终没说一句话。等我上床睡觉的时候,我的头

走向烤鸭店

又开始疼。婆婆责骂的声音变成"嗡嗡"的马蜂的叫声让我全身好不自在。随即那个女人的高跟鞋踩在医院过道上发出的刺耳的声音又在我耳边突然响起来。夜深人静的时候,这两种声音交替着刺激着我的耳膜,搅得我一整夜无法入睡。我又一次失眠了。第二天,我没有出门。我几次想出门到烤鸭店去,可是我找不到出门的理由。第三天,我仍然找不到出门的借口。我就这样在家憋了三天,和老农失去了联系,我很不开心。到了第四天早晨,我实在忍无可忍了,趁婆婆上厕所的时候,悄悄穿上鞋,溜了出去。

一出楼门,我就在小区的院子里飞奔起来。很快就来到了烤鸭店。但是眼前的情景让我惊呆了:烤鸭店的铁皮门紧紧地关闭着。店门上方"老农烤鸭店"的招牌也被取掉了,留下一个长方形的印子。店门旁边挂着一块小黑板,上面有两行工工整整的楷体字:老农烤鸭店因调换店址,暂时关门停业,敬请广大顾客多多原谅!落款:老农。

一股凉风吹过,我摇晃了一下,我想我的晕眩症又犯了。我踟蹰着,不知该到哪里去。这时,店门"吱"一声开了一道巴掌宽的缝隙。伙计小刘从里面探出头来,他用眼睛示意我进去,我就走过去侧着身子挤了进去。

店里已经空无一物,不见老农,沉闷的空气中飘忽着一股烤鸭的味道。小刘说,姐,烤鸭店被人砸了。就是你上次来的那天晚上,半夜一点多,来了一群蒙面人,把烤鸭店砸了个稀巴烂。老农呢?老农他怎么了?我急切地问。他,他发财了。我惊异地看着小刘，以为他被突如其来的变故吓傻了。我说，你说什么？他说，是真的。姐，那伙人头天晚上砸了烤鸭店，第二天一早，天还没亮，我正和老板合计着报警的事，突然闯进来一个瘦高个男人，他扔给我们一个硬邦邦的保险箱。对老板说，是烤鸭店搬家，还是你的脑袋搬家，你自己选择。说完就走了。我和老板打开保险箱一看，里面满满一箱子钱。老板给了我二十万。他说，小刘，你去别的街上找个门面，把烤鸭店继续开下去。我要回北京，鸭塘也归你了。只是有一件事，你必须答应我做到。我当时拿着钱哭，不知道他走了，我该怎么办？他说，不许哭，听我说话。我就擦了眼泪，抬起头来。他说，你必须继续把烤鸭店开下去。你的烤鸭店开张之后，你要每天给小娅她们家送半只烤鸭去。你听好了吗？我就使劲点头。他抱着我大哭了一场，走了。小伙计哽咽着说，等我的烤鸭店开了张，我每天给你们家送半只烤鸭去。

  小刘后面的话我已经听不清楚了，我感到他的声音像一张薄纸在空气中飘动。他的脸变得模糊并在我眼睛里旋转。我再次跌入那片混沌之中，听见自己的声音飘出烤鸭店，变成无数只鸟儿在天空飞舞起来！鸟儿又变成无数支箭射向我，击中我，我终于慢慢地慢慢地倒下去！

赶 鸟

不知道那个叫兰亭驿站的酒店后面,是不是有一片林子,林子里是不是有个鸟窝。她从酒店二楼那间普通客房的窗户望出去,只看见酒店后面长着稀稀疏疏的几棵杨树,和一排破旧的平房。

他说,那片平房后面一定有一片林子。如果没有林子,那只鸟怎么会在那儿叫半宿?我从没见过这样固执的鸟叫!

他的话让她恍惚起来。

那天晚上,那只布谷鸟确实在酒店后面叫了半宿。

起初,她是在儿子的房间里忙活着,为儿子准备着一些东西。其实,考试用的东西,儿子早已经准备好了。准考证、身份证和一切答题用的文具,装在一个透明的塑料袋子里,就放在儿子的枕头旁边。她烧了一壶水,给儿子填满了杯子。她已经无事可做了,儿子也不需要她做什么了,可是她还是放心不下,好像还有很多的事情要做,但又手足无措起来。儿子坐在那里,不停地在背诵那首长诗。他已经背了整整一天了,似乎明天语文考试的内容全在这首长诗里了。他那青春逼人的脸带着烦躁不安的表情，两道浓黑的一字眉在眉心处拧成了一个肉疙瘩。一张脸绷得像一只充满气的糖黑色皮球。他很紧张，她在心里想。大考当前，没有谁会不紧张。她的心也跟着拧起来，脸也跟着绷起来，眼角的皱纹跟熨平了似的，看不见了。时间及周围的一切都像隐退到了很远的地方。她全身心紧紧追随着儿子的紧张。其实，她比儿子还要紧张，但她迫使自己装出轻松的样子。

她走到儿子躺着的那张床的床边。那是一张宽大的单人床，铺着干干净净的白布单子。这个快捷酒店还算干净，要是不像样子的话，她也不会把儿子带到这里来住。这里离考场仅有十分钟的路程。她在儿子的床边小心翼翼地坐下来，怕惊着他似的。她想和儿子说说话，缓解一下他的紧张情绪。她想说，不就是个考试？没什么大不了的，退一万步说，真考不上，也不丢人！这是当年她高考前，老父亲对她说的话，现在她想把它说给儿子听。

儿子没有看她。儿子的眼睛一眨不眨地盯着窗户上那片暗黄的窗帘布，嘴里还在不停地背着那首长诗："……嘈嘈切切错杂弹，大珠小珠落玉盘……"

她突然被噎住了。那些话块垒似的堵在她的喉管里一个字也吐不出来。在儿子面前，她总是会变得笨手笨脚拙嘴笨舌，说什么好像都不合适。一个当妈妈的人了，这时候反倒像一个小孩子一样没有了主张。她有些怨恨自己。

儿子把书盖在脸上，烦躁不安地仰躺进那张白色的大床上。她知道，他是一个固执又少言的孩子。他不喜欢别人对他过多的关心，似乎这关心侮辱了他的成长一般。他总是在逆着走，逆着对抗她所做的一切。她对他做的很多事都显得多余而又荒唐。这个时候，她总是会在脑子里竭力搜寻她在这个年纪时候的一些蛛丝马迹，以此来理解儿子所作所为的合理性。可是她常常什么也想不起来，就像她的过去压根儿就没存在过。连那次大考，她除了隐约记得是一颗安定片帮了她的忙之外，其他的细节全都混沌一片，毫无脉络可寻。

你出去吧，让我静一会儿！儿子跟她说话的语气总是这样生硬，就像他不是她儿子，而她则是他的女佣。这让她时常生出绝望的情绪来。可是，谁会和自己的儿子记仇呢？毕竟他还是个孩子。她用这样的话来安慰自己。

她起身离开儿子房间时，和平常一样叮嘱他，早点睡，我会按时叫醒你的，宝贝！不要再叫我宝贝，好不好？我讨厌你这样叫我。儿子尖厉的声音从门缝里挤出来，狠狠地撞在她的后心处，她的心一阵钝痛。

离开儿子房间，她回到隔壁他和她的房间里来。他正在卫生间"哗哗"地冲凉，水声弄得很响。这让她心里生出一股无名的火气。她冲他嚷，你干吗要弄出这么大的声音？难道你不知道这宾馆的隔音效果很差吗？你这样会吵到你儿子。他明天大考，你忍一晚上不洗澡，会死吗？她不知道自己为什么会突然发火，而且像一颗定时炸弹那样，随便一个火星就把她引爆了。她讨厌自己这种莫名其妙的爆发，可她就是忍不住。他好像没听见她的声音。莲花喷头的水声继续响得像响瀑似的。她心里那颗火球腾起来,冲出胸口。她从插卡器里取出房卡,房间里的灯一下全灭了,如一场火光漫天的爆炸之后,浓黑的烟尘铺天盖地压下来。她有些站立不稳,眼前旋转着一圈圈浓黑的涟漪般的黑暗。她摇摇晃晃地摸索着走到床边,摸索着把自己扔到靠窗户的那张床上。她听见他那玻璃破碎了一般的声音从卫生间传出来,怎么回事?停电了吗?快去叫服务员来。

她躺着,一声不吭,装作没听见。她在心里偷着乐了。一种幸灾乐祸的快慰从心口涌起来。

他从卫生间窸窸窣窣地摸出来,开了房门,一股冷风旋即跟了进来。他大声地喊,服务员,服务员。服务员跑过来问,先生,发生了什么事?停电了,我还没冲完凉呢。他对着门缝往外大声地嚷嚷着。服务员打着手电进来了,漆黑的房间里顿时被辟出一道白光。那光在她眼前晃来晃去,像寒光闪闪的剑锋,在黑暗中舞着,劈开一条光路,又劈开一条光路。就这样乱劈乱舞了一阵之后,服务员告诉他,先生,你的房卡没插上。

她觉得这场戏终于有了一个小小的高潮。她忍不住暗自窃笑,想着他站在伸手不见五指的黑洞里,脸上的表情白一阵红一阵,然后尴尬和愤怒一起堆积在他那双霸气冷漠的小眼睛里。那双小眼睛鼓起来,像一只青蛙那样。最后他就涨着一张酱牛肉一般赤红的脸,在黑暗中怒视着她。一定会是这样的，她太熟悉他这个样子了。他这个样子既让她快慰又让她害怕。可是她忍不住，她就是想激怒他。她说不出为什么。她的意识里潜藏着一种不由自主的东西，就像随手甩出的一块砖，只是一种下意识的动作。你不知道你因何要这么做，也全然不会去考虑，那块砖落在哪里，会不会砸伤某人，就是那么不经意的一个动作，它可能带给你某种瞬间快感，或者带给你某种灾难。无论哪一种结果，都是你事先不承想过的。

疯子，你这个疯子！他站在一团漆黑里骂她。她依然一声不吭地躺着，她拒绝给他房卡。最后他不得不摸索着爬到床上，在她右边那张床上无可奈何地躺下来。她原以为他会和以往一样大吼大叫，甚至会动手打她，至少要逼她交出房卡，可是他没有。第一次，他对她让了步。她突然感到无比的沮丧。她把捏在手心里的那张房卡恨恨地抛到空中，就像随手甩出的一块砖头。她不知道它落在了哪里。没有一点声响，死寂般的沉默很快就蔓延上来，房间里的空气立刻凝固成一团浓黑的稠糯糊。

她半裸着身子，靠在床头的那堵薄墙上。她知道，这可能是他们的最后一次战争了。很多年，她都没有和他这样过了。她想不起来从什么时候起，他们就像两个互不相识的人，在一个被称为家的偌大的空间里，擦肩而过，各行其是，连简单的问候都省了。她似乎已不记得他是她的谁，同样他也不记得她是他的谁了吧。生活到这里，她会在一人独处的时候,哑然失笑,这算哪门子事嘛!她有时候会疑惑地看着日渐长高长大的儿子,想自己是不是活在一场虚幻的梦里。那过去的二十年是怎样过去的?儿子是怎样在他和她之间,小树一般一截截地长大的?他们的关系原本是个什么样子?不会一开始就是这样的吧?可是开始又是个什么样子?后来,生活是如何演变成现在这个样子的?她恍惚地胡思乱想着。可这并不是所有的细节。有时候,会在某个时刻,在他们之间突然爆发一场无厘头的战争。这种无厘头的战争,开始是一场接着一场的。那时候,他们真像两个精力旺盛的斗士,不知疲倦地厮杀,你捅我一刀,我捅你一刀,虽不见得鲜血淋淋,但看不见的伤痂,旧的还没脱落,新的就又加上了,最后覆盖在心口的竟是一件厚厚的铠甲,刀枪不入了。终究是累了吧!她觉得好累好累,不想再争再吵,不想再说话,像一个失语者,有气无力地行走在婚姻的边缘。终于有一天,他对她说,离吧!她说,好!他说,等儿子考完试吧?她说,好!他说,坚持一下,把最后一场戏演完!她说,好。他看着她平静的眼神,还有那副活够了的满不在乎的表情,他说,你老了!她不置可否地笑了笑,说,你也不年轻了。他说,可是日子还得过,但不能这样过了。她说,随你!

　　要说演戏,她还真不是个好演员,最多算个跑龙套的三流演员。可他不一样,他天生有表演的天赋。当着孩子的面,他会夹菜给她吃,还用一种令人讨厌的柔情蜜意的眼神望着她,让她像吃了苍蝇一般恶心。这些她是无论如何也做不出来的。有时候，她真觉得，她和他就像一场戏里的人物。在戏里，他们是如此亲密的关系，是夫妻，是亲人，是战友。可是一旦谢幕，这种关系立刻就不存在了，可能什么都不是了。是的，这场戏很快就结束了，正在接近尾声。她想着，有些黯然，但又有几分欣悦。她总是这样矛盾着，或明或暗，或好或坏，像每日的天气一样变幻着。

两张床，就是两只并行在黑色海面的小舟，中间隔着深不见底的黑暗，近在咫尺，却又无法靠近。

隔着那堵薄墙，她能听见儿子咳嗽走动上厕所的声音。如有一根绳子穿过墙壁，一头系着儿子，一头扯着她脆弱的神经。儿子咳嗽一声，绳子在她的神经上扯一下；儿子走动一下，绳子在她的神经上拽一下，扯得她心慌慌的，拽得她耳朵连着整个身子紧紧地往墙面上贴。后来什么动静都没有了。儿子大概是睡了吧，她想。她又专注地听了几分钟，再听不见任何动静了，才把耳朵从墙上取下来。无论如何，得让儿子好好睡一觉。考试就像打仗，睡不好，就没精神，没精神怎么能打胜仗？她想着，狠狠地翻了一下身子。现在除了儿子，她还剩什么呢？

楼道里拉拉杂杂的脚步声不停地走过来走过去，像过部队似的，还夹杂不同地方的口音。屋顶上也有人脚步很重地在走动，震得楼板"咚咚"地响。紧接着便是摔东西和玻璃杯破碎的声音，就像要砸透楼板，掉下来似的。她清晰地意识到楼上有人在打架。那个穿深蓝制服的男服务员不是说这个酒店里住的都是高考的学生和学生的家长吗？不是说这里很安静吗？怎么会这么吵？她烦躁地坐起来，朝着漆黑的夜，像是自语。这声音会吵到儿子的，她想，这里一点都不安静，她真后悔带儿子来住酒店。其实，在入住这个酒店之前，她和他是经过一番考察的。她坐着他那辆老旧的现代越野车，穿过市区时，看到市一中旁边的红色魁星楼前面聚集着成堆的学生和家长。他们在那儿烧香祈祷，香烟缭绕，一张张脸虔诚而凝重。孩子们把求到的红布条，缠在手腕上，系在腰上，有的干脆挂在脖子上，像一群准备出征打仗的士兵。空气中到处弥漫着浓浓的香火味和大敌当前的紧张气氛。她的心也跟着动了一下，想着是不是也该给儿子去魁星楼烧炷香，求一根红布条。可到后来，她就只是想了想而已。很多事情都是这样，只是停留在想的层面。再后来他带她去看了儿子的考场。儿子的考场在郊区，离市区很远，离他们的住处大约有五公里的路程。她决定找一个考场附近的酒店陪儿子住下。她将这个想法告诉他时，他的头摇得拨浪鼓似的，连声说，没必要，没必要。他的理由很简单，五公里，就是十几分钟的路程，根本不需要住酒店。如果堵车呢？市区哪天不堵车？可一堵就是两三个小时。这可是一考定终身的大事，一旦耽误了儿子考试，谁能负起这个责任？她说话的口气义正词严，让他十分反感。但他一时竟找不到反驳她的理由，只好开车带她绕着考场转了一大圈。当他发现考场周围的酒店都已经被考生预订满了的时候，他才突然意识到她的决定是正确的。一件事，如果大家都去做它，它自然就是正确的了，至少在他眼里是这样。最后，他不得不把她拉到这个叫兰亭驿站的快捷酒店来。兰亭驿站，酒店的名字很好听，让人想起了王羲之的《兰亭集序》，可它所处的地理位置和环境却远非它的名字那样美好。周围什么都没有，空荡荡的。酒店外面偌大的停车场稀稀拉拉地停了几辆车子。酒店后面是一片破旧的平房，还有几棵枯瘦的老杨树，让人有一种遁入空荒之感。可是有什么办法呢？既然其他酒店都已经满了，他们能做的就是力求为这个酒店找出一些可以入住的理由。比如荒郊野外，虽然凄凉了些，但远离喧闹的城市，也应该是最安静的地方。比如这酒店看起来还算干净。那个穿蓝制服的服务员微笑着提醒她，大姐，赶紧住下吧，再犹豫，这里的客房也马上就订满了。她相信他说的话是真的。她把三张身份证递给他时，又郑重其事地问了一遍，晚上这里安静吗？没问题，很安静的。这里住的都是高考的学生和学生家长。那个男服务员非常肯定地告诉她，以至于她万分感激地跟他笑了笑。

可事实上，这里一点都不安静。

她披衣下床，蹚着漆黑的夜，像蹚着一片黑水，在房间里来回走动，似要赶走那些来自不同方向的噪声。

可是，这能怪谁？这不都是你的主张？我说不要住宿，你非要……他在黑暗中叫道。

他这种抱怨的口气让她一听就反胃。就像吃伤了的某种饭食，一闻到那种味道她就受不了。

你就只会抱怨吗？不抱怨，你能死啊？算了吧，我不想和你争吵！

这大概是他俩基本的说话方式。她太熟悉这种方式了。每次他一开口就让她觉得糟糕透顶，哪里还有说下去的必要？所以他俩的对话，往往都只有开头，没有结果。不等他说出第三句话，她就用五指并拢的右手顶住左手心，做出"打住"的动作。她的动作生硬而又野蛮，他有时候真想狠狠地揍她一顿。可到了最后，他总是无奈地摇摇头，叹口气，习惯性地用那两颗黑黑的门牙咬住厚厚的下嘴唇，好像害怕逼到嘴边的话一不小心冲出来。他把脸扭向一个没人的地方，让自己在模糊的岁月里身不由己地沉沦陷落。

在他的叹息里，她听出了他对她的严重不满。可那又能怎么样？他不是已经决定放弃了吗？再过几天，他们就会把那张暗红的结婚证变成崭新的离婚证。然后他们各执一份，朝着各自的方向走去。当然，他也许还会请她吃一顿散伙饭。何必呢？他一定会的。他就是这样一个人，算不得好也算不得坏。可是无论好或坏，都不重要了。白天一个太阳晚上一个月亮，大半辈子的日子都这样过来了，过到现在，却要过不下去了。她想着，鼻子酸了一下，倒在床上，抓过被子的一角，把脸捂住。

这时候，那只鸟的叫声就穿窗而入，一声接一声地叫起来。

"我哥哥好——我哥哥好——"

开始她并没怎么在意,认为一只鸟没有什么大不了的,叫一会儿它就会飞走了吧,所以她在这熟悉而又陌生的鸟叫声中,陷入对儿时的一些遥远的模糊的回忆。在她老家那个偏僻的山村里,每逢入夏,漫山遍野都能听到这种鸟叫声。那叫声,总让她觉得,那不该是一只鸟叫,而是一个人在说话,是一个女孩,在四处奔寻,找她的哥哥。当她在那颗稚嫩纯朴的小心灵里,固执地认为那不是一只鸟叫,而是一个人在说话的时候,她曾悄悄地背着母亲流过眼泪。苦鸟,母亲说,布谷鸟也叫苦鸟。她听着这名字,便觉得那鸟更可怜了。她很多次跑到北山岭上,对着山背上成片的松林,喊,苦鸟!苦鸟!可是她从来没有找到过它。后来,她离开了村子,那苦鸟的叫声就和时间一起失落了,失落在坑坑洼洼的岁月里,再也没有回来过。很多事情都是这样失落烟散的,何况是一只小鸟的鸣声呢!可在儿子高考的前夜,在这个叫兰亭驿站的酒店里,她又一次梦幻般地听到了苦鸟的叫声。而此刻,苦鸟的叫声,不仅没有让她生出久违的感动,而是让她心生恐惧。随着那鸟叫,她的神经越绷越紧,心里开始慌乱。这鸟叫声像一声声咒语,在漆黑的深夜里盘桓往复,让她像中了邪毒一样,起来躺下,躺下又起来,眼前不断地出现幻觉。忽而如置身于喧嚣的闹市,那些戴着红布条举着香火的孩子,一群一群得像潮水一般向她涌过来,在她身体一侧的那扇窗户下,对着她无所不在的恐惧大喊大叫。忽而她又像一个丢失了魂灵的人，在一条漆黑的巷道里慌乱地奔跑。忽而，她又神经质地张开双耳，听着隔壁儿子房间的动静。每一点响动，都让她惊慌得要命。

在这万物沉睡的夜晚，那只鸟的叫声无处不在，像有无数鸟鸣，覆盖了整个夜空。那只看不见的鸟，不知道它从哪儿飞来，正落在哪棵树上。她也无法想它的羽毛是红色的还是绿色的，或许是灰色的，杂色的也有可能。它的眼睛是不是像猫头鹰的那样锋利无比，又令人毛骨悚然？她无法想象一只鸟在这个特别的夜晚的降落，是因了何种机缘。在她的脑子里，缠绕着的是一团模糊的不确定的影子。

那只鸟，每隔几秒钟，叫一声。打着节拍似的，或远或近，或高或低，或隐或现，像一个人在独语，在这万籁俱寂的深夜不断重复着那句"我哥哥好"。她不懂鸟语，可她很想知道一只鸟的思想，和那一声声"我哥哥好"里面隐藏着的某种神秘的暗语。世间的花草鸟兽，和人一样，不仅有生命，而且有思想。可是她无法跟一只鸟去对话。如果可以，她想跟它说，鸟，请不要叫了，请不要吵醒我的孩子，他明天要考试，那可是一次非同寻常的考试啊，它决定着他的前途和命运呢。亲爱的鸟，请你飞到别处去吧，飞得越远越好。她在心里对那只鸟说。可是那只该死的鸟，完全不理会她的心思，依然旁若无人地叫着。它每叫一声，她的太阳穴就狂跳一下，每叫一声，她的心脏就颤抖一下。那叫声最后变成无数支箭，射向她的心口。

她再次摸索着爬起来,摸过枕头旁那部白色的苹果手机,看见儿子的头像还在QQ上亮着。她想给儿子打个电话,试了几次,都没有拨出去。或许儿子已经睡了,只是忘了下线和关手机吧,她试图宽慰自己。可是没等她的心得到丝毫宽慰,床头柜上的座机就惊慌失措地响起来。

她和他的手同时从被子里伸出来,像两只离弦的箭矢,射向话筒。

他离话机近,先抢到了话筒,喂,儿子,你还没睡?鸟叫,哦,听见了,别着急,儿子,爸马上去把那只该死的鸟赶走,马上!他放下话筒,从床上跳起来,在黑暗中摸索着,像一阵急速旋转的风。呼呼的风声,吹得在另一张床上的她东倒西歪。

你起来干吗?她问。

赶鸟!他声音里有一种急迫的慌乱。那慌乱的声音随着他的脚步声向房间的门口移动。

赶鸟?她从床上爬起来,疑惑地朝着黑暗中的他喊,你知道鸟在哪棵树上吗?你能找到鸟吗?就算你找到了,你有枪吗?你有弹弓吗?

不用枪和弹弓,一根树枝,就能把那只该死的鸟赶走。他坚定地回答她,然后走出了房间的门。

她追着他出来。

楼道里的灯光像几只没睡醒的眼睛,没精打采,迷迷糊糊。昏暗的灯光下,她看见他裸露着的糖黑色的脊背和短裤下粗短多毛的腿。它们正要消失在楼梯口。她突然感觉心里某个地方隐隐地抽动了一下，不是疼，是一种她无法说清的感觉。她转身跑回房间，从房门后取下他的短袖上衣和牛仔裤。牛仔裤的口袋里大概装着钥匙一类的东西，随着"踢啦"一声响动，她的手被沉沉地往下坠了一下。

她搂着他的衣裤，一口气跑下楼梯。赶到酒店门口时，她看见他的影子正消失在朦胧的夜色里。

空荡荡静悄悄的大地上，顿时响起一串"嗒嗒嗒"的脚步声。他像一枚在夜空中穿行的箭头，朝着一只鸟叫的方向飞速前进。她追赶着他，怀里搂着他的衣服。牛仔裤上的皮带扣挨在她的肚脐处，冰凉。她薄薄的身影像一张锋利的纸片，与大气摩擦着，发出"呼呼"的风声。一张纸片追赶着一枚箭头，朝着一只鸟叫的方向，朝着同一个目标。她从来没觉得她和他如此一致过。在这空茫而又四处潜伏着危险的夜晚，她和他的脚步声会合成一支曼妙的小夜曲。

不远处大概是有一条河吧，她听见河水流动发出的"哗哗"声。她心里突然有一种湿润润的感觉。

她终于追上了他，在那排破平房的前面。

漆黑的夜色里，那排青幽幽泛着灰白色死光的旧平房，像一道阴森恐怖的背景，衬托着那一声声没完没了的鸟叫。有一两扇窗户里还亮着昏黄的灯光，但挡着窗帘子，看不到里面的风景。平房前那几棵白天看上去枯瘦的老杨树，晚上像附上了某种神光一般，显得高大威武。白色的树皮在夜色里泛出一圈圈寒光。蓬勃的杨树叶子遮住天空寥落的几颗星星。

树上的那只鸟大概还不知道有人正来偷袭它，依然在枝头不卑不亢不疾不徐地叫着。

树下，他站成了一棵树。

她贴在他身后，身子窸窸窣窣地打着寒战，像棵草在微风里轻轻地摆动。他俩此刻看上去很像一个人，像一尊合二为一的雕像，在夜色里，仰着头，大睁着眼睛，直竖着耳朵，专注地辨别着那鸟叫声是从哪棵树上发出的。第二棵，你听。没错，是第二棵。听准了吗？听准了！她复制着他的声音，重复着他的动作。她听见他说，看我的。他说完奔向他们认定的那棵树。她的直觉告诉她，他要爬树了！她知道他是爬树的高手。小时候他经常带她去爬树。有一次，他带她去爬一棵大梨树，偷到了满满一篮子黄梨。从树上爬下来的时候，梨树枝挂住了她的裤管。一条裤腿从小腿一直撕到裤裆。她白生生水嫩嫩的一条少女的腿就连着大腿根部的小红裤衩统统暴露在他的眼里。她羞得在树上大哭。他却在树下，歪着头，盯着她撕破的裤裆处，笑眯眯地看。她至今记得他那副馋相，弯着腰，歪着头，眯缝着那双诡谲的小眼睛，嘴角流着口水，胳膊上还挎着一篮子金灿灿的大黄梨。后来，她骂他是天生的流氓。他笑着说，男人都是。后来她嫁给了他。他说他俩是青梅竹马。她说，青梅没有见过，竹马没有玩过。要说是爬树、偷果子、掏鸟窝、打弹弓还差不多。他笑了。

那棵杨树猛烈地晃动起来。空旷死寂的夜空发出"哗啦啦"的声响,像一阵大风吹过枝丫。在那"哗啦啦"枝叶摇动的声响中,她隐约听见那只鸟飞走的声音。那么轻,几乎是听不见的。可是她却清晰地听见了,而且看到一个黑影,从树梢上俯冲下来,叫着消失在夜的深处。

她愣在那里。她的心在"扑通扑通"地乱跳,就如那只鸟钻进了她的心脏里。

她听见他的声音从树上掉下来,像一片叶子落在她的耳朵上,你还记得小时候我带你爬树?

记得。她说。

现在呢?还敢爬吗?

敢。她回答得十分干脆。

那你上来吧,在树上待一会儿,看那只鸟会不会再飞回来,他说。

她从树下仰起头,借着那两扇窗户发出的微弱灯光,看见他正骑在一根靠椅似的树杈上。两只脚从树上耷溜下来,让她想到人上吊自杀的情状。她心里突然有点害怕,就跑过去紧紧地抱住了那棵树。

很多年,没有爬过树了,她感觉她的动作有点生硬,腿脚也不太灵便了。老了,老了嘛!她在黑暗中浅浅地笑了一下。她想起小时候他俩像两只小松鼠灵活地在一棵树上爬上爬下,单纯清澈无忧无虑的感觉真好。

她脱掉鞋子,像小时候那样,光着脚丫,一点点地开始爬树。脚心磨着树干,痒痒的,倒有几分舒坦。那棵杨树远处看上去瘦瘦的,可真搂着还蛮粗壮的,有碗口那么粗。她搂着它往上爬,手脚并用,身子一纵一纵的。没用多久,她就爬到那根树杈上。

他说,来,骑在我前面来。

她循着他的声音小心地移动。枝枝丫丫间,她的手碰到了一片肉乎乎宽大厚实的杨树叶子。仔细辨识,哪里是一片杨树叶子?分明是一只大手正悄无声息地向她摸过来。五根粗糙有力的手指非常熟练并准确无误地抓住了她冰凉的手。

她心口一热,两颗泪从眼眶里掉了下来,其中的一颗"吧嗒"一下落在了他的手背上……

环形路

一

我从餐厅出来时,他正从另一条长满娃娃萱草的小路上走过来。他扭头朝我这边看。确切地说,他是在扭头看我。大抵是餐厅外那片空地太过阔大,连一棵树都没有,一个人走出来,会格外显眼。另一个可能是我今天穿戴得有些招眼。一条民族风的层花大摆长裙,上配一件绛红色的中袖短褂,看起来,颇有几分妖娆的西部风情。我这样穿,并非今天我特意在服饰上下了功夫。事实上,我是个在穿衣上不大讲究的人。这身装束,源自与我同住一屋的晋南女子梅书之手。她嫌我穿得土气,一大早就把自己的衣服抖搂出来,一件一件让我试穿。当我穿上这身长裙短褂时,她原本就大的眼睛睁得更大了,你看看,她一边为我平整衣服上的折子,一边说,你自己照照镜子。她一把将我拉到镜子跟前。长方形的镜面上立刻映出一个妖艳的女子。我一下愣住了。镜里的人是我吗?我居然可以这么妖艳?多少年来,我的衣服都是以黑白灰为主色调,生活也如此。鲜艳的色彩让我有一种莫名的慌乱。比如我喜欢在夜晚的黑色里,一个人到处走走。而现在,我已经被这个晋南女子的热情烤得出了汗,目光也散乱起来。我甚至怀疑对面这面长方形的镜子是不是一面魔镜。我傻傻地站在境外,与镜子里的自己面面相觑,像两个互不相识的人。镜外的我还在习惯里寻找那个黑白灰色的自己。而镜面却魔法般造出另一个自己,一个陌生的似乎准备重新开始的自己。一种异样的想要挣脱旧我的新鲜感在我的心里盘旋起来。这种新鲜感带着我离开了镜面。我确信自己正在尝试接受梅书的热情以及她为我打造出的新形象。我确信自己在这个异乡的早晨被一种莫名其妙的东西启开了心窍。是梅书的启发,还是生命自然的演变,我不明白。我尝试着,带着镜中这个妖艳的自己和梅书的混搭艺术走进早晨空气清新的园子里。

此刻,清亮的阳光正漫过台阶和台阶背后的高楼。高楼在我背后成为背景。这个高大的背景让我显得格外的小。即使这样,他还是准确无误地看到了我,并放慢了脚步,像要等我过去。

这是在小镇学习的最后一天。在此之前,我已经在这里度过了二十天虽不能说多么美好但一定是十分宁静的时光。和我一起来的人有几十个。他们是来自全国不同地方的作家,临时组成了一个作家研修班。这个临时的长度,只有二十天时间。二十天和二十年,只是一个量的不同,本质却是一样的。回头一望,无非都是眨眼之间。吃早饭时,人们用不同的方言道别,有人还流了眼泪。我波澜不惊地看着眼前一张张表情丰富的脸。我想,要不了多久,这些脸就会从我的脑子里一一消失。这一路见过多少张脸,各式各样的五官、表情,好看的或不好看的,欢喜的或悲伤的。有时一抹微笑,会荡起一缕微波,一个眼神,会让人产生某种错觉。但故事尚未开始,就要结束了。一些细枝末节还不足以激起心底的波涛。可要说一点留恋也没有,也不是事实。

　　我这样胡乱想着,步履散淡地走下台阶,脖子上挂着鲜红的学员证牌子,红丝带缠绕着我家祖传的那块和田青玉。学习期间,不断有人盯着我看,确切地说,是盯着我的胸口看。盯得我准备躲闪的时候,他们突然发出一声令我起鸡皮疙瘩的惊叹,呀,一块好玉。我就下意识地抬起手,护住我的胸口。

　　此时,那个人离我还有一段距离。他扭头看我,不可能是因了我胸口的这块玉。等我离他很近的时候,我看见他脸上的笑容是为我准备的。他戴着一副眼镜。那眼镜不是那种透明的不挡眼睛的近视镜,也不是那种长在脸上的闪光镜或老花镜(当然他不能算老,可以说还很年轻),自然也不是那种看不见眼睛的颜色很重的太阳镜。他戴的是一副浅蓝色的更像是一种装饰的眼镜。我透过他蓝色的镜片很清晰地就看见了他的眼睛。那双眼睛里荡漾着一种莫名其妙的深情。我相信,他看谁,一定都带着这种深情,甚至容易让人产生误解,或幻想。

走向烤鸭店

我们用眼神互相打了个招呼。谁也没动嘴,好像说话是一件多余的事情。顺着培训基地的环形路,我们并肩而行,像一对认识多年的老朋友那样,而在心里,我们大概都在揣测对方的身份。环形路边的娃娃萱草开出金黄的花。环形路的路面涂成了蛋黄色,路两侧长着很多茂密的果树,绿色的草地还有很多开得很盛的花儿。吃完早饭,离上课时间还有一小截时间,我们就顺着环形路随意地走着。走到环形路的一个岔口处,我们同时停下来。我先动了一下嘴,问,你是本地人?这样问,是因为我确信,他不是我们这个临时班的学员。在这儿二十天了,几十个人也都陆陆续续认全了。这个人,这张脸,我之前从来没有见过。他或是这小镇的人,或是为我们提供赞助的这家公司的人。当我把这一判断换成问句向他提出来时,他在蓝色的镜片后面笑了笑,说,不是。我是特意从另一座城市赶过来听课的。哦,这么说,你也是我们这个圈里面的人。说出这句话,我在心里尴尬了一下。什么是我们这个圈里面的人,我们这个圈里面的人是什么人?我们这个圈是什么?它存在吗?想到这里,我自我解嘲地笑了一下。他也笑了。他大概发现了我话中的破绽,风趣地说,自然,我们是一伙的。这一点,你尽管放心。可是,这些天,我没看见过你。我扭头用怀疑的眼光看着他。他说,我刚才说了,我是今天特意赶过来听课的。之前,我没来过。你已经不需要学习了吧!我嘲讽地说。他说,不是,我欠缺的很多。接着他又补充道,我是开车过来的,我所在的城市离这里有三百多公里。噢，我吃了一惊，跑这么远，只为听一节课。如今还有这样为文学不顾一切的人？他似乎看出我的心思，从口袋里掏出一张名片递给我。我看见名片上写着一个名字：诗人轮子。我笑了。他的名字首先让我想到头顶的太阳，之后是脚下这条我们日日散步的环形路，还有我手里拿着的这只水杯。凡是圆的，不，凡是空心圆的，都可称作轮子。这样一琢磨，我立刻觉得眼前的这家伙是个哲学家。我笑了一下，轮子？这名字有意思。他用似笑非笑的表情回应了我，没啥意思，就是一个空心圆。

  上课的铃声响了。他看着我，在清脆的铃声里会心地笑着说，铃响了，该上课了。当学生真好！我说。我们说着话，快步走向教室。快到教室门口的时候，他问我，你的宿舍在几楼？我说三楼，你呢？他说，四楼。有空可以串门。毕竟还有最后一天的时间。我说，只有这最后一天了。他把蓝色的眼镜往上扶了扶，两个黑眼圈从镜片下掉出来，显得略微有些疲惫。他说，一天有很多分钟，很多秒，也可以发生很多事的。一天其实很长。当我们都在为生命短暂焦虑不停时，这个戴蓝色眼镜的家伙却说一天很长。这句话让我准备跨进教室的脚停住了。我扭头望着他的侧面，高高隆起的鼻梁像一座绵延的山峦，让他的脸部显得不同凡响。他可能是一个什么样的人？我突然对他生出兴趣。是的，我应和他说，一天其实很长。他那高耸的鼻梁山就转过来正对着我。他说，所以，我们还有时间！

我们还有时间，这句话让我掉进一种莫名的兴奋之中。我说不出，这句话包含着什么样的一种意思。但确实，当一个男人对一个女人，用如此温柔的口气说出这句话时，它让我平静的心脏突然欢跳了一下。我想，至少他对我的印象不是视而不见的那种。可是，我为什么要给一个陌生男子留下印记，我自己也说不清楚。

事实上，我并未觉得有再见他的可能。一天的时间，盛满了很多紧密的安排。分组讨论，交学习心得，还有一些表格要填写。毕业典礼是最后一场表演。没错，生命的每一天都是一场表演。不过是表演的舞台和道具日有所异罢了。比如在这个叫巴普的小镇上，我们的舞台背景，就是这个封闭式培训基地、环形路、天然池塘、池塘旁边的一座土山、土山上的树，还有这几座由教室、餐厅和宿舍共同构成的一个舞台。表演者是组织者和我们这些被组织者，管理者和我们这些被管理者，还有被邀请来的那些名角。主角和配角，每日台上台下，共同合演了二十天的戏，就要接近尾声了，明天就要散场，大家将带着不同的心情离开。路程远的，像我，最迟到明天午饭后也不得不同这里的一切告别，回到我生活了很多年的那个小城去，重新把自己还原成属于另一个舞台上的角色。另一个舞台就是我长久生活其中的一个小城。那座古老的四四方方的小城，居住得越久，嵌入得越深，它的面貌于我就越模糊，越无法轻易作出某种表达。我所能清晰说出并永远无法摆脱的是我作为一家小报记者的真实身份。

这个身份让我无法对生活有更多的选择。因为，我在这家小报社已经工作了十三年。离开它，再从某一处重新开始，对于像我这种视安分守己为天职的人，是不太可能的。我也日渐习惯了这种背着照相机，带着笔记本和录音笔，四处奔走的生活。我常常觉得自己像一只长着触须的老鼠，用触须的长毛捕捉那些发生在这个世界上每时每刻被叫作新闻的事情。有时候，我觉得自己更像一个手艺不怎么精到的裁缝。我的日常工作就是把那些政策、文件、领导讲话剪下来，贴到该贴的地方，加上时间地点，拼成一则完整的新闻报道。看起来忙不识闲，其实并没多少实际内容。这个角色让我既讨厌又留恋。假如一只海葵寄生在一块海底砂岩上，我就是那只海葵，而我的身份就是那块冒着水泡的海底砂岩。我们彼此依赖着，或许早已分不清彼此了。

　　终于找到了一个机会。我与这块代表我身份的岩石暂时分离了。我来到晋中这个叫巴普的小镇上。我以一个没有出处的自然人的样子加入这个作家群里。我的黑白灰色的生活色彩，在这里被改变。他们说，作家是这世界上没有边界的人群。而此时，我正在这群人中间，每天和他们同吃同住同学习同散步。特别是同散步，三三两两，我们绕着这条环形路，走了一圈又一圈，好像要一直这样回环下去。虽然不断有人中途脱逃，但这样的散步伴随着天一句地一句的漫聊，不知不觉中，我也把自己变成了一个没有边界的人了。在一个没有藩篱的陌生环境里，一群半生不熟的人群中，我获得一种从未有过的自由感。包括这身长裙短褂，这妖艳的色彩，便是这种自由感在服饰上的体现。这种像水一样的流动的自由感，明天就要结束了。

想到这里，我脑子里的晴天，一下就暗了下来，像一片清亮的树叶突然落上了一层灰尘。我看见自己像一尾黑色的蝌蚪，在酒精一样透明的空气里无力地游动。

二

教室，曾经是一个巨大的报告厅。因了我们的临时入侵，它暂时改作上课的教室。讲台上没有黑板，只有一张白色的投影布。布上头挂着这个班的名字——某某某高级作家研修班。这种摆设，让我感觉像置身于一个大会场里，看到主席台上写着标语或会议名称的大红条幅或电子屏。会场总是让人感到压抑。会场与教室本质上是有区别的。我认为，教室这个舞台相对于会场，它更逼真更单纯一些，比如可以不挂条幅，可以互相对话。大抵是我在会场上浸泡的时间太久的缘故，看见类似会场的地方，就本能地发酵，眼睛发酸发涩，甚至想打瞌睡。这次来参加这个研修班，原本就是想换个戏台子，换套不同的道具，能有一段时日，重新回到象牙塔，当一回学生，感受一下那种久违的单纯与无邪。可是，最后发现，我还在场里。一切似乎并未改变。

台上的老师是个长着大胡子的诗人。他声如洪钟，肺活量惊人，不时爆发出笑声，让人立刻从昏睡中惊觉。我坐在靠窗户的地方,窗外是那片椭圆形的池塘。池塘西边的土山和土山上的树映在塘面上,那倒影让人产生幻觉,就好像一面镜子,让我们的世界颠倒了一样。

看见池塘,我就莫名其妙想起了轮子。一个女人在某一瞬间想起一个男人,原本是一件稀松平常的事。即使这个男人只与她有过一面之缘,他也或许会在某刻划过她的脑海或梦境。那个戴着蓝色眼镜的人此时就是这样,在我的脑海上划过的同时,也出现在我眼睛里。他正坐在我的前两排,讲台下的第一排。他坐得端正,后背挺直,像池塘边那座土山上的一棵树,挡住了我的视线。我想,他个子那么高,应该选择坐在后排。而他却偏偏选择坐在第一排。他突兀地坐在那里,就像一棵高出草坪的大树,让我看不到大胡子诗人的表情,只能听见他中气十足的男高音。可我并没有恼恨他。挡在我眼前这只头发乌黑发亮的大脑袋,不时地晃动一下,或静止在空中,都很美,像是映在安静空气里的一抹黑色的刺猬花。大胡子诗人那极具诱惑力的声音,绕过这朵刺猬花,不断撞击我的耳膜。

下课后,刺猬花站起来,去和大胡子诗人握手亲热。看起来他们很熟。我跟在他们后面走进电梯。电梯里挤满了男作家和女作家。大家的表情像从教堂里走出来一般,满脸的祥和和圣洁。我顿时想起林语堂的一个观点——诗歌是中国人的宗教。吃午饭时,我与刺猬花隔着一张圆形的餐桌对坐而食。我把这句话说给他听。他一边用力地啃着一只发黄的鸡腿,一边认真地点了点头,表示赞同。吃完鸡腿,他告诉我,他也写诗,写那些有罪的诗。我笑了一下,说,写诗也是一种救赎。他抬眼盯着我看了一会儿,那眼神空荡荡的,像是看我,又像是在看一个不存在的东西。我对他笑了笑,他似乎毫无察觉,面无反应。眼睛忽而暗淡了下去,眼睑低垂,在蓝色的镜片后,像有一种绝望隐进两片深蓝的湖水里。他不再说话,专注地吃饭。我再次,注意到他的头发,那一头浓密的头发,齐整黑亮,黑得让人产生幻觉,像被岸上的树木映黑的池塘,让人对湖面产生怀疑。树和树影对立而存,临了,池塘或许会变成一个长满刺猬花的黑色舞台。

三

太阳很快又转了个半圆形,从大楼顶上落下去了。傍晚的巴普小镇分为两个世界。培训基地高墙外面是小镇的市井生活。大卡车不断从那条尘土飞扬的大街上经过。街道的两侧零星分布着一些小商铺小卖店。小镇上的人对陌生人是冷漠的,对我们这些被称为作家的人也并不太在意。我们去一家小商场里买了几块肥皂。里面的两男一女在打牌。我们走进去和走出来,似乎并没有惊扰到他们。一个大约七八岁的小男孩子坐在门口,负责收钱。破旧的门板上印着一个黑白二维码。我们扫了二维码,微信付了账,走出小店,原本想去镇中心看看。但考虑到纪律问题,便折回基地。这次学习原则上处于封闭状态。但我们可以想见,这小镇的中心也繁华不到哪里去。从表面上看,这个叫巴普的小镇并不富裕,发展的势头也不火旺。很多人都像小商店里的人一样,坐在商铺里或西瓜棚下面,打着牌,说着闲话悠然度日,似乎从不为生存或别的活着的一些事情焦虑。也或许他们的焦虑,我们无从看见。而我们能够独享的是高墙之内的这份清静。这花草树木,水塘亭榭,是给我们这种在精神上追求奢华的人布置的。我们在这里更像一群修行者。班上有人把这里称作世外桃源。而这个世外桃源是缘了周围的高墙,与小镇的喧嚣隔开。

　　晚饭后,我们按照惯例,绕着环形路走。夏日的夜总是来得这么迟。白天与黑夜交接期就略显得比春秋长了一些。我们几个男女一起绕着环形路散步。其中有人在讲笑话,不时地有人发出毫无掩饰的大笑。每个人离开自己长久的居住地,到了一个谁也不了解你根底的陌生舞台上,都会这样无所顾忌地将自己释放出来,青衣,小生,净旦,丑角,扮演出各各最像自己的角色,就像一个放下了各种包袱,骑马远行的旅客,眼里只有空无一物的放荡。

　　看见刺猬花轮子的时候,同行者都已陆续散去。蛋黄色的环形路上,我独自一个人走着。那些散去的人,有去看电影,有去图书馆的。少部分人悄悄溜了出去,与某人约会。这些事,我都不想做,我也不知道自己想做什么,我常常不知道自己最想做的事情是什么。有时候,脑子里空空荡荡,就像现在这个样子,一个人漫无目的绕着环形路走。那蛋黄的路面被晚霞镀上了一层金色的光泽。我想,这个世界其实并无太多空间和秘密让人去探索与遐思,对于一个凡俗的大脑,像我,至多是在重复生活里某个场景或小说里的某些情节。人的创造性是有限的。我想不出更多的东西。绕着这条环形路不断地重复,这伟大的重复就是生活的原形。我在脑子里清除着从课堂上听来的一些怪东西。在傍晚的霞光里,我看见了穿着一身黑色运动衣的轮子。

或许是衣服的颜色太深的缘故,他好像突然变瘦了。身体在衣服里晃荡着,像一株映在晚霞里的风木。他从环形路的对面走过来。他走得慢极了,不仔细看,你会以为,他没有动,只是站在那里。但他的确是走着的,好像有影子在他的脚下移动。他过了弯,正准备从环形路的一个出口岔出去的时候,他看见了我,就停住了脚步。

在一条环形路上,一个人遇到了另一个人,这不算什么巧合。在这条路上,我们每天都会遇到各色人等。很多人不需要我们做任何停留,直接擦肩而过,那些连看也不看一眼的熟悉的陌生人和从无交集的陌生人。而此刻,我和轮子同时停下了脚步,像是一场预约过的相遇。但实际上,我以为他已经离开了这里。因为下午的课,他没有去上。我扫视了好几遍教室,并没有看见他,晚饭也没有见他。他原本就是临时赶来听一节课,他提早离开,也在情理之中。可我没料到,他还会出现在这个四面高墙环绕的与世隔绝的园子里。我心里莫名其妙掠过一丝惊喜。我朝他走过去,他也同时向我走过来。和早晨一样，走到近处时，我看见，他脸上的微笑是为我准备的。我也还给他一个微笑。

继续顺着环形路，我们并肩而行。他高大的身影，将瘦小的我罩住。我感觉就像走在一大片乌云里。我们走着，走得很慢，更像两只蜗牛贴着地面在爬。谁也不说话，好像一说话就惊着了路边的树和树上的果子。这条环形路没有开头，也没有终点，我俩转了一圈，又转了一圈。

路上有成群的蚂蚁，从一个地方游行到另一个地方，成群结队，黑压压地横过路面。我吓得好几次跳起来。他看着我笑。他终于动了动嘴，说，你看你，踩死了好几只蚂蚁。他浓重的晋南口音，让我感觉很熟悉很亲切。因为这段日子，我天天被梅书浓烈而热情的晋南口音包围着、袭击着，晋南话于我就变得友好而温暖。男人的晋南话和女人的晋南话虽有不同，轮子的冷静和梅书的热情也大为迥异，但轻柔舒缓的音调却同样耐听受用。

蚂蚁是益虫，他们总是一窝一窝地行动，不像人这么孤独。他又说。我把脚挪到蚂蚁少的一个岔道口，说，那边有个池塘，我们去那边走走吧。他说，好。我们踩着一条鹅卵石小路来到池塘边。池塘边长满了草，草丛里有一排干净的青灰色湖光岩。我们在其中一块石头上坐下来，脚埋在草丛里。

他问我，何时离开？

我说，明天。

我问他,怎么还没走?

他说,他打算在这里多住几天。

我奇怪地扭头看着他,一切都结束了,老师都走了,临时班也解散了,你留在这里干什么?

他说,我不知道该去哪里。这里挺好。

我说,可是这里不是你家,这里吃住都是要花钱的?

他笑了笑,一副无所谓的样子,倒让我觉得自己小气了。

你想在这儿写作吗?为了挽回自己刚才说的话,我又补充道。

他说,不,我住几天就走。我只是感觉有点累。

哦!可你看起来状态不错。我说,而且很年轻的样子。

他摇了摇头说,虽然我知道,你说的不是真的。但你这样说,我还是蛮开心。

听口音,你是晋南人?

是的,我从小出生在晋南,可我祖籍是在塞北。我父亲当兵,带着母亲来到了山西。

嗯,你父母好吗?

他们都死了,死了好多年了。我没见过父亲。我出生之前,父亲就死了。

他说这话的时候,没有伤感,或许死亡对他已经是一件遥远的事。但隐约我看着他的脸在一层深于一层的夜色里有一些绝望的东西浮起来。我不敢再问别的,只怕碰触到一些事,一些他不想说,我也不想听的事情。

我换了个话题问他，喜欢写哪类诗？古体诗还是现代诗？

他说，就是口水诗。

我说，现在不是流行口水诗吗？要么就是抽象派，写给神看的诗，人看不懂，要么是白话派，白水煮萝卜，三岁娃娃也能看懂。

他"哈哈"大笑起来。然后，他说，世界被弄脏了，诗也被弄脏了。可总还是有干净的地方，有干净的诗。神和人都能看懂的。

我说，你写的诗，可以人神共赏吗？

他摇了摇头。掏出手机来，用手指在闪着光亮的屏幕上，点了一会儿，好像要找出他的诗让我看。可是接着他尴尬地笑了笑，说，没有了。

没有了？我不明白这句话是什么意思。

我疑惑地看着他。他站起来，摇晃着手机屏上的光亮，顺着水塘往西走。他爬到那座土山上去了。我看见一个高大的黑影，站在土山顶上，和一群黑色的树影站在一起，背后是森黑的阔大无比的天幕。没有星星，环形路上的灯远远地照过来，我看见他晃动着自己的身子，好像突然变了个人，发出时而深沉时而激动的声音，像一条大河奔涌而来：

单翅鸟为什么要飞呢

为什么

走向烤鸭店

头朝着天地
朝着许多束朴素的光线

菩提,菩提想起
石头
那么多被天空磨平的面孔
都很陌生
堆积着世界的一半
摸摸周围
你就会捡起一块
砸碎另一块

单翅鸟为什么要飞呢
我为什么
喝下自己的影子
揪着头发作为翅膀
离开

也不知天黑了没有
穿过自己的手掌比穿过别人的墙壁还难
单翅鸟
为什么要飞呢
肥胖的花朵

喷出水
　　我眯着眼睛离开
　　居住了很久的心和世界

　　我眯着眼睛离开
　　居住了很久的心和世界
　　……

　　我听出来了,这是海子的《单翅鸟》。他大声朗读着,重复最后两句的时候,我听出他的喉咙有一阵哽咽,声音在风中颤抖。我想,他哭了,是被海子的绝望碰疼了吧。诗人总是敏感。一个诗人为另一个诗人流过多少眼泪,一个诗人在另一个诗人的诗里死过多少回,谁知道呢。

四

　　我身体里的某种悲悯似乎被他的声音唤醒了。我站起来,摸索着,小心翼翼地走上土山。我想给他一点安慰。其实,我也清楚他不需要什么安慰。我看得出来,他可能是一只圆鼓鼓无懈可击的轮子。

　　我走近他时,他抱歉地耸了耸肩头,说,对不起,惊着你了?

　　我说,没有,我也喜欢海子和他的《单翅鸟》。但我更想听你读自己的作品他没回我话，眼睛看着山下的水塘。塘面在夜色里是一片深不见底的黑暗。我知道他什么也看不见，连一点水光都看不见。水塘被黑暗封得严严实实。他茫然地看了一会儿，便弓着腰，托着那些树，走下山去。我跟着他走下来，坐回到原来那块石头上。隔着薄薄的夜色，我感觉到他的身体在发抖，抖得很厉害。他的声音像是一张风吹动的纸张，发出瑟瑟的抖动声。

他说，我把我写的诗稿都烧了，一个字也没留。

发生了什么事？我终于忍不住，伸出触角的长毛探入一个他不想说我也不想听的故事的核里。我感受到那种令人战栗的核里，有一只手伸出来，朝向路灯的方向。他紧紧地握着拳头，就像握着这个世界的秘密，不肯松开。

我等待着。我预感着今夜，那只手一定会为我打开，让我看到其中的真相。一些人总会在生命的某个十字路口不期而遇，一个关闭的生命会毫无理由地为另一个生命打开。

时间走得很慢，像一只蜗牛慢慢地在脚下爬过。月亮升起来，又落下去了。它划过了半个夜空，完成了一次属于自己的旅行。

风吹过去，有鸟的叫声好远。轮子的声音像落在山坳里的月光，冷清而遥远。

他说，我是一个将死的人，不久，就要里离开这个居住了很久的世界。

我听着，听着他的声音像冰块落进夏日的湖水里。那湖水就是我此刻波澜不惊的心。我听着，等着故事的开场或结尾能有一些奇迹发生。

他说，我过去是个酒鬼。这一点，你一定没有想到。我经常一只手拧着酒瓶，一只手拽着我那帮狐朋狗友，穿过城市的大街小巷。那时候，我很有钱，也有很多女人。

他停顿了一下，突然扭头问我，这样说，你一定认为我是个土豪，对不对？

你不是吗？我笑着反问道。

他说，你说我是也行，说我不是也行。反正土豪也是人。是人都会有一样的开头和结尾。不过，在过程之中，或许会有些分别。比如我上过大学，大学毕业后，我当过老师，当过小官员，在体制内受过教育。后来我跟着改革的风潮下海经商。煤炭价格暴涨的那些年，中国好多人一夜之间成了巨富。我也是其中之一。我也和那些土豪一样干过那些上不遮天下不着地的苟且之事。再比如，我和我的原配妻子离了婚。她在我最穷的时候嫁给我。可是后来，我惹上别的女人。这件事，让我想起来很亏心。说实话，我并不想离婚，不到万不得已，没有一个男人愿意走这条路。可是她容不得我的错误，也不愿给我纠正错误的机会。她把我的衣服从窗户扔出来，扔到大街上，被路上的行人捡走了。她逼得我离了婚。之后，我就过上了一种非理性的生活。其实，我从来没有停止过寻找自己。一个迷失太深的人，找回自己并不是件容易的事。堕落与拯救，我的生命不断地浮起来落下去。从本质上讲，我不是一个土豪。

一个人，总想把自己说得和别人不一样，明明是土豪，非要把自己说成非，这就有点不坦荡。其实，我并不想了解他太多，对别人了解多了，倒成了负担。我动了动屁股，试图站起来走。

他大概觉察到了我的反应。他歉意地笑了笑说，对不起，很多事都不值得提了。一个将死之人，说什么都是多余。

他说着，先于我站了起来。

我也站了起来，面对着他。

我说，为什么要说晦气的话。你这不是活得好好的吗？

他转动着手里的手机，手机的闪光一明一灭，像一个梦或隐或现。

他说，年轻的时候，我也是个文学青年，做过梦，想当诗人，还写过一些诗，当然那也许不算诗。有一首小诗，还发表在了一家省级刊物上。说到这里，他眼睛里闪着光亮，好像这是一件非常值得一提的事情。

后来我做生意，就放弃了当作家的梦想，想来真有点遗憾。他苦笑了一下，又坐下来。

我也身不由己地跟着他坐下去。好像有一根看不见的绳子在我与这个陌生人之间牵扯着。

做生意不好吗？当今社会，人人想当老板呢。我说。

你也这样想？我看得出，你不是那样的人，你不应该有这样的想法。他说。

哪样的人？我不是哪样的人？我再次笑着反问他。

世俗的女人，我见得太多了。我觉得你有一点脱尘之气。

我忍不住"哈哈"大笑起来，其实我也有世俗的一面。我说。

他也笑了，说，你不是。第一眼看见你，我就像看见我堂哥家后院那片水塘里的荷花。

你堂哥？他家有荷塘吗？

是的，我堂哥家的后院有一片荷塘。有一段时间，我就和堂哥住在荷塘边的一个农舍里。我们每天一起下地劳动。我学会了种菜、喂狗、养花。还学会了做饭洗衣服。我们干活累了，就坐在荷塘边，看荷花。那些荷花就像长在人的心里，心就变成一片荷塘，那种感觉就像靠近天堂一般。这与酒场饭场歌舞场名利场的喧嚣是完全不同的世界。劳动使人安心踏实。享乐主义者像坐在一条随时可能沉沦的船上。我希望像一个农民那样生活。

有钱人就是这样，吃腻了山珍海味，又想吃窝窝头。我说，你不是跟你堂哥在乡下种地吗？想当农民，你可以一辈子待在乡下。

他摇了摇头说，我倒是想，可神不答应我。

我说，神也不能决定一切，因为我们不知道神以上还有什么。

他说，这句话说得真好。你中午说，诗歌是中国人的宗教，有道理。

走向烤鸭店

我纠正说，那不是我说的，是林语堂说的。

他说，有一次，我半夜从醉酒中醒来，看见窗台上的月光，像一片白霜静静地落在床边的地板上。那一刻，我觉得自己就像死后重新醒转过来，安静地面对这个世界的夜晚，面对着纯净得没有一丝杂质的月光。我对自己说，不能再堕落了，要好好地活着。我又开始写诗。可是，当我真想回头的时候，神却向我宣布了死期。我删掉了我写的那些诗。月光滑过窗台，只是一瞬间的停留，它来去无痕。而我们为什么要给后人留下我们活过的证据？

停顿了一会儿，他又说，我什么都不想留下。因为真没什么东西值得留下。生如荒草，说枯就枯了吧。

遥远的灯光照在他脸上。他的表情像盖了一层雾蒙蒙的夜气，除了几分落寞，上面什么都不存在。

到底发生了什么？这一次，我十分认真地问他。

他沉默了一会儿，深深地吸了一口气，又把吸进去的那口气长长地吐出来。他说，我得了癌症，不久于人世了。

他的语气出奇的平静，就像他早已经做好了准备。我的心战栗了一下，想伸出手去，触摸一下他可能随时倒下去的像纸片一样单薄的身体。但是，我迟疑着没有伸出去。我想这也许只是一个小说的虚构。我没有理由相信眼前这位头发浓黑一点衰老迹象都没有的男人，是一个将死之人。我在他身上闻不到将死之人的枯朽气息。他似乎充满着生气呢。

我再次站起来，准备回去。他猛然拉住我的手。我感觉到他的手很凉，像一块冰碰到我的手上。

他说，拥抱一下，可否？他说着，张开胳膊。

我退了一步，愣住了。我没有想到他会说出这样的话。我甚至觉得前面他讲的一切，都是为最后这句话做铺垫。先让我生出恻隐之心，再趁机干坏事。他当然不会想到，他碰到的也是一只圆鼓鼓没有任何缺口的轮子。

我向四周环视了一下。环形路上还有人说着话在散步。有两个小伙子骑着自行车滑过去又滑过来，还有一个女人用手机放着音乐在离池塘不远处的一片草地上练八段锦。院子里有人，我就确信自己此时是安全的。我没有再理他，一个心怀不轨的男人，我没有必要再听他扯淡。我顺着水塘边的小路往回走。走了几步，我的好奇心又逼使我回头去看他。这一回头，让我整个人都愣住了。我看见了一个变了形的轮子。他依然坐在那块树影婆娑的湖光岩上，他的脑袋，没错，就是那只长着一头浓密黑头发让人产生幻觉的大脑袋，不见了。一个光秃秃的一发不存的脑球晃动在环形路最近的一盏路灯昏暗的灯光里。在这只光秃秃的大脑袋上毫无生气地布置着一张没有头发作陪衬的扭曲而苍老的脸。眼睛鼻子嘴巴都好像移了位变了形。他的高大的身影也好像一下缩了水，佝偻着身体伏在青灰的石头上。他双手抓着一把乌黑的毛茸茸的假发，在把玩着。

我倒吸了一口凉气，幻觉，一定是幻觉。我转回身来，又往回走了几步，想弄清楚自己是不是产生了幻觉，或活见鬼了。我走到离他更近一些的地方。这一次，我更真确地看见了他那只光秃秃明晃晃的大脑袋。没错，一根头发也没有，发青的顶心鼓起来一滚，看上去像一座高低不平的小山包。那副蓝色的眼镜掉下来，一条腿挂在耳朵上，另一条腿横斜在脸上。他整个身体匍匐在岩石上，手里的假发乌黑发亮。他两眼空空地望着黑色的水塘。塘面上一片寂静，就像一切都在安睡或者死去。

你，在干什么？

我的声音让他吃了一惊。他拿着假发的手哆嗦了一下，身子也跟着哆嗦了一下。他有些慌张地从石头上直起身来，迅速转过脸去，背对着我。他把手里的假发重新戴在头上。当他把两手举起来的时候，我听见他的手在抖动，空气也在抖动，就像远处发生了地震，余震波及过来。环形路上的灯光似乎在此刻愈加明亮了，让我把这一切看得这么真切。

等他转回身来，我看见他的脸上重新恢复了笑容。他说，天太热，戴着这假发不舒服，就摘下来，凉快一会儿。

哦，你的假发好漂亮！我突然不知道该说什么，莫名其妙地说出这句话时，心里掠过一丝说不出的悲凉。为轮子，还是为我自己，我不清楚。

轮子下意识地用手捋了捋头上的假发说，是吗？它好贵的，是我从韩国买来的，不过这发线是真人的头发做的。这一点可以肯定。化疗是一件痛苦的事，头发都掉光了。我不习惯光着头出门，就像没穿衣服一样。他笑着，笑得从容了一些。

　　我从鼻腔里轻轻"嗯"了一声。我的目光变得柔和起来。面对一个即将离开的生命,我觉得话语是空洞的。我将两条胳膊抬起来,向他张开。他站起来拥抱了我。我闻到一个男人身上散发出来的潮湿的气息,伴着青草的香味,让水塘边的孤夜有了一丝暖意。

　　我们顺着池塘边的小路,走上环形路。又绕着环形路走了一圈。快到宾馆的时候,我问他,为什么想要拥抱我?他说,我这辈子拥抱过很多女人。除了你,其他女人我都是带着各种想法和欲望将她们拥入怀中。之后就是占有,就是征服,再之后就是放弃和逃避。我一直试图在这样的游戏中获得快感和幸福。但是,我错了,我没有,从来没有在一个女人身上得到我想要的任何东西。一切随着快感的消失而迅速消退。我发现我始终是孤身一人,漂泊在尘世间。直到我得了病,在病痛中,我突然发现,痛苦才是通往幸福最深的通道,痛苦是一条净化之路。死亡前的回顾,是多么令人动心的一刻。此刻,我想不带任何欲望和想法去拥抱一个女人。拥抱我生命中遇到的最后一个女人。

　　那为什么偏偏是我?

　　他诡谲地笑了一下,这个问题,你只能去问神,我不知道为什么,就像我不知道为什么会遇见你。

　　在回宿舍的电梯里,我随手将脖子上带的那块祖传玉佛摘下来,送给他,愿佛保佑你。我说。

五

回到宿舍，梅书同学已经睡了。我开门声吵醒了她。

她操着一口晋南话，问我，是不是去约会了。

我说，是。

她问，和谁？

你老乡，一个叫轮子的诗人，你认识他吗？我一边脱衣服一边问。

啊！她尖叫了一声，把头埋进被子里，好像听到了一个令她恐惧的名字。过了一会儿，她又掀开被子，从床上坐起来。她说，姐，这个轮子，我听说过，是一个行踪诡秘，行为古怪的人。他是我们晋南的一个老板，很有钱。前几年，听说他失踪了。没有人知道他去了哪里。过了几年，他又悄没声息地回来了。最近，听说他干了一件惊天的事情。

啥事？杀了人？我问。

不是。听说他把所有的财产全部捐给了慈善基金会。他还和一个医院签订了捐献遗体的协议书。姐，你说这人是在故意炒作，想出名呢？还是另有所图？

我不置可否地摇了摇头，不想再说话。

窗外，夜色深邃，我听见轮子的声音在土山上飘动：我眯着眼睛，就要离开这居住了很久的心和城市……

我突然觉得鼻子被一股酸涩的气流堵塞。我取了耳塞塞进耳朵里，取了眼罩蒙住眼睛，将自己置入一个一尘不染的黑色世界！

二镜的世界

一

二镜，二镜，二镜听见爸爸的叫声很焦急。她和妹妹正穿过巷子往家走。她一只手里捏着一个小药瓶，里面装着给妈妈买的安眠药。医生说，安眠药每次只能给十片，多了怕出人命。二镜不懂其中的缘由，她只知道妈妈整夜睡不着，要喝这些白色的小药片才能睡着。妈妈以前身体很结实，从不喝药片的。她一个人种了两大棚蔬菜，还喂了一群鸡，她常常一钻进大棚里，半天就不出来。爸爸在城里打工，一星期回来一回。家里的活都是妈妈在做，她每天忙得是手不是脚的。在二镜眼里，妈妈和那两栋钢筋焊接的大棚一样，风吹不到，雨淋不坏，结实又安稳，怎么可能坏了呢？可是，妈妈突然就坏了。妈妈躺在床上已经一年多没有下过床了，脸色一天天地变黄，身子骨一天天地变瘦。爸爸说，是献血把妈妈献坏的。春天，村子里来了一辆无偿献血车。妈妈和巷子里几个妇女相跟着去献血。回来时，妈妈还带回来一件

走向烤鸭店

红十字会送的白背心。过了几日,妈妈的胳膊上献血针扎进去的肘窝处,就长出一个小疙瘩。起初,妈妈没在意,可那疙瘩越长越大,到了秋天,就长得像枣那么大了。妈妈开始觉得不对劲,跟爸爸说,得去看看医生。爸爸就开着他那辆全身作响的面包车,拉着妈妈、二镜和妹妹一起进了城。他们先去了城里的姑姑家。姑姑是城里的干部,有能耐,关系多,家里有事,爸爸都找姑姑帮忙。每次去姑姑家,二镜心里都鼓得满满的希望,她也不知道希望什么。只是一进姑姑家那干净整洁的小洋楼,二镜心里就晴朗起来,欢快起来。她看见姑姑家的小洋楼前面有个长满花草的院子。院子里有很多她不认识的树。那树长得不像村子里那些树野泼泼的,而是长得安安静静,文文雅雅,就像姑姑一样。她想,难道这些花草也读过书吗?姑姑家的小洋楼有三层。一楼的会客厅很宽敞,客厅里也有很多花花草草,长得绿蓬蓬的。姑姑家的二楼有个书房,书房里有很多书。二镜常常趁人不注意的时候,跑到二楼去摸那些书。爸爸说,姑姑有出息,就是因为读的书多。二镜就想,如果我把这几柜子书读完,将来就能像姑姑一样不种地,到城里当干部。姑姑见二镜喜欢书,就从书架上抽出一本送给她。姑姑说,这是《安徒生童话》,适合她读的。姑姑说话总是和和善善的,看她的眼神很温柔很温暖。

爸爸和妈妈坐在姑姑家宽大的沙发上,跟姑姑说话。爸爸说,你嫂子胳膊上长了疙瘩,你找个医生给她看看。妈妈就搂起袖子给姑姑看。妈妈的胳膊很粗糙,肘窝处凸起一个不红不紫枣大的肉疙瘩。姑姑伸出葱白一样的手指按了按妈妈的肘窝处,问,疼不?妈妈说,不疼不痒的,甚感觉也没有。姑姑说,隔壁有个申医生,以前是人民医院的院长,外科专家,现在退休了,在家开门诊。我带你去看看。妈妈就收回胳膊,放下袖子,站起来,跟姑姑往外走。二镜和妹妹跟在她们屁股后头。申医生家也住着小洋楼,和姑姑家一样满院满屋子的花草,很干净。申医生是个老头,白头发白眉毛,连皮肤都是白生生的,看上去像个神仙。姑姑把妈妈的事情跟申医生说了,申医生说,来来,让我看看是个甚东西。他笑眯眯地让妈妈坐在他对面的一只木凳子上,伸出两根白黄枯老的手指,像姑姑那样按了按妈妈的肘窝,然后,从一个银盘里取出一根银亮亮的长针插进妈妈的肘窝里。突然,他的两道白眉毛紧紧攥在一起,刚插进去的银针,像遇到了障碍,迅速地被那两根苍老的手指夹住拔了出来。老医生原本笑眯眯的眼睛突然不笑了,脸上陡然生出一层严肃之气。他对姑姑说,这疙瘩里有不太好的东西,你们赶快去大医院看看。

  二镜,二镜!爸爸的叫声变得急促吓人。二镜拉着妹妹在巷子里奔跑起来。妹妹五岁,二镜八岁。二镜觉得妹妹还小,总被巷子里的小孩子欺负,她要保护妹妹。妹妹跌了一跌,二镜把妹妹拽起来,继续往前跑,跑进了院门,跑进屋子。她看见爸爸坐在床边,焦急地四处张望着。二镜,二镜,你快来看看，你妈妈不吸气了。爸爸把手放在妈妈的鼻子底下，妈妈一动不动躺在床上。屋子里的灯光很暗，暗得让二镜感到窒息。她走过去，把小手伸到妈妈鼻子底下，仔细地辨别了一会儿，妈妈果真是不吸气了。二镜叫，妈妈，妈妈。妈妈好像听不见，她仰面躺着，安静地闭着眼睛，不呼气，也不吸气，像是睡得很深，很安详。妈妈总是睡不着的。从医院检查回来，她就开始一夜一夜地失眠。医生说，妈妈长的是恶瘤，恶瘤里有两种癌细胞。二镜记不住那两种癌细胞的名字，但她隐约觉得妈妈得了一种怪病，她从来没有见过的怪病。爸爸说，是献血感染了病毒。可是谁也不能为爸爸的话证明。那辆献血车，村里也没有人知道它从哪里来，又去了哪里。姑姑带着一辆大工具车来了，说要带妈妈去做手术。爸爸就把妈妈从床上拖起来，背到车上。二镜也坐上工具车，跟着妈妈到医院去。妈妈被送进手术室的时候，二镜就紧紧攥着爸爸的手，等在手术室的门外。她不知道这世界发生了什么，她害怕医院，害怕医生，害怕那些到处走来走去的洁白的颜色。那一尘不染的白色让她感觉不真实，像在另外一个世界。她在这种白色笼罩的不安中足足等了四个多小时。爸爸坐在手术室外的不锈钢长凳上，她站着。爸爸让她坐会，她不坐。爸爸想抱住她，她也不让。她倔强地站在手术室的门外，眼睛直直地盯着那扇印着红色"手术室"字样的玻璃门。那玻璃门是不透光的，看上去像一层厚厚的冰，让她感觉浑身发冷。

那扇门终于开了，妈妈被推出手术室。她胳膊上那个碗口大的疙瘩不见了，胳膊肘上缠满了厚厚的白纱布。一个穿白大褂的医生对爸爸说，这一回彻底把这坏东西切干净了，以后不会再长了。

伺候了几天，爸爸要回城里打工，留下二镜在医院照顾妈妈。二镜每天穿过住院部的大楼，去食堂给妈妈打饭。住院部的大楼很大，通往食堂的那条过道很黑。有时候，她会碰到那些脸上缠着绷带受了伤的人，或坐在轮椅里嘴歪眼斜的中风病人，被人扶着或推着，迎面和她擦肩而过。她还碰见过躺在担架上，脸和身体都被蒙在一条白布床单里的人被抬出病房去。她知道，那是死人。只有死人才会被蒙上脸，不怕他透不过气来。死人让她害怕。因为她看见抬担架的人都哭丧着脸，样子看上去很绝望，那种绝望的表情，比死人还让她害怕。她以前从来没见过死人，也从来没见过抬着死人的活人脸上的那种表情。但在医院里，她突然知道了，这世界有的人会死去。她不知道，他们会把那些脸上蒙着白布单子的人抬到哪里去，但她像受了某种神启一般，躲避着，只要远远看见有人抬着一个蒙脸的人走过来，她就慌慌张张地跑回病房里。

过道里每日都弥漫着一股医院里特有的气息，阴冷，潮湿，令人压抑。二镜提着饭盒，在过道里跑。每次她都是跑着穿过过道，奔回妈妈的病房里。妈妈说，二镜，你跑啥？二镜看着妈妈蜡黄的脸，说，我没跑啊。妈妈就把胳膊伸出来给二镜看,笑着说,二镜,你看,妈妈好了,医生说,这疙瘩不会再长了。二镜看着妈妈,就开心地笑了。

可是到了冬天,那疙瘩又在妈妈的胳膊上长出来了,而且,长大的速度比二镜长高的速度快得多,很快就长成了一个小山丘,且一边长一边烂,在妈妈肘窝处烂出一个大坑来。妈妈开始吃不下饭,睡不着觉,整个人变得摇摇晃晃,像一脉随时可能被风吹灭的灯苗。二镜开始害怕起来。

二镜,二镜,妈妈到底有没有吸气?爸爸疑惑地望着二镜。二镜把两只小手都捂到妈妈的鼻子上了。她努力想感觉到妈妈的呼气和吸气,可是,好像一点气息都没有,虽然妈妈的鼻尖还是温和的,但是那温和是静止的,是不会呼吸的。妈妈死了!二镜突然尖叫了一声,把爸爸吓了一跳。爸爸说,二镜,你说什么?二镜说,妈妈死了。爸爸望着二镜,他觉得这孩子很奇怪。她怎么知道死这个词。她才只有八岁,从来没见过死人的。可是,她突然说,妈妈死了。他把手伸到妻子的嘴上鼻孔下面,他确信了二镜的话,她死了。他把二镜从床上抱起来,紧紧搂住。二镜在爸爸怀里哭着说,妈妈死了!

屋里院里笼上一层死亡的气息。纸钱,干谷草,白生生的棺材,还有来烧纸的人不断哭着妈妈的名字。二镜傻傻地坐在院子中央一只玉米叶编的草墩上,看灰蒙蒙的天空。她突然对死有了真切的认识,一个人停住呼气和吸气,就是死了。她想,死了和睡着了大概是一样的。死几天,还能活过来，就像睡着了的人，睡一晚，早晨还会醒过来。她完全不知道，死了的人是不会再回来的。当人们抬着穿戴一新的妈妈，放进棺材里，准备盖棺盖的时候，二镜突然闯进来，死劲扒着大人的手，喊着，不要盖，不要盖，会把妈妈闷死的。她趴在棺材口上不让人钉钉子，爸爸硬生生把哭得满脸鼻涕眼泪的二镜抱走了。

　　出殡那天，村里一个看热闹的都没有。妈妈这么年轻就死了，村里人怕染上晦气，就紧闭大门躲在家里，小孩子也不让出来。二镜拉着妹妹的手，跟着爸爸走过村子，走到村口的砖窑上。砖窑旁边有一块荒地。他们把装妈妈的棺材放进荒地里事先打好的一个大地坑里。那地坑不大不小，妈妈的棺材放进去，正合适。他们用砖窑上烧出来的青砖在地坑上垒起来一个尖顶的房子。房子上没有门，也没有窗户，二镜想，如果哪天晚上妈妈活过来，想出来回家，怎么办？她问爸爸，爸爸说，妈妈活不过来了。二镜就大哭起来。她一路都没哭，她想着妈妈过几天，还会回来的。爸爸突然说，妈妈不会回来了，爸爸的话一下让她号啕大哭，眼泪像决了堤的洪水，止也止不住。爸爸哄不下她，就说，二镜，你别哭，晚上等你睡着了，妈妈就会回来看你。二镜就不哭了。那天晚上，她真的梦见妈妈回来看她了。她躺在妈妈生病的那只床上，看见妈妈穿着浅绿色碎花上衣，挽着袖管，从门口进来。妈妈叫着，二镜，二镜。二镜睁开眼，看见一道缸口粗的阳光从窗户上照进来。她赶忙从床上爬起来，屋里屋外地找,大声叫着,妈妈,妈妈。没有人回应。她一口气跑到村口的大棚地。妈妈不在棚里,棚里的西红柿苗子和青辣椒苗子长得绿油油的。阳光透过大棚上白色的塑料布照进来,苗子们就在暖和和的阳光里肆意地幸福地长着。二镜站在棚口,傻站了几分钟,返回身,往妈妈的坟丘上跑。

爸爸坐在坟丘外的干茬砖垒的石墩上,抽烟。烟雾散在阳光里,不见了。

二

大棚里的菜苗子突然就枯黄起来,耷拉下全身的枝叶,一棵接一棵地死了。爸爸不去城里打工了,回来照看那些苗子。他把那些死去的菜苗子一棵棵拔掉,又一垄垄补上。补上的菜苗子,长得很吃力,很长时间也长不起来。二镜觉得这世界越来越无趣了,连菜苗子都不想长了。

她爬上一个陡坡去上小学。学校在临近的一个村子里,和二镜的家隔着一条陡坡。陡坡很陡,直上直下的陡。二镜每天一早爬上陡坡的时候,就像往天上爬。晚上下陡坡的时候,她就蹲着往下滑。坡上的村子叫太平村,和她家在的东栈村是两个自然村合了一个行政村。村委会设在太平村。太平村有小学,东栈村没有。爸爸说,他们小时候村里是有小学的,到了改革开放以后,东栈村连小学也没有了。爸爸说,姑姑就是在村里念小学考上大学的。你也好好学习,像姑姑一样将来考上大学,到城里当干部。二镜的小姨嫁在太平村。

二镜午饭就在小姨家吃。小姨长得很丑，脸色铁青，虽然有些地方隐约和妈妈相似，但却远没有妈妈好看。妈妈的皮肤很白，身上的衣服总是干干净净，走路像风一样又轻又快，干起活来不要命。妈妈活着时，总说，小姨是个懒汉，连自己那身衣服都洗不干净。可是妈妈去世后，二镜觉得小姨是最像妈妈的人。尤其是她穿的那件白绿碎花衣服，是妈妈穿过的。从后面看上去，越看越像妈妈。二镜觉得，小姨是这个世界最像妈妈的人，也是她最信任的人。

第一次期末考试，二镜考了全班第一名。她拿着考卷回到家时，爸爸不在。她想，等夜里妈妈来看她时，她给妈妈看考卷上的两个一百分。可是那天晚上，妈妈没来看她。她突然发现，妈妈好多个晚上都没有来看她了。为了见到妈妈，她每天晚上早早就躺到床上，闭上眼睛，可是妈妈却没有按时来。

爸爸睡觉的床头上贴满二镜的奖状。姑姑来了，爸爸就让姑姑看那些奖状，说，二镜像了你，学习好，将来兴许能考出去。二镜看见姑姑认真地看着那些奖状，她白净净好看的脸上露出喜色。姑姑说，小学毕业，让二镜到城里上初中吧。镇办中学，教学质量差，别把二镜埋汰了。等小学毕业，姑姑真的把二镜接到城里上学了。二镜的学费和生活费是姑姑背着姑父给她交的。二镜觉得姑姑越是亲她，她就越得好好学习。她每次考全班第一，有一次她考了全校第一，姑姑一高兴，就让二镜住在了自己家里。那天晚上二镜住在姑姑家，第一次她住进那么好的房子里。房子里有一种淡淡的沉香的味道。姑姑还让二镜看她奢华的衣柜。她有很多漂亮的裙子和时髦的帽子。姑姑挑了一件天蓝色的裙子给二镜穿。二镜自卑而羞怯地试着穿了一下，对着那面清澈的穿衣镜，她看见了镜子里的自己，吃了一惊。镜子里的女孩已经是一个长成的大人，天蓝色的裙子裹着她正在加速发育的身体，前胸虽然还略显扁平，但美丽的锁骨露在低低的裙领外面，映衬着生动无比的脸，饱满而红润的嘴唇。二镜疑惑而惊奇地望着镜子里的那个人。她好美，她是我吗？我环顾左右，只有她和姑姑两人。姑姑穿一身淡红色的睡衣，站在橘黄色的灯光里，从侧面看着她。姑姑说，二镜，你真漂亮。二镜的脸一下红了。镜子里的人真的是我。当二镜确认了这一点，她心里就淌过一种从未有过的美好感觉，她第一次如此清晰又如此梦幻地面对面看着镜子里的自己，就如那镜子是一扇门，正在悄悄地为她打开。

爸爸又找了个女人。那女人样子看上去很虎气，大方脸，说话嗓门很大，是个又高又胖的红脸女人。二镜不喜欢她，二镜觉得她和妈妈比起来太野蛮。她对她说话的时候总是红着一张大方脸，像吵架。女人给二镜做饭，二镜不吃，三镜吃。二镜就呵斥三镜。女人给二镜洗衣服，二镜劈手夺过来不让洗。二镜不认这个女人，时时处处跟她作对，让爸爸很为难。爸爸让姑姑劝说二镜，姑姑就把二镜叫到楼上，关起门来，做她的思想工作。这一年，二镜已经十六岁了，马上要初中毕业。姑姑说,二镜,后妈也是妈,你要认她。二镜看着姑姑家墙上的那只飞翔的篮球,篮球下面有一句英文:Everything negative-pressure, challenges-isallanopport unityformetorise.她知道这是科比的名言,意思是:压力、挑战,这一切消极的东西都是我能够取得成功的催化剂。这句话的意思是表弟告诉她的。她现在正和姑姑坐在表弟的房间。表弟去上学了,房间里摆放着他的玩具,电脑和课桌。表弟比她小四岁,已经长得很高了,眼睛、鼻子和姑姑长得很像。他很帅,也很幸运。二镜觉得,表弟的幸运衬着自己的不幸。她看见表弟时,不由自主地会把头低到最低,她恨不得他看不见她。他那么舒展,那么幸福,而自己那么丑陋,那么贫穷,他会看不起我的,二镜想。虽然表弟总是亲切地叫二镜姐姐,可是,二镜一见他,就觉得自己矮下去一大截。她觉得,表弟是一只金色的猫王,而她是一只偷偷摸摸住在他家的小老鼠。姑姑摸着二镜的头发,亲切地说,二镜,你希望爸爸打一辈子光棍吗?如果你太任性,不接受这个后妈,你爸爸以后的日子会多么难过。提到爸爸,二镜把眼睛从篮球上移开,转到姑姑的脸上。她看见姑姑的微笑让人很舒服。她点了点头。姑姑笑了。

二镜中考考了607分,县一中的录取分数线是603分。姑姑说,我说二镜有出息,果不其然。姑姑第一时间把这一消息告诉了爸爸。爸爸说,不歪,不歪。东栈太平三里五庄,还没人考上过县一中,二镜破了天荒。中考结束,就是暑假,

走向烤鸭店

整个暑假,二镜都住在姑姑家。她穿一身红色的运动短装,每天下午到学校的操场上和同学们打篮球。她参加了学校的篮球队。学校的后门正对着姑姑家住的小区。姑姑家住的小区是县城里的别墅区。小区里到处是树,是花,是草。有人家还搭了葡萄架。每家小院里都有菜地。竹子高出院墙来,爬山虎在别墅楼上爬得到处都是。她穿过小区,从学校后门到操场上去。

下午五点钟的太阳照在操场上,也不冷漠,温温和和的,让人感觉很舒服。操场很大,二镜觉得自己能够像别的孩子一样把篮球投进高高的篮球筐里了,尽管以前她投了无数次,都没有投进去,可是那天下午,她突然投进去一颗,接着又投进去一颗。她满心欢喜,在操场上奔跑跳跃,出了好几身汗。回到姑姑家时,天已经快黑了,她看见爸爸的面包车停在姑姑家院门口。她走进去,看见爸爸坐在姑姑家棕红色的皮沙发里,抽着烟,跟姑姑说话。爸爸的脸黑黝黝的,鼻子眼睛嘴都分辨不出来。他的衣服上和皮鞋上沾满了土粒,大概是刚从大棚里钻出来。爸爸看见她走进来,就说,二镜,回村住几天吧,村里比城里凉快。姑姑笑着说,二镜,你爸来接你了,你想不想回去?二镜犹豫了一下说,爸爸来接我,就回去吧。二镜收拾了东西,跟爸爸出了姑姑家。其实,她并不想回村子里,不想见到那个大方脸的女人。可是,姑姑分明是想让她跟爸爸回去。二镜懂得大人的心思,因为她觉得自己也已经是大人了。

二镜坐上爸爸的面包车，闻到一股臭烘烘的羊粪味。二镜知道，爸爸把妈妈喂的那群鸡卖了，又买了一群羊。爸爸用面包车拉羊粪，弄得满车羊粪味。父亲发动车的时候，看上去很费劲，发动了几次，才着了火。面包车跑起来全身响个不停。二镜担心爸爸的面包车会坏在路上。这辆老面包车是爸爸从别人那儿买的二手车，看样子已经很老了，全身的零件都是松的旧的，不像姑姑的车，看着就养眼。姑姑开的是一辆银灰色的商务车，至于什么牌子，二镜不认得。姑姑的车是自动挡，开起来没有声音。姑姑的车上还有音乐，坐在车上还可以听音乐。爸爸的车上什么都没有，那一路的响声，让她觉得像坐了一辆拖拉机。

回到家，天已经全黑了，三镜趴在床上睡着了。爸爸说，三镜还没吃饭呢。二镜就把三镜叫醒，说，三镜，三镜，你看我给你带了什么来？三镜瞇眯睡眼地坐起来说，哪儿？在哪儿？二镜说，这儿。三镜四下寻找二镜的声音，二镜藏在爸爸背后不让她看见。三镜找了半天找不着二镜，就说，你出来。二镜出来后手里拿着那条天蓝色的裙子，问三镜，喜欢不？三镜说，我以为是甚好东西，裙子，我不穿。三镜还没到爱美的年龄，她刚准备上五年级。可是她长得比二镜还高。二镜说，这是姑姑给我的，我舍不得穿，给你穿，你还不穿。三镜说，你穿，你穿。她说着又趴在床上睡着了。二镜把裙子收起来，心想，我把最好的东西给妹妹，妹妹却不喜欢，这让她很郁闷。妈妈死后，她觉得她应该照顾好妹妹，可是妹妹好像不需要她照顾。妹妹管那个方脸女人叫妈，这让二镜听着身上直起鸡皮疙瘩。

那天晚上，二镜躺在妈妈躺过的那只床上，又梦见了妈妈。她梦见妈妈在大棚底下除草。那些原本长得活泼泼绿莹莹的草，被妈妈用一只钩锄挖出来，扔在身后，变成了一片没有生命的草尸，横七竖八躺了一地。她心疼得把那些草苗子捡起来放在一个大箩筐里。后来，妈妈说，天要亮了，二镜，草锄净了，我该走了。妈妈起身往棚外走，二镜扔掉手里的箩筐追着妈妈出来，妈妈就不见了。二镜大声喊着，妈妈，妈妈，她把自己喊醒了，发现窗格格发白，天大亮了。她穿上衣服，跑出屋子，跑出院门，往大棚地跑。大棚地在村口。原来是一个砖窑场。后来因为环保问题，砖窑关闭了，爸爸就和妈妈把那片地方承包下来，盖了两栋大棚。爸爸说，本来还可以多盖几栋，可是没钱了。说政府给每栋大棚有补贴，爸爸也从来没有领到过政府一分钱的补贴。两栋蔬菜大棚在清早的晨光里，泛着雾蒙蒙潮湿的白光，那些支撑着大棚的拱形的铁架子，在白色的塑料布里，一根根清晰可见。二镜跑进大棚口，看见一个穿白绿碎花衣服的女人背对着她在大棚下除草，她身后躺了一片拔起来的草苗子。那些草苗子还泛着绿。二镜叫了一声，妈妈！女人猛地回过头来。是大方脸女人，不是妈妈。二镜愣在那儿。半天，她才回过神来，转身，往大棚外跑。大方脸女人提着勾锄，追着她出了大棚地，并大步赶到她前面挡住她的路。她和大方脸女人面对面站住了，站得很近。她看见大方脸女人的大方脸上满是惊喜，她问，二镜，你是叫我吗？不是。二镜坚决地说。那你叫谁？大方脸女人问。我叫我妈妈。二镜扬着倔强的下巴。我不是你的妈妈？大方脸女人盯着二镜的眼睛问。不是。二镜回答得干脆利落。大方脸女人脸上的惊喜顿时消失了，脸色沉下来，厉声地说，你这孩子，怎么这样？你妈妈早就死了，你能把她叫活吗？你跟我回去除草去！大方脸女人命令她。不，二镜一头将大方脸女人的身体撞开，往回跑。

路上，碰见了三镜。三镜说，姐姐，你跑甚？二镜说，那女人叫我去锄草，我不去。三镜说，你为甚不去？二镜说，因为她不是妈妈。三镜说，她不是，谁是？二镜说，妈妈死了。三镜说，那咱就当她是妈妈吧。二镜说，不能当她是妈妈，因为她不是妈妈。三镜说，反正妈妈已经死了，咱俩总得有个妈妈。二镜说，傻瓜，妈妈只有一个，不能乱认。大方脸女人一路追过来，把手里那只钩锄高高地举起来，对三镜说，三镜，跟我去锄草。三镜看了看二镜，就跟方脸女人走了。二镜觉得妹妹被方脸女人收买了，她很生气，她大声喊，三镜，你回来。三镜好像没听见，头也不回地跟着方脸女人进了大棚地。二镜一个人上了陡坡，去太平村找小姨。

二镜对小姨说，大方脸把三镜收买了。小姨说，她拿什么收买了三镜？二镜说，不知道，反正三镜把她当妈妈，还跟她去锄草。我叫她，她不理我。小姨问，你爸爸呢？二镜说，爸爸把妈妈的土鸡都卖了，买了一群羊。他每天上山去放羊，也顾不上管我们。小姨说，听说你考上一中了，不歪呀。二镜说，还没接到通知呢。小姨说，二镜，有件事我憋了好多年了，一直不敢告诉你。现在你长大了，我想告诉你。二镜说，小姨，你想说甚，就说吧。小姨踌躇了一下，说，黑山不是你亲爸爸。二镜没听清楚，望着小姨，问，你说什么？小姨说，黑山不是你亲爸爸。这一次，二镜听清楚了，小姨说，爸爸不是二镜的亲爸爸。二镜脑子一下乱了，过了一会，她问小姨，那谁是我的亲爸爸？小姨说，你亲爸爸在你没生下来之前，就死了。他得的是脑瘤，整天疼得拿头撞墙。你妈妈不停地给她打杜冷丁。你出生的前一个月，他死了，然后你妈妈带着肚子里的你嫁给了黑山。小姨的脸越变越黑，二镜觉得她是可怕的，她像个巫婆，编造了她的身世。可是，她又觉得小姨说得像是真的。

　　二镜从小姨家跑出来，一口气栽下陡坡，跑到山上。爸爸在山上放羊，一大群羊在山坡上吃草，爸爸坐在一块石头上望天空的云朵。地上的羊群和天上的云朵一样的白，一样的流动不停，让二镜一时分不清是云朵落在了山坡上，还是羊群飞到了天上。二镜喘着气站在爸爸跟前。爸爸从天上收回目光，问，二镜，你咋来了？二镜说，黑山不是我的亲爸爸。二镜的脸憋得通红，满脸流着汗。爸爸说，黑山不是你亲爸爸，谁是你亲爸爸？二镜说，我亲爸爸死了，我没出生，他就死了。爸爸从石头上站了起来。爸爸个子很高，站起来就像一座山峰，乌黑的影子将二镜严严实实地罩住了。他看着二镜,问,谁告诉你的?二镜说,你告诉我,黑山不是我的亲爸爸。爸爸说,黑山当然是你的亲爸爸。二镜说,你要是我的亲爸爸,就不会把大方脸女人娶回家了。你在说什么,二镜,你这孩子!爸爸突然生气地朝二镜吼了一声,举起手中羊鞭,一鞭抽在石头。"啪"的一声鞭响,穿魂入魄似的,二镜浑身打了个哆嗦。她觉得那一鞭是抽在自己身上,她怯怯地叫了声,爸爸。爸爸没有理她。爸爸提着鞭子朝山上走去,他头顶的天空陡然涌起一大滚黑陡陡的云层,乌云汹涌着漫上来,像一块巨大的黑布遮住了整个天空。一道闪电劈开黑云,随即就响起"轰隆轰隆"的雷声,要下雨了,二镜想。她拔腿往山下跑,雨很快就追上了她,硕大的雨点,一颗接一颗地落下来。开始只有几点,很快就密集起来,大雨从天空直倒下来。

　　二镜惊慌失措地在大雨雷鸣中跌跌撞撞地跑着。小姨的话,像刺耳的雷鸣,不断地在她耳边轰鸣,黑山不是你的亲爸爸,黑山不是你的亲爸爸……二镜一口气跑回家,满头满脸淌着湿淋淋的雨水。她看见大方脸女人和三镜在屋子里坐着,她们看上去很开心,有说有笑的。她突然怒不可遏,上去扇了三镜一巴掌,三镜哭了。大方脸女人愤怒地站起来,脸涨得通红,两只眼睛瞪得圆圆的,狠狠地说,二镜,你打三镜干吗?你这孩子,你这孩子!

　　那张大方脸像一团燃烧的火焰,向二镜压迫过来。二镜本能地往后退,退到门口,撞到门槛上,她惊恐地转身往门外跑，身体一下失去了平衡，重重地栽倒在地上。

三

二镜病了，不吃饭，不说话，在床上躺一会儿，坐一会儿。开始，爸爸以为二镜在怄气。到了第三天，爸爸才觉得不对劲。他发现二镜的眼睛看人的时候，不照人脸，眼珠子恍恍惚惚，躲躲闪闪，好像很害怕。爸爸叫，二镜，二镜。二镜不吭声，眼睛看着自己的两只手。她的两只手，十个手指不停地动着，伸开，握住，握住，又伸开。三镜端了饭进来，给二镜吃，二镜也不看她，继续看自己的两只手。爸爸顿时乱了方寸，一遍一遍叫着，二镜，二镜，二镜。二镜好像没听见，头也不抬，看自己的手。她的十个手指不安地上下翻动着，一张白净净的小脸上蒙上了一层傻呆呆的表情。爸爸的眼圈一下红了。

爸爸用面包车拉着二镜进城，去县人民医院看病。一个年轻医生掰开二镜的眼睛看了看说，好像是抑郁了，你得带她去专门的精神病医院去看。爸爸带着二镜从县人民医院出来，心里很窝火，这么大一个医院，连个抑郁症都看不了。爸爸带着二镜来找姑姑。进城前，爸爸已经给姑姑打过电话，说二镜病了。姑姑一见二镜就说，到底是怎么了？从我这儿走的时候还好好的，突然就成这样了？二镜发现姑姑看她的眼神很假，她说话的样子也好像在装腔作势。黑山不是二镜的亲爸爸，姑姑自然也不是二镜的亲姑姑。二镜不看姑姑，把头低下去，看自己的一双手。她听见姑姑和爸爸商量着，要送她去一个叫大营盘的地方，给她看病。她觉得，他们不是在真心给她看病，他们是在谋害她。她觉得这个世界上所有人都想把她弄死。她想喊可是喊不出来，她的喉咙好像被一只看不见的手死死捏住，一点声音也发不出来。有一种莫名的恐惧在她心里盘踞着。她站起来，往外走。爸爸和姑姑赶紧跟上她。他们把她塞进面包车，带她到了一个叫大营盘的精神病医院。二镜在那里看到很多疯子，他们被关在医院的一个铁门里，穿着病号服，有的咿咿呀呀地乱叫，有的嘴歪眼斜，手舞足蹈。那道铁门正好在二镜和爸爸路过时被打开，有穿白大褂的医生从里面走出来。二镜就趁医生走出来时，透过那道半开的铁门看见了那些疯子。二镜觉得那些人真是可怜，这样整天被关着，没疯也会变成疯子。二镜觉得这座医院就像她想象中的监狱，进来的人都会被关押起来。她不想被关进去，她对爸爸说，我没病。爸爸说，医生说你有病。二镜说，我真的没病。爸爸就拖着她穿过医院过道，去找姑姑联系好的一个医生。这一回见到的是一位中年女医生。她也掰开二镜的眼睛看了看，问，几岁了？爸爸替二镜回答，十六虚岁。女医生又问，得病多久了？爸爸说，好像有几天了。女医生不再说话，"沙沙"拿笔在一张处方纸上写了一片字。完了笑着对二镜说，没事，吃几服药，就好了。爸爸谢过医生，就带着二镜拿着处方出来。二镜看见处方上写着青春期抑郁症。二镜知道了，自己得的病，叫青春期抑郁症。

吃了几服药,二镜的抑郁症渐渐好了,正赶上开学,爸爸就开着面包车拉上二镜进了城。县一中是全县的重点高中,在县城中心位置。新生入学第一天,很多家长来送孩子上学。一中门口停满了汽车。二镜第一次看见这么多好看的汽车,大的小的,高的低的,新的旧的,和大街上走的人一样各色各样的。爸爸的破面包停在那一片五颜六色的汽车群里,显得格外寒酸可怜。二镜说,爸,你回吧,我自己进去。爸爸说,你怕我给你败兴?二镜说,不是,我自己能行。爸爸说,那你到学校好好学,不要胡思乱想。二镜点点头,看着爸爸开着破面包车离开,她才舒了口气,转身往校园里走。校里校外都是人,家长和老师分不清。二镜看见很多人围着一堵墙在看。她走过去,看见是新生班次分配表。她找到自己的名字,记在心里,去报到处报了到,往宿舍走。一中的校园好大,楼好高,她走在楼群下,觉得自己很小,像个小蚂蚁在地上爬行。身边有同学走过来,走过去,他们穿得都很漂亮,男生们穿着黑的蓝的崭新的运动装,女生们穿着漂亮的裙子。她看了看自己身上,穿的是初中的校服,她的脸一下红了。出门时,她想穿姑姑给她的那条天蓝色裙子,可是拿出来一看,没袖子,是一件夏天的裙子。现在已经是秋天,人们都穿起长袖衣服。那条裙子显然是不合时节。她又找了半天,也没有找到一身比这身校服更合体的衣服。她就穿着它出了门。

班主任是个女的，一头短发，一副大眼镜占了她半个脸。第一天上课，她叫每个人做个自我介绍。二镜个子高，自觉地坐在了最后一排。开始，她很认真听同学们介绍自己，来自哪个村哪个乡镇哪个初中。听着听着，她就走了神。她又想起小姨的话，黑山不是你的亲爸爸。黑山不是你的亲爸爸，谁是你的亲爸爸？小姨的声音，爸爸的声音在她耳边"嗡嗡"地响着，教室里像飞进了无数只苍蝇。二镜开始觉得头疼。轮到她作自我介绍时，班主任叫了几遍，杨二镜，杨二镜，她都没有听见。突然，班主任把声音提高了一个八度，大叫了一声，杨二镜，你在干什么？二镜吓得浑身一哆嗦，回过神来，看见班主任的那两只三角眼在大眼镜片后面毒毒地盯着她。站起来，班主任狠狠地低吼了一声。二镜就摇晃着站起来。她感觉头疼得厉害，已经好多天没有出现的那种恐惧突然又从身体某处钻出来，摄住她的心脏。她的身体开始发抖，额头沁出一层密集的汗珠子。老师，杨二镜在发抖。旁边的同学大声叫起来。班主任扶了扶脸上的大眼镜，走下讲台，朝二镜走过来。她的高跟皮鞋踩在教室的水泥地板上发出"咔嚓咔嚓"坚硬尖厉的声音。那声音让二镜害怕，她下意识地往教室后面退，脚步慌乱。班主任大步跨过来，手像一只巨大的钳子，死死卡住二镜的胳膊，看你往哪儿跑？她狠巴巴地说。

　　二镜感觉自己在班主任的手中变成了一只虫子，一只拼命挣扎着的可怜的虫子。她使劲想从那只手里挣脱出来。她发出"啊啊啊"的声音,那声音含混不清,又充满了愤怒。班主任没有因为她的挣扎放过她,而是恶狠狠地把她往地板上按下去。二镜觉得自己的脸碰到了教室冰冷的地面,她的整个身子像一只轻飘飘坠落的气球。在她就要被摔在地面,破裂的时候,突然跑过来两个男生,四只坚硬的手将她捉住。她听见班主任尖细愤怒的声音,说,把她弄出去!两个男生就架着她,从教室后门,把她扔了出去。

四

接到班主任电话,爸爸就赶紧开着面包车来学校。二镜像只巨大的虫子盘缩在宿舍的床上,一动也不动。爸爸把她从宿舍的床上拖下来,背着她出了一中的校门,将她斜放在面包车上,拉回家来。二镜这次病得更重了,一病就病了一年。一年中,爸爸带着她北京上海去了好多大医院,又返回来到处内瞧外看,二镜还是不好,整日看着窗户,傻呆呆地坐着。后来,爸爸也没了心劲。一家人还要活,总不能为了二镜一个人把一家人饿死。爸爸就把二镜锁在家里,上山放羊去了。到第二年秋天,二镜的病竟然不治而愈。爸爸给姑姑打电话,说,二镜好了,问问一中,能不能让二镜跟上今年高一的学生再上一年?耽搁了一年,跟上高二上,怕是跟不上课。姑姑说,不太好办,我问问吧。隔了一天,姑姑打来电话说,学校说,杨二镜的学籍是去年的,今年不能用。学校不能给杨二镜一个人开这个先例。爸爸说,那二镜这书就念不成了？姑姑说，除非再参加一次中考。爸爸问二镜，想不想回初三复习，再考一次？二镜说，不了，我去打工。二镜跟村里一个叫小月的女孩一起带着被子脸盆进了城。小月说，广场附近有一家饭店在招女工。一个月八百块钱。二镜就和小月去那家饭店应聘。

  饭店很小，也没有严格的应聘程序。店长把她们带到一个黑圪隆洞的地下室里。店长说，往后你们就住这里，一个人交四百五十块钱押金，当晚住宿，明天就能正常到饭店上班。二镜在黑暗中摸了摸自己的口袋，一分钱也没有。她问小月借钱。小月说，我妈只给了我五百块，哪有多余的钱借给你？二镜就把行李托付给小月，去找姑姑借钱。

  二镜很久没有去姑姑家了。自从她得了抑郁症，姑姑就没叫她去住过。姑姑家的小院亮着灯，院子里的石榴树结满石榴果子。那棵冬青长得越发大了，肥腾腾地，花池已经长不下它了。姑姑家门口放着一只豆青色的漂亮的狗笼子。笼子里有一只金毛狗。它卧在一条毛茸茸翠绿色的小毛毯上，一身金色的毛发，好干净，好漂亮。小金毛看着二镜激烈地狂吠起来，显然她不认得二镜。这只狗是在二镜生病期间，来到姑姑家的。二镜被金毛狗的叫声吓得退出院子。她站在院门外，心里像有一只小铁锤，一下一下地敲着她心脏。她踮起脚尖往姑姑家的小洋楼里看。透过窗户，她看见姑姑在屋子里走动。暖融融的灯光从宽大的窗户里透出来，照在窗外的冬青树上。她不敢再往门口走，一听到脚步声，那只金毛狗就会狂吠不止。

二镜正踌躇着，不知如何是好，姑姑开门走了出来。姑姑呵斥了几声小狗，然后在院子里慢慢地散起步来。姑姑穿着金丝绒睡衣，她走路的样子优雅而轻松，让二镜觉得自己无比的渺小和丑陋。她轻轻叫了声，姑姑。姑姑停住脚步，循声转过头来。她看见了二镜，脸上立刻显出惊讶之色。她说，二镜啊，你怎么站在院子外面，快进来。二镜就走进院门，跟在姑姑的屁股后面，进了屋，狗没有再叫。

二镜不敢坐，就站到沙发边跟姑姑说话。姑姑家的灯好多，蓝颜色的，黄颜色的。表弟在沙发上坐着看电视。二镜不想让表弟看见她落魄的样子。姑姑说，二镜吃饭了没有？我去给你盛饭。二镜说，不了，姑姑，我吃过了。她把小肚子紧紧贴在沙发的后背上，生怕肚子里发出"叽里咕噜"的响声让姑姑和表弟听见。其实，她已经两顿没吃饭了，可是她忍着，不说。姑姑说，二镜，不上学，在家干吗？二镜说，我进城来打工了。姑姑笑了，说在哪儿打工？二镜说，广场一家小饭店。一个月多少钱？七八百吧，还没有开始上，今天才来。那你住哪儿？姑姑关切地问。二镜说，一个地下室。姑姑皱着眉头说，怎么能住到地下室？要不你到家里来住吧？二镜犹豫一下说，不了，姑姑，我来，是想跟你借点钱。饭店让交四百五十块钱押金，才让上班。姑姑的脸色顿时沉了一下，说，钱倒不是问题，关键是你在饭店打工，能有什么前途？二镜说，那也不能在家坐着。姑姑就上楼拿了几张钱下来，说这样吧，我明天问问技工学校，你去学点技能，好找工作。

二镜拿着姑姑给的五百块钱走在大街上，她觉得姑姑还是对她挺好的。虽然姑姑不一定是她的亲姑姑，但也不一定就不是她的亲姑姑。二镜想起小姨说的话，又恍惚起来。

端盘子，二镜不是个好把式，毛手毛脚的，挨了店长好几顿批评。到了第三天，爸爸打来电话，说，二镜，姑姑让你去上技校。二镜一听，当下就辞了小饭店的工作，去上县里唯一的一所技工学校。姑姑给她交了两千块钱学费。她直接住到了学校里面。二镜上的丝绣班，听姑姑说，学一年，就能到当地一家丝厂实习上班，就可以挣工资。实习工资是一千二，正式上开班就是两千以上。爸爸打电话说，二镜，你好好学，出来到丝厂上班，总比你去饭店打工强。二镜就学得很卖力，各种针法，她不到一年就都学会了。丝厂到技校招人，一下就把二镜招上了。二镜在丝厂是做表演工作，就是领导来参观，她就被安排到展厅去做手绣表演。展厅里有几个手绣架，上面放着绣了一半的真丝被面。二镜的工作是，在参观者面前，表演绣剩下的被面。当然不是假绣，是真绣。二镜表演得很认真，绣得也很认真，谁也看不出她是在表演，因为她压根就不是表演。有一次省长来了，经理让她去表演。经理说，二镜，这一次来的是大官，要是人家问你问题，你要机灵一点，别答错了。二镜说，他会问我甚？经理说，比如人家问你，一条被面要绣多长时间？你怎么回答?二镜说,三年吧,这条被面我绣了一年了,还没绣完。经理就皱着眉头说,你怎么能这样回答?这条被面是让你表演给领导看的,又不是让你真绣。二镜说,我也表演了,也真绣了啊。经理看见二镜有点傻,就说,领导问你甚,你就说不知道。二镜说,好。

省长来了,前前后后跟了一大群人。二镜低着头,底一针上一针,扯着丝线。她被打扮成古代的绣娘模样,头发盘起来,在头顶盘成一个好看的髻,身上穿着宋代仕女的服装。她专注地干着手里的绣活,没注意,省长就走到了她的绣架旁。省长看了一会儿,见二镜低着头,只顾绣被面,就问,你叫什么名字?二镜慌忙抬起头来,针不小心扎进她的指头肚里,二镜,她一边用嘴吸指头肚上的血,一边含混不清地回答。省长笑了,问,手工绣这么一条被面得花费多长时间?二镜摇了摇头。省长的眉头就皱起来,脸色一沉说,这绣工竟然不知道绣一条被面用多长时间?二镜慌忙补充道,一年,一年也绣不完。跟随的人大笑起来。二镜看见站在省长背后的董事长,白净的脸上突然掠过一片黑云朵,那双漂亮的双皮眼狠狠地瞪了二镜一眼,冒出几颗火星。

第二天,二镜莫名其妙被开除了。二镜兜里揣着最后一个月工资,拖着一个破箱子,里面装着她的几件衣服和日用品穿过丝厂的大院子。丝厂很大,丝厂是太行山最大的丝厂,丝厂有一千多员工,可偏偏她二镜就被开除了。二镜拖着箱子,回头看丝厂展厅门口的那尊雕塑——一个女人的雕塑。

雕塑是青铜铸的，高有五米，盘着好看的发髻，是一个非常古老的女人。丝厂的老员工告诉她，这个雕塑的名字叫嫘祖，这个叫嫘祖的女人最早种桑养蚕，发明了蚕丝。二镜觉得这个女人很伟大，但她以后就看不见这个伟大的女人了。她突然感到一阵伤感，眼泪掉了下来。二镜知道自己已经喜欢上了丝绸。她坐在绣架旁，十指摸着那像水一样滑溜溜的绸缎，心里就有一种光滑水润的感觉。她特别喜欢那些白生生的蚕丝和白生生的蚕茧。更多的时候，她就像一只小蚕虫，躲在一片桑叶里。那片桑叶就是绣架和绣架上那一方锦绣。可是现在，她失去了它们，失去了自己赖以安身的那一片桑叶。

她心灰意冷地拖着箱子走在大街上。她想去找姑姑，又怕姑姑对她失望。她第一次感觉这世界让她感到莫名其妙，不可思议。路边的柳枝在风中乱摇，冷不丁地就横出一件事来，这世间，偶然真多，偶然多了，或许就不惊讶了。她沿着街道两边的路沿石，漫无目的地往前走着，听到有人喊她的名字，二镜，二镜！回头一看，是她的初中同学大剑。大剑追过来，问，二镜，去哪儿？二镜说，没事，瞎圪遛。大剑说，你不是在丝厂上班？二镜说，被开除了。大剑说，那你跟我去富士康吧，一个月好几千呢？二镜说，真的？大剑说，骗你是牲口。二镜犹豫了一下，就跟大剑走了。

过年，二镜把大剑带回家来。爸爸看见又矮又胖、黑乎乎肉眉肉眼的大剑，脸色就变得更黑更重更难看了。他把二镜叫到小屋，说，二镜，过完年你才二十岁，你着啥急？二镜说谁着急,这不是碰上了。爸爸说,碰上了就谈,你看他那样子。二镜说,就知道你以貌取人。大剑对我真心地好,我心里有数。爸爸觉得,二镜大了,有了自己的主意,便不再说话。二镜一出门,就和大剑跑到院门外嘀嘀咕咕,有说有笑。爸爸一气之下走到大棚地,赶上羊群上了山。他狠狠把手里的羊鞭甩到空中,"啪"的一声鞭响,鞭子落在羊群里,一群羊惊得四处逃散。他又一个响鞭把羊儿招了回来。

五

大剑突发奇想,要去上海打工,说富士康挣的钱多是多,可就是熬得慌,说一天上八个小时班,哪天不在十二个小时以上,有时得上十六个小时,晚上还得加班。二镜也觉得富士康太熬人,去了半年,就瘦了八斤。二镜想跟大剑去上海。爸爸说,上海不是东栈,两步就走完了。上海那么大,人生地不熟的,有个事,找个帮忙的人都难。二镜不听,二镜说,越是大城市,越安全,你连东栈都没出过,你懂甚。爸爸看难不住二镜,就把她姑姑从城里叫来。姑姑把二镜叫到小屋里,姑姑说,二镜,你真的要去上海?二镜说,真的。姑姑说,那个大剑靠得住?二镜说,靠得住。姑姑看见二镜的脸色暗淡无光,才二十岁,两只黑青眼袋就挂在眼睛底下,不像个恋爱期间的女孩。姑姑说,二镜,你怎么瘦成这样?二镜说,瘦了多好,有人想瘦还瘦不下来呢。姑姑又问,二镜,你决定跟大剑去上海了?二镜说,决定了。姑姑看见二镜的眼睛里有一种可怕的固执，那固执带着某种危险的锋芒，射进姑姑的心里，让她忍不住打了个寒噤。姑姑说，想去就去吧，只是要注意安全。二镜说，没事，有大剑呢。过完十五，二镜就跟着大剑走了。爸爸和三镜把二镜送到村口。大剑雇了个出租车等在那儿。三镜拽着二镜的胳膊，说，姐姐，你去了上海，记得给我发抖音。二镜把她的手推开，说，一定，你和爸爸回去吧。二镜头也不回地钻进了大剑叫的出租车。爸爸和三镜看着那辆蓝色的车子一溜烟消失在远处，才转回身来往回走。爸爸老觉得哪儿不对劲，心里恍惚不安，连续做了几天噩梦。三镜从学校回来，把二镜在上海发的视频和照片给爸爸看。二镜在视频里开心地笑着，她一会儿穿着紫粉色的裙子，一会儿穿着绿色的衣服，一会儿在海边跑，一会儿又在餐馆和大剑吃东西。看样子在外面混得不错。爸爸那颗悬着的心一点点落在地上。

二镜和大剑一到上海，就被淹没了。上海太大太繁华太时尚了，他俩一连找了一个礼拜工作，也没找下。没找下的原因是他俩学历太低。百分之九十以上的招工单位都要求本科以上文化程度，还有的要求必须是研究生和博士生，而二镜和大剑只有两张初中毕业证，还没带在身上。晚上，二镜和大剑坐在黄浦江畔，吹着"呼呼"的海风，心情很失落。二镜说，当初我要不得病，兴许现在也在上大学。大剑说，那时候你在我们班上回回考第一，我考倒数第一，没想到两个第一走在一起了。大剑自我解嘲地笑着。二镜望着大剑那张黑不溜秋肉眉肉眼的大盘脸,心想,大剑的确长得很丑,难怪爸爸不喜欢他。自己也不怎么喜欢大剑,可是大剑舍得给自己花钱,也时时处处照顾自己。二镜觉得她对大剑的感情更多是一种依赖。这种依赖,让她跟着大剑从太原跑到了上海。二镜说,大剑,要不咱们回去吧?回哪儿?大剑问。回老家啊!大剑说,这刚来一星期,就回去,村里人会笑话咱俩。尤其是你爸爸会更看不起我。二镜说,那怎么办?大剑说,明天再找找看。

　　大剑在一家小旅馆把二镜叫醒。大剑说,我在网上搜到一则招工信息,你快睁开眼看看。二镜迷迷糊糊地爬起来,接过大剑的手机来看,昏暗的屏幕上,密密麻麻一堆小黑字。二镜的视力好,她看清楚了,是一家劳务派出公司的常年招工的信息。招工要求很低,男女不限,学历不限,年龄在十八岁至上四十五岁之间,没有明显身体缺陷。

　　不会是骗人的吧?二镜怀疑地把手机还给大剑。大剑说,有联系电话,一问就知道了。大剑拨通了信息上的电话。电话里的人说,让他们拿上身份证去公司一趟。这家劳务派出公司是给一个叫大昌科技有限公司专门派送廉价劳动力的,实质上就是一家中介公司。二镜和大剑一人交了五千块钱中介费。第二天简单面试了一下,就正式入职了。二镜干的是她在富士康干过的老本行,手机成品质检工作。两班倒,白班是早晨七点到下午五点。夜班是晚上八点到早晨八点。大剑做的是操作工,也是两班倒。二镜上白班的时候,大剑在上夜班，二镜在上夜班的时候，大剑在上白班。二镜住女工宿舍，一个宿舍八个人。大剑住男工宿舍，一个宿舍六个人。他们几乎每天都要加班，他俩一个月都没能见着面，得空煲一顿电话粥，煲着煲着，两人就枕着手机睡着了。

第一个休息日，一见面，二镜就盯着大剑看了半天，大剑也盯着二镜看了半天。二镜看见大剑脸上长出一层毛糙糙的络腮胡子，像从监狱里出来的犯人。二镜说，大剑，你看你，变成犯人了？大剑说，你还说我啊，你照镜子看看你，两腮帮都塌进去了，你瘦了。二镜的眼圈就红了。大剑说，带你出去吃点好吃的，补补。两人就出了厂区，到康桥附近找了个小饭店吃了一顿。吃完饭，大剑说，二镜，你看我都憋出火来了满嘴是泡。二镜一见面就看见大剑嘴上长了一圈火泡。说，吃点三黄片，败败火。大剑说，今晚咱不要回宿舍了，去住旅店吧。二镜没有吭声，跟着大剑顺着康桥走。天黑了，夜上海灯火辉煌。二镜突然感到从未有过的孤独。她听着康桥下流动的水声，心里涌起一股悲酸。她说，大剑，你打算在上海待多久？大剑扭回头来，模糊的夜色里，她看不清二镜的脸，但他听见二镜的声音带着颤音。他用一条胳膊搂住二镜肩膀，说，二镜，你想家了？二镜说，嗯。大剑说，我是想在上海受几年罪，挣上一笔钱再回老家，在县城买个房子，咱俩就结婚。二镜说，你一个月五千，我一个月四千，加在一起不够一万，就是不吃不喝，一年才十万。县城的房价虽然低，现在也涨到一平方米六千了，买个一百平方米的房子，少说也得六十万，再加上装修，没有个七八十万出不来。你要挣够这笔钱，得在这里干八年，八年啊，我们都熬老了。大剑说，可回到老家挣钱更难。就你上班那丝厂，一个月千把块，还迟迟发不了工资。二镜说，我们质检区的头是个女的，像吃屎长大的，满嘴脏话，好野蛮！大剑说，她没打你吧？二镜说，还没打过我，但我看见她打别的女工，打得好狠，关在库房里打的，把那女孩一颗牙打掉了。我好害怕。大剑说，要让你看见我们那头，你才怕呢，两米高，腰围最少也有一米多粗，手里早晚拧着根铁棒，像个土匪，打起人来往死里打，不把人当人看。二镜说，这家工厂不好，我不想干了。大剑说，再坚持一段时间看看，真不行，就换个工作。二镜没吭声，想，换个工作，在上海谈何容易？

他们找了一家便宜的小旅馆，温存了一番，就睡着了。二镜做了一个梦，梦见她和大剑在康桥上走着，几个警察在桥下的河里打捞一具女尸。那女尸穿着自己那件紫粉色的裙子，凌乱的长头发上沾满了黑乎乎的淤泥。河岸上站着妈妈、爸爸和三镜，他们都在哭，看着那具尸体哭，可是听不见哭声。二镜在桥上大声地喊，妈妈，妈妈，三镜，三镜，我没死，我在这儿呢！可是她听不见自己的声音，她觉得自己是在心里使劲地喊着叫着。桥下的人听不见她，有一股阴沉沉的黑风从桥下吹过来。她突然像受了某种刺激，拔腿往桥下跑，她跑得像飞一样，大剑在后面拼命追也追不上她。她把自己跑醒了，心慌慌的，浑身难受，魂灵好像离开她的身体，很久没有回来。她在黑暗中坐起来，听着大剑如雷的鼾声。她感觉到又困又冷。她想起妈妈，想起村子，她似乎正在感觉到，一个人的出生地与他乡之间的那种差异。这种差异瞬间让她恍惚起来。她确信她现在是在远离故乡的大上海的一个小宾馆里，而不是在她出生的村子里。她身边没有任何可依赖的人和物，只有这个打着鼾声睡得正香的男子。他和她同龄，他并未能真正保护她。这一刻，她特别想家，她甚至想起村子里的一场大雪，想起三镜趴在雪堆里啃雪的样子。她还想起了姑姑家的小院，暖黄的灯光，冬青树，还有某天早晨醒来，邻居屋顶上被阳光照得亮晶晶的一瓦瓦的雪片。这或许就是乡愁，在这个异乡的深夜，变得清晰透亮，或又混沌深重。

　　二镜感觉自己患上了失眠症。白天上班，晚上睡不着。晚上上班，白天睡不着。整日昏昏沉沉，昼夜在她的世界里混成一片。她如同置身在一个没有时间光亮的地层里，机械地检查着那一只只从她手里出厂的手机。她觉得，这些手机很高级，很精密，很时尚，但也很贵，一只手机至少是她两个月的工资。她并没想过拥有它们其中的一只。她现在和一只准备出厂的手机一样，只是一台被人使用的机器，一台空白得没有内容的机器。

　　二镜陷入一种混乱的思绪中，几乎整夜整夜地浮在对过去事物的回忆中，或对一种未发生事物的恐惧的焦虑的想象中，无法控制自己的胡思乱想。接着，她发现自己又患上了晕眩症，耳朵里每天像过火车，"咕咚咕咚"地响个不停。有时候，脑袋"哗"一下晕一阵，好几次差点摔倒。那天下午，她又被要求加班。连续工作了十二个小时的她，突然感到眩晕，那种久违的恐惧感顿时袭击了她。她听见自己手里的器物"哐当"一声掉在地上。那是一只白色的新款手机。它从二镜虚弱的手指间滑落下来，机壳分离，躺在地上。

二镜在一片旋转的漆黑中，蹲下身子，她意识到自己可能犯病了，她竭力保持着那一抹意识的微光，等自己缓过一口气来，伸出两手，胡乱地在地上摸着，想把那只掉在地上的手机捡起来。她知道那只手机很贵，比她的命贵。可是，她没有摸到手机，却摸到一只泛着冷气的皮鞋。她抬起头，看见女人那张满脸横肉的脸，扭曲的五官，"呼呼"地往外喷着火焰。二镜感觉自己像一只放在火塘上被烘烤着的烤鸭，全身被烤着，汗顺着毛孔往外冒，热汗冷汗混合在一起。

你在找什么？女人的声音从头顶落下来。找，找手机。二镜的声音像蚊子叫，小得几乎听不见。我看你是在找死吧？女人刻薄尖厉的声音，击在二镜的太阳穴上，二镜的太阳穴剧烈地跳动起来。她继续在地上摸索着，爬行着，像一只可怜的虫子。她想，她随时可能被那只大脚踩得粉碎。那只大脚很快就向她踩下来，像一枚铁钉死死地钉在她的手背上。一阵钻心的疼痛从手背袭向全身。她大叫一声，那叫声听起来让人害怕，惊动了整个库区。那些穿着蓝色工装的女工们都向她的身边围过来。

一点点，二镜把那只被钉住的手从女人的皮鞋底下拽出来。一点点，她几乎在拼命，手背上的皮被皮鞋的鞋底刮去了一层，流出血来。二镜已经感觉不到疼了，她用那只刮了皮的手抓起地上那只摔掉后壳的手机，狠狠砸向空中。她听到"砰"的一声巨响。那只手机不知落在了哪里。

一阵躁动，女人的拳头落在二镜的脸上，血从她的鼻孔里流了出来。二镜感觉心里有一团火燃烧着，她用头撞向女人的身体。女人迅疾地闪开。二镜从人群中冲出来，一口气跑出厂区，跑上康桥。

她的脑袋在嗡嗡作响，很久没有出现的那种恐惧，顿然将她摄住。她感觉有人在背后追赶她，那追赶她的脚步声越来越急，越来越近，就要追上她了。

前面没有路，只有一条湍急的河流。二镜纵身一跃，大地发出一声巨响。一阵大风刮过康桥，之后，世界又复归平静。

三天后，二镜的尸体从康桥下面的河里飘起来。大上海，没有人认得二镜。他们站在桥上，七嘴八舌议论着。公安局的人给大剑打电话，让他去确认尸体。大剑不去，他不相信，河里飘的女尸是二镜。公安局的人打了三遍电话，大剑才磨磨蹭蹭去了。一进验尸房，他就看见了二镜穿的那件粉紫色的裙子。他立马退了出来。

警察问他，怎么不进去？他说，别看了，是她。警察说，得让一个与她有血缘关系的人来认领。大剑就给三镜打电话。

走向烤鸭店

三镜坐了一天一夜的火车,到了大上海,把二镜的尸体认领出来,送到火葬场烧成了灰。端着二镜的骨灰,三镜又坐火车往回走。火车上,三镜打开二镜的抖音,看见二镜在抖音里笑着,在海边跑着,海风把她的长头发吹得在空中乱舞。三镜说,二镜,你到底死没死?二镜在抖音里,边跑边对三镜说,上海真大啊,三镜,你也来吧!

蜗　牛

　　我又梦见自己变成了一只蜗牛,在一根烂木头上爬着。一只巨大的脚压下来,我来不及逃走,被压得粉身碎骨。我想,我以后再也变不回一只蜗牛了。

　　醒来,已是午夜。梦里的惶恐还在周身弥漫。窗外,雨声破碎,我恍如听见梦中的蜗壳破碎之声,脊背上便起了一丝凉飕飕的疼痛。

　　此时我正睡在别人的床上,一个叫叶子的舞娘的床上。她睡得很沉,尽管我无数次地翻身和叹息,都不能使她醒来。她迷人的身体弯成一只弓,朝向我这个从未打算成为她丈夫的男人。她气息均匀,睡态安详,让我对她的简单生出一丝羡慕。

　　我在潮湿的夜里睁着双眼,循着记忆的微光,为我的梦寻找现实的依据。我确信我的梦一定受了生活的某种启示,要不,我不会反复梦见自己变成一只蜗牛。它一定与我心灵深处幽藏的某个事件有关。

　　是的,我可以确定那已经是很遥远的事情了。大约是我五岁的时候,妈妈把我送到了乡下,很远的乡下。我不知道妈妈为什么把我送走,尽管我把嗓子哭哑了,她还是坚决地把我留在了那个到处潜伏着危险的姥姥家。

我记得姥姥家院子里有堆烂木头,一丛丛绿草从烂木头的旁边长出来,柔软的小草被一堆乌黑的木头压着,看上去很痛苦。我偶尔会俯下身子去移动那些木头,把它们从小草身上挪开。在我移木头的时候,我就看见了那只小蜗牛。它一动不动地趴在烂木头上,龟缩在一只圆圆的乳白色的壳里。我看不到它的头,触角,我只能看见它的壳,在绿色的草叶下面,像一块石头。如果不是姥姥告诉我,它是蜗牛,还会动,会爬,我会把它当石头捡起来玩。

姥姥说,小蜗牛很可怜,它没有家,背上的壳就是它的家,走到哪里就把家带到哪里。我突然哭了。夜里,我梦见自己变成了一只小蜗牛,在一堆烂木头和杂草里爬着,找不到家和妈妈。

空气里有一股潮湿的味道,也是我喜欢的味道。也许前世我是一只蜗牛。我喜欢在夜晚思索、行走,我习惯在阴暗潮湿的角落里独自爬行。叶子在睡梦里喃喃着我的名字,她终于翻了个身,伸出两只柔软的胳膊搂住我的脖子。我把她的胳膊轻轻移开,它压得我喘不过气来。在夜里,尤其是在这个只有三十平方米的小板房的夜里,我可以自由畅快地呼吸一口。我想,我已经远离了那个乱糟糟的世界,可我又不时地在想念着那个世界。那里留下了我太多的东西,比如屈辱，还有那些被称为亲情和爱的东西。这些东西杂合在一起，有时候，我甚至分不清楚，是哪一部分让我留恋，又是哪一部分让我厌倦。

我妻是个美丽的女人，起码十年前是这样。那时候我在她众多追求者中胜出，拼的不是长相，也不是富有。说实话，十年前的我和现在一样是个穷光蛋，相貌也不出众。在北方那个小县城里，我妻是寥寥无几的几个名牌大学毕业的大学生。而我没考上大学，高中毕业后上了一家三流的专科院校，混了个文凭，就草草地在一家国营小企业上了班。我不是没有理想，我曾经无数次想着要当一名作家。所以我从上小学开始便读了托尔斯泰、巴尔扎克、鲁迅等很多大作家的书。我常常幻想着有一天能站在他们的肩膀上。但遗憾的是，我连个本科也没考上。

我记得那个夏天一直在下雨，我把自己关在一个小房子里，没完没了地看小说，饿了就吃方便面，困了就倒头睡觉。那些书像一堆烂木头，在那个潮湿的雨季发出一股股霉味。我在其中爬行，原本希望生命能像小草一样从烂木头底下透出绿来。不承想，在那些天才作家们离奇的想象中，我堕落于一种虚幻人生。吃饱了看看书，睡觉，梦里都是别人的故事。

这样，宅在家里，门也懒得出，工作也懒得找。如同一日三餐不吃，也能活，我连方便面也懒得泡了。突然，有一天，我在镜子里发现自己，一脸方便面的青黄色，头发又长又乱,像个阿飞,眼色迷离,如同游走在另一个世界的外星人,我这才猛然意识到,我在堕落!这种不知不觉的堕落,如同飞升一样令人陶醉。但它却让我面对镜中之我,惊出一身虚汗。

我把我堕落的原因,归咎于《查泰莱夫人的情人》《红楼梦》,归咎于我看的那些文学书籍。终于有一天我把那些书通通地卖了。我把它们用牛皮纸打包起来,卖给了一个收破烂的。收破烂的老头儿是个河南人。他打开油皮纸看了看,操着一口河南话对我说,这么好的书,我买不起!我说,不要钱,都归你。老头半信半疑地看着我,把书包起来放进他的废纸篓里,然后很快消失在我家的胡同口。我决定拯救自己,从卖书开始。

然而令我没有想到的是,正是这些文学书籍以及它们带给我的那些离奇古怪的思想,吸引了我妻。那时她已经大学毕业,在一家报社当记者。那天黄昏,我百无聊赖地从家里走出来,顺着街道的边沿,低着头漫无目的地走着。我的朋友更子开车从后面追上来。他说,万古,你不是天天蜗居在家里吗?今天怎么有兴致跑出来,害得我到处找你。

我扭头看了他一眼。他穿着白色的蓝竖条半袖衬衣,乳白色的长裤,头发梳得油亮。

我说,怎么,又有新目标了?

他不好意思地笑了笑说,一个大学生,很漂亮,记者。

我撇了撇嘴,又摇了摇头,无语。

更子出身"豪门",老子倒煤贩煤,之后开煤矿,一夜暴富。他家的钱不是拿手数,而是拿尺子量的。这个富二代每日花天酒地,欺男霸女,却偏偏成了我的朋友。按说,我是不屑与这种人为伍的。可是阴差阳错的,高中时我和他坐同桌,高考时我与他同时落榜,最后居然上了同一家专科学院鬼混。你别看他长得皮肤比我白,个子比我高,穿的衣服都是名牌,但他肚子里既虚弱又空洞,除了有几根花花肠子,什么也没有。可他还就喜欢找我这样的人交朋友,经常请我吃饭,唱歌。我最后的堕落也与他有关。这是后话。

更子把我拉到他车上,说,我跟她约好了,晚上一起看电影。你知道,我从来不惧女人的,可这一次,却有些怕她,就像她长了三头六臂似的。你得跟我去一趟,给我壮壮胆!

我说,什么事嘛,你们谈情说爱,敢情我当灯泡,多少次了?我不干。

更子像女人那样拽着我的胳膊说,哥们儿,最后一次!

我便依了他。

但事实上,那次看电影竟成了我和我妻的约会。她的确有点不同凡响。她站在电影院外面的石阶上,穿一身藏蓝色长裙,正如更子说的魔鬼身材。她看着我们走过来,不加掩饰地笑,笑得透彻明亮。与那些故作矜持的假正经女孩比起来,她更像斯嘉丽。"像风,像火,像一切野生的东西。"看到她时,我脑子里立刻蹦出《飘》里,描写斯嘉丽的这句话。

电影开始的时候,灯黑了,电影院里黑圪隆洞,什么也看不见,她坐在我和更子中间,滔滔不绝,以至我怀疑她有点话痨。后来我听见她在说一些作家的名字和世界名著的名字。我便来了兴趣。开始我不时地回应她一两句,后来就变成我说,她听,再后来,她就用仰慕的眼光看着我。我落榜之后关在小屋里看的那些东西,没想到在这里派上了用场。

我记不得那天晚上我说了什么,让她如此动容。几天后,她竟然跑到我家里来找我。她站在我家楼梯口,眼泪汪汪地看着我走下来,她说,万古,你怎么一走就没音信了呢?我问更子,他不告诉我你住在哪里。我费了很多周折才找到你。

她很真实,毫无掩饰,美丽的单皮眼里闪着莹莹泪光。那一刻,我被她感动,下来拉起她的手,来到我的小屋。在我阴暗的小屋里,我们待了三天三夜,延续了我曾经的那段时光,做爱,睡觉,吃方便面,谈文学和爱情。

一只蜗牛,变成两只蜗牛。我们开始结伴爬行,在黑暗潮湿的爱情角落里。

我下床找水喝的声音把叶子弄醒了。她猛地爬起来。在黑暗中,我看不清她的脸,但听见她的声音像飘忽的雨丝,在夜深人静之际,让人听着害怕,她说,万古,万古,我梦见你被人打了,在一个潮湿的破厂房里,很多人围着你打,我扒着他们的手,不停地叫喊,可是他们没有人理我。我看见很多很多血在你周围,很多很多血,万古!她声音开始颤抖像薄薄的窗纱被风吹动,冰冷地颤抖着!

我说,没事,睡吧!她便又倒头睡去。

没有水喝。暖壶是空的，热水器也是空的。水杯里有一口冰凉的剩水，是叶子喝过的。我摇了摇杯子，无奈地复又躺下。我习惯了夜里喝水，一杯接一杯喝水。因为夜里我常常是醒着的，思维异常地活跃。年轻的时候，我曾经整夜整夜地在夜里漂着，看那些无厘头的电视剧，看香港的那些荒诞不经的电影。后来有了电脑，我又一度迷失在电脑游戏里。我实在是在现实生活里找不到更有意思的事情做。可这样，竟不知什么时候，惹恼了我妻。她光着屁股，一丝不挂地从卧室跑出来，指着我的鼻梁大骂我是疯子。她说，你就是个疯子，黑夜不睡觉、乱折腾的疯子。我不知道我怎么就让她生了这么大的气。我看电视看电影打游戏，我做我自己的事情，她睡她的觉，井水不犯河水，我怎么影响了她。我大睁着眼睛，看着她，她的样子几乎让我大笑起来。我说，你看看你的样子，你才像个疯子！她跺着脚在深夜里号啕大哭，像受了多大委屈。我早已失去了哄着她抱着她的兴致。任凭她哭累，倒下睡去。

美好的时光总是过得很快，你回想的时候，觉得像没过一样。但伤痛和沉闷却是你一生背负的蜗壳，在阴雨昏暗的日子里，常常爬到你窗口，默默地窥视着你，揭发着你，让你想一遍疼一遍。

我妻经常背着我到我母亲那里去。这是我没有料到的。我说过，五岁那年，我母亲把我送到了很远的乡下。等我长大之后，才知道，那一年，我母亲和我老实巴交的父亲离了婚，嫁给了一个有钱人。那个有钱人不准她带孩子。她就把我送给了我姥姥。我高考落榜那年曾经去找过我母亲，我去到她家的时候，她正准备和那个有钱男人出门旅游，看见我，她愣住了，随后塞给我五百块钱，把我打发掉。

我拿着五百块钱，走在回家的路上。那天回家的路很长，我走了很久。在路边，我看见一个要饭的。她的两腿都没有了，脸很黑很瘦，身体蜷曲在路边，像一只蜗牛，两手伸出来，像蜗牛的两只触须。我站在那里看着她，鼻子一阵阵地发酸，心口像被什么东西击中，一阵钝痛。我把我母亲塞给我的五百元钱扔到她手里。她两只黑乎乎的手赶忙紧紧握住，快速地缩回到她的肚子下面。然后她用一种奇怪的眼神看着我。那眼神很长时间回想起来还让我战栗。那眼神不是恐惧的，也不是感激的，是好奇和冰冷的，甚至想要穿透我的胸膛。我在这样的眼神里慌慌逃走。

后来，我又走了很长的路，才回到家里。打那以后，我母亲就远离了我的思念。我再也没有想过她，我发誓，我一次也没有再想过她。

我不知道我妻怎么就找到了我母亲。那天她从外面回来的时候，带回很多半新的衣服，裙子，短裤，还有一些床单之类的东西。我问她这些东西从哪弄来的？她很欣悦地说，从你妈妈那儿。她还送给了我这个，她说着，从口袋里掏出一根金项链，在我眼前晃了晃。我一下子就火了，愤怒地一把夺过那条链子，连同那堆东西一起扔出窗外。我第一次这样对妻子发怒。几乎要把她一块从窗口扔出去。这样,我还不能解气,又狠狠地扇了她两个耳光。

妻子的哭骂声把我推出了家门。我走在冬日寒冷的夜里,此时我多么希望自己是一只蜗牛,在深沉的麻痹中冬眠,没有感知,没有思维,停止一切思想。

我把我那间十二平方米的办公室重新布置了一下,买了一张柔软的铁丝床。还买了几盆花。办公室有一台旧电脑和一个老式的饮水机,这些已经足够了。一只蜗牛,有一片叶子就可安家。何况我已经有了这么大一片地方,还有供我生活消遣的这么多东西。我开始住在办公室里,晚上也不回去。听不到妻没完没了的唠叨,我的日子安静了很多,也轻松了一些。

我晚上整理那些业务账单,整累了,就上网玩会儿游戏。虽然我有诸多的不快乐,但我还是拼命地工作。我希望能在这平凡的工作中找到机会,或许多挣点钱也好。我还想让我那讨人嫌的妻过上好一点的日子,不再丢人现眼地到我妈那儿讨东西。这真让我感到窝火。

我在办公室住了几天之后,就想女人了。那天晚上,我整理完账单,和现在一样,一个人坐在黑暗中,回忆起和妻相识的那些情节,一种巨大的落寞便潜袭而来,我想我是应该回家看看了。那些日子,妻打了几次电话我都没有回去。那个晚上我突然想回家。也许真有天意,也许事情的发展原本就是那样,只是正巧让你碰到了。当我紧裹大衣,穿过这

走向烤鸭店

小县城的寒冷长街,来到我家门口时,我看见更子刚买的保时捷正停在那里。在寒冷的月光下,那庞大的身躯泛着白色的光。前几天,更子刚开着它到我们单位来,还带着我绕城转了一圈,他车牌号是很扎眼的炸弹号"8888"。他所能够显摆的也只有这些了,我当时想。而此时,凌晨一点,更子的"保时捷"停在我万古家门口。它堂而皇之地停在我家门口。它的寒光射进我的心口,我禁不住打了个寒战。我举起拳头在"保时捷"的车窗上狠狠戳了一锤。车窗的玻璃很硬,我的手被弹得生疼,指关节断裂了一般。

我顿时感觉无聊至极。我懒得知道我的家里正在发生什么,我转过身,仰天一声长啸,震得夜抖动起来。

我顶着寒风再次穿越黑暗的长街,回到办公室。在那张柔软的铁丝床上,我大脑空白,思维凝滞,很快就不知不觉地睡着了。

当我被一片忙乱声惊醒,发现天已大亮。我披衣下床,打开办公室的门,看见了我的高中同学穿着警服的小水。她手里拿着一个对讲机站在人影忙乱的过道里,一束阳光不知从哪个缝隙间射进来,照在她的脸上。

我问,小水,发生什么事了?

小水说,昨天晚上你们单位财务室失盗了。小水说完就跟几个警察走了。楼道里一阵忙乱之后渐渐地安静下来。

我站在那柱阳光里,伸了一下懒腰,想回去再躺一会儿。就看见头儿站在他办公室门口向我招手。我走过去。他一把把我拉进办公室里,把门关上。他拿茶壶给自己倒了一杯水,然后表情怪异地坐在老板桌后面。

他问,昨晚,你在单位加班?

我说,是。

他又问,你就没听见任何响动?

我说,没有。

可是门房老头说,凌晨一点左右看见你出去过。

我说,是的。

那么晚了,你出去干什么?他的口气里带着坚定的怀疑,像是审讯犯人。

我咽了口唾沫,忍了忍说,我出去干什么,跟你,跟你这摊破事有关系吗?

头儿眼睛里立刻闪出兴奋的光芒说,有啊,当然有,昨天下午财务科小杜刚把六万块现金放在财务室的保险柜里,晚上就失了盗,贼怎么会知道?你不觉得这事发生得很蹊跷吗?最要命的是,昨晚只有你一个在这里加班。

天呐,这个王八蛋,他居然怀疑到我的头上了。我顿时怒火中烧,操起桌上的茶杯朝他头上砸去。"砰"的一声巨响,我听见茶杯与窗户上的玻璃一起破碎的声音。我感觉到的是自己背上那自负的壳正被一只大脚踩碎,发出破裂的声响。

我不想回头去看那王八蛋的惊恐状,我大吼一声,打开他办公室的门,头也没回地走了出去。

走向烤鸭店

当我听到我被撤职和开除的消息时,我正坐在南方某城的一个叫阿伦的酒吧里,一杯接一杯地喝酒。叶子就坐在我的对面。南方的冬天依然满眼绿意。窗外不远处的公园里长着一排火凤凰。在绿叶中燃烧着,让人疯狂。

叶子是阿伦酒吧的舞娘,她是北方人。也许正是因了这个,她才在众多的客人中注意到了我。叶子身材极好,但五官却长得有点痴。她的两只漂亮的双皮眼大而无神,常常听不懂我说的话。也许她天生就是用来让人观赏的。她只会跳舞。

我记得小说里经常有这样的情节,一个人失恋了,失意了,绝望了,就跑到酒吧买醉。而我此时正在亲历这个情节,这事真切地发生在我的身上。我只有在酒吧里,在这个美丽无神的舞娘面前能找到一点做人的尊严。我常常喝到酒吧关门的时候,还不肯离去,每次陪我到最后的都是叶子。

那天晚上的雨一直在下。我彻底喝醉了,涕泗横流地说了很多话,然后在酒吧关门之前,摇摇晃晃地出来,在雨里咆哮着,大发酒疯。

叶子拿着伞跑过来,问我,酒鬼,你家在哪儿?我送你回去。

我说,我没有家,我是蜗牛,家在我的背上。

叶子笑了说,蜗牛,蜗牛,我带你回家!说着就架起我的胳膊,歪歪扭扭地蹒跚在雨里。

叶子把我带回她租的小平房里。我就死猪一样倒在她的床上睡着了。他帮我脱了鞋,盖上被子,然后睡在我的外面。

我不知道是什么让叶子喜欢上了我。我没房、没车、没钱,也不帅。我颓废、懦弱、敏感,又过于自命不凡。

后来叶子跟我说,最初,我只是看着你可怜。后来,我就开始莫名其妙地担心你,因为你似乎要坚决地毁掉自己。我不能看着你毁掉。我想救你!

看着叶子天真无邪的样子,我忍不住仰天大笑,笑得叶子不知所措。她说,是不是我说错了话?她总担心在我面前说错话。我摇了摇头,把身上仅剩的几百块钱连零带整给她放在床上,然后紧紧地吻了她一下,转身离去。

叶子的话很快就被一阵风吹散在脑后。

我很久没有再去阿伦酒吧。我四处在找工作。我不想被饿死在大街上。可是我转了一圈,也没有找到合适的工作。我去了几家公司,但很快我就被解聘了,原因是我不能按时上下班。我已经习惯了晚上工作,在光线强的白天里我常常神思恍惚,心不在焉,什么都干不好。于是夜晚我又回到了叶子的住处。

我蜗居在叶子的小平房里,开始写一些文字。叶子依然在阿伦酒吧当舞娘。白天上班,晚上回来陪我。我越来越害怕出门,越来越怕光。白天,我也要把窗帘拉上,这样我才能安心地睡觉,安心地写东西。我越来越像一只蜗牛,蜷缩在自己的壳里,把生命排列成一个个文字,这文字又变成一粒粒粮食，反过来供养我的生命。

　　雨还在不停地下着。写完这些文字，天已经亮了。我的舞娘还没有醒来。外面的芭蕉叶在透光的窗帘上摇动。我知道，我只是暂时停留在这片叶子上，我终究还要离开，背着我重重的壳，爬行到别处。

不远处有片海

盛夏的傍晚,沙滩上人很多。那些年轻的躯体,古铜色的、雪白的,或者黝黑的躯体,欢快地被潮头推来搡去。他们开心地笑着,彼此开着玩笑。这些都让我溢满感动。我也想穿上泳衣,到晚潮汹涌的海水里去。可我的身体突然就退却了,像有一堵墙堵住了我。我这日渐臃肿发胖的身体,把我和那个鲜活的世界完全隔开了。也许我是真的老了。一切变得模糊起来,就像夜晚在悄悄降临。那些笑声喧嚣声慢慢退到了远处。

确切地说,我此时正坐在海边一个卖烧烤的木亭子里。这里的老板我认识,是个新疆女人。她头上系一块豆青色方头巾,和我一样有一点臃肿。她给我拿来一盘烤熟的羊肉串,还有啤酒。海风清凉湿润。她陪我用青瓷小碗喝啤酒。她只是喝酒,一句话也不说。她脸上的皱纹像树木的年轮,有深有浅。她大概也有五十岁了。她保养得并不比我好。在向晚的潮声里,我俩像两片干枯的树叶,飘动在橙黄的酒水里。

十年前,也是这样的傍晚。这海滩,这潮声,这木亭子,还有这青瓷小碗,我也是坐在这样一把暗褐色的藤椅里,古旧暗红的条桌上放着一些烤羊肉和啤酒。

记得那天傍晚,我的心原本和现在一样安静,一点波澜都没有。直到那个叫柳工的男人走进来。

起初,我并不知道他叫柳工。我只是不经意地看了他一眼。这一眼让我顿时惊住了,我好像看见一个火星人。他通体赤红像一块上古时期的岩石,从烧烤亭枣红色的亭柱后面绕出来,挡住了我的视线。我禁不住又看了他一眼,就这一眼,惹了祸。他在我对面的藤椅上坐下来,像一块赤红的岩石落入藤椅里,藤椅发出"吱吱呀呀"的响动。

当时新疆女人好像躲在一个角落里睡觉。当他出现的时候,她慵懒地从后面走出来,走到他跟前,叫了一声柳工。于是我知道了他叫柳工。她问他吃点什么?他说了一串我听不懂的土话。很快新疆女人端上几盘烤羊肉、羊腿,还有啤酒,放在我和他之间那张古旧暗红的长条形桌子上。他拿起子打开一瓶啤酒的盖子,暗绿色的啤酒瓶在他手里冒出一串白色的泡沫。

他说,可以陪我喝杯酒吗?太太!他的声音喑哑古怪,有点低沉。

面对一个陌生人的邀请,我猝不及防,我完全不知道该怎样拒绝他。我原本是想拒绝他,起身离开的。但是他的眼睛里充满了真诚,似乎我是他的朋友,似乎我认识他,可是我完全不认识他,这张脸,我从来都没有见过。现在,他认真的用心恳求我,陪他喝一杯。我几乎不能拒绝了。我不知所措地点了点头,接过柳工递过来的青瓷小碗。

新疆女人和我们一起喝酒。我记得她的酒量很大,一连喝了五瓶啤酒,一点事都没有。可是,我却好像醉了。确切地说,是一点微醉。我站起来想走。柳工说,那边有派对舞会,我这里有两张面具,如果你肯赏脸的话,我想请你跳支舞,太太!

那真是一个浪漫的夜晚。这个男人要请我跳舞。我顺着他示意的方向,看见一个灯光闪烁的高台。那灯光映射在黑色海面上,跃动着诡异的光。音乐或远或近地飘过来,在湿润清凉的海风里,一个个跳动的音符,撩拨着我干渴的神经。我竟不由自主地带上了那个面具,随着他走上高台。

在悠扬的曲声中,我像一件轻飘飘的衣服不停地旋转起来。我感觉自己像一团火,在整个舞池里滚动。我忘了在哪里,我似乎一下年轻了许多。你知道,上大学的时候,我是我们学校的舞后,参加过全国交谊舞大赛。很久都没有那样了,似乎全身的血液都在向外奔突。我控制不了自己,疯狂地转着圈,似乎舞场里只有我一个人。

突然,整个舞池向我倾斜下来。灯光,人影,音乐还有扶着我的那双大手,齐刷刷向我这边倾斜下来。准确地说,是向我右脚倾斜下来。我好像一脚踏空了,我倒在高台上。

所有人都向我围过来,我尴尬极了。我伸手摸到一只断掉的鞋跟。我不明白,鞋跟为什么会在那个时候断掉。那只该死的鞋跟,像一枚尖利的钉子把我盯在了众目睽睽之下。

我记不得那天晚上我是怎样离开那个高台的。好像是柳工把我扶下来的,抑或是自己光着脚走下来的,也许是像一只狗那样四脚着地爬下来的。总之,我全然不记得了。我清醒的时候,我发现身下是一只小木船。我坐在潮湿的船头,海水在船下涌动发出细微的声响。寒凉的海风吹在脊背上,我打了个冷战。我下意识感觉到我的脚扭伤了,脚踝处有一些疼痛。

一道微弱的灯光从船舱里射出来,照在海面上。那个脸膛赤红的男子站在灯光里,手里提着一双白色高跟皮鞋。他的嘴角挂着笑,那笑诡异邪恶,激起了我的怒火。还笑呢,如果不是你,我会去跳舞吗?如果不跳舞,鞋跟怎么会断?我愤愤地盯了他一眼,把头扭开。

他在我脚边蹲下来,背对着我。我猛然意识到,他要背我起来。我的脸一下红了,心里像装进一只小鼓,"怦怦"地跳起来。我试着往起站,但脚一着地,就像骨头断了似的疼。无奈,只好把胳膊交到他的脖子上。

他背起我,毫不费力地背起我。是的,那时候,我没有这么胖,我还算是苗条一些。他背起我的时候,像背起一缕没有重量的风。隔着一层薄薄的裙丝,我感到一缕麻麻痒痒的摩擦,像微弱的风游绕在全身。他扒着我双腿的手,有一点粗糙,有一点温热,磨着我光滑的肌肤。

我担心他会趁机骚扰我。可是他只是背着我,穿过海滩,越过马路顺着那条鹅卵石小径,来到我家小楼前。

他什么也没做。

他把我和我断根的凉鞋一起放在小楼门口,转身消失在森黑的夜里。海风飘来他喑哑的声音,是那首老旧的曲子:

> 如果大海能够带走我的哀愁,
>
> 就像带走每条河流……

天完全黑下来,星星像一只只诡秘的眼睛在天空闪烁。月亮的清辉泄在海面上,不远处纷乱的乐声突然停止了。一切陷入一场宏大的静寂之中。

新疆女人开了灯,晕黄的灯光下横七竖八躺着些暗绿色的空酒瓶。新疆女人的脸红润起来,好像一下年轻了许多,脸上的皱纹舒展开。她一把抓住我的手,紧紧地,抓得我手腕有点疼。她想和我说什么,嘴唇不停抖动。我知道她想要和我说什么,我阻止了她。我说,请你不要打断我,这只是个开头,我和他,完全是两个陌生人,在这海滩上相遇,就像两朵互不相识的浪花被潮头甩在了一起。我认识了他,和他发生了交集。这本身多像虚构的故事。可是事情就是那样真实地发生了。

第二天早晨,我起得很晚。那天晚上我睡得一点都不好。因为和一个陌生男人跳舞扭伤了脚,这多少有点丢人。后来他还背我。他背我的时候,我身体还无耻地感受了他的摩擦。

那丝丝痒痒撩人心动的摩擦。一种奇妙的感觉。我自己都弄不清是怎么回事。我的感觉往往和我的思想背道而驰。

我从床上爬起来,隔着薄如蝉翼的窗纱望向大海。

太阳像一只金色的轮子在海面上悄然跃出,好像很多破碎的金银一下散落在海面上。早晨的海面顿时闪闪发亮了。沙滩上已经有很多人影晃动,远远看去,像出海的渔民,三三两两地跑向海边。仔细看,却是一些穿着怪异的游人,赶去看海上日出。他们沐浴着早晨凉爽的海风,在金色的阳光里奔跑。

我的情绪也被镀上了一层金色。我想我应该到海边去走走。

当我下床的时候,我才发现我的脚肿得很大,脚踝比平时粗了一圈。

我有点后悔。要知道,我是趁丈夫出国考察不在家的时候,独自跑到海边来的。我丈夫是内陆某市的一个官员。他很忙,从早到晚,像一只疯转不停的陀螺。我在家做全职太太,做了二十年。我原本是有工作的,上过大学,大学学的是哲学,毕业后留校当了老师。为了爱情,我辞了职,跟丈夫去了他所在的城市,后来就再没上过班。我家是个小小的太阳系。丈夫是太阳,儿子是地球,我是月亮。我绕着儿子转的同时,也绕着丈夫转。四十岁那年,我家的系统平衡被打破。儿子考上大学走了,丈夫越发忙得厉害。我像一个七八十岁的老人那样空闲下来了。一张宏大空虚的网罩住了我。

丈夫买下这栋海景小楼的时候，是春天。我四十岁生日那天，丈夫递给我一串明晃晃的钥匙。他说，在海边买下个房子。算是送给你的生日礼物。我瞪着眼睛问他，海边买房子是不是要花很多钱？丈夫说，钱的事你就不必操心了。是啊，这些年我何时为钱操心过，我不正是在这安逸中一点点堕落着吗？我住在了大海边上，像做梦一样。傍晚，我沿着海滩，走进了这个木亭子。我全然没有想到，在这海滩上会发生什么奇遇。更没想到和一个陌生男人跳舞会跳断鞋跟，想来确实有点荒唐。

我傻傻地待在那只宽大的床上，不知该怎么办？离家千里，想找个熟人都很困难。那个叫柳工的人，他会来看我吗？这时候我突然想起他来，唯一能指靠的或许就是他了。因为到现在，我在海边，只认得他一个人。

后来，他是真的来看我了。

九点左右，他摇摇晃晃顺着那条鹅卵石小径朝我家走来。他赤裸着上身，下穿一条齐膝的黑色棉麻短裤，赤红的脸膛，被阳光照得油光发亮。他走路的样子，漫不经心，有点无赖。我是在窗户里看见他的。等我完全确定他是往我家来的时候，我单脚跳着，像一只独脚的猴子，跳下床，跳过客厅，跳到门口，藏在门后，等他来敲门。

可是半天也没听见敲门声。我的心却一下一下地敲起来，像有只拳头一下一下戳着心窝子。我忍不住打开了门。

他站在门口，举着一只手，敬礼似的，对着我。我禁不住大笑起来。

他用一辆破工具车拉着我去看脚。那是一辆老破的长安铃木，跑起来响个不停。但我已经很知足了。在这遥远的海边，有一个人，有一辆车，拉着你去看医生，多少让人有点感动。柳工开车的技术很好，一辆破工具车在他手里开得威风凛凛。他开得很快，像风一样，一会就离开海滨，闯入一片高楼林立的城市。

在一个叫惠民的医院里，挂号，交费，拍片子，折腾了半上午。从医院出来，上他的老爷车时，他就朝我坏笑。

医生说，韧带扭伤了，需要卧床休息。得到这个消息，我十分沮丧。好不容易来海边住几天，却要天天躺在床上。这算啥事吗，能怪谁，怪自己？怪自己管用吗？关键是，吃饭都成了问题，别说去海边散步吃烧烤跳舞，全成了奢望。我越想越伤心，最后竟旁若无人地哭起来。泪水一串一串地往下落。柳工腾出一只手来搭在我的脖子上。他说，哭啥，该休息休息。这几天，我不去滩涂了，照顾你。

你，照顾我？我拿着纸巾拍了拍脸上的泪痕看着他。和第一次请求我陪他喝酒一样，他的眼睛很真诚，不像是在开玩笑。但我还是没打算相信他。他凭什么来照顾我，就因为他跟我跳了一次舞？他是邀我跳舞了，可他也没让我跳断鞋跟啊，鞋跟是自己断掉的，跟他有什么关系？可是他说他要照顾我，我推断下来，只能有两个原因：一是他动了恻隐之心，同情我，他算是个有爱心的人；二是他想结交我，说难听点就是他想勾引我。这两点,无论哪一点都不是我想要的,都是有伤自尊的。我十分厌恶,却似乎别无选择。

给丈夫打电话求救?说什么?说我和一个陌生男子跳舞扭伤了脚?他会怎样想?他大概从来都不会想到他贤淑温婉的妻子,会去和一个陌生男子跳舞。她怎么会做出那样的事情,怎么可能?可是偏偏就发生了。

我自然不会把这一切告诉我丈夫。我在电话里跟他说,我很好,我在海边玩得很开心。我还说,我是想他的,每天。我说得那么自然,我都怀疑那些话是不是我说的。我从来不知道自己有撒谎的天赋。第一次,我从容不迫地在我丈夫面前撒了谎,而且毫无愧色。那一刻,我突然觉得我的丈夫隐匿在一个很遥远的地方,和我一样感受着离开彼此很远的那种自由。隔着大洋和地球本身,他看不见我,我也看不见他,就像他成了我的陌生人。这个叫柳工的男子却成了熟人,成了亲近的人。此时,他和我靠得那么近,他的手搭在我脖子上,那粗糙的温热的手心摩擦着我。

滩涂在哪儿?我问。

顺着海滩往北走,有一片荒滩,那里你能看见一片白色的围网,那是我的青蟹养殖基地。我每天摇着小船到滩涂去,晚上再摇着小船回来。他说。

哦,你是本地人?

土生土长的本地人。你看我这皮肤,全是让太阳晒的,让海风吹的。我原本不是这个样子。

那你原本是什么样子?

我在中国海洋大学读书的时候,是个文质彬彬的书生。他说。

那你应该去海洋研究所工作。

是的,我原来在青岛有一份不错的工作。后来,我想做生意,就把工作辞了。

噢,你妻子支持你吗?比如你辞掉工作?

我妻子?是的。他声音恍惚了一下,眼睑落下去,盖住了他的眼睛。

我还想说什么,他却把车开得像飞一样,一眨眼,就到了小区门口。

他把从医院带回来的药丸泡进一个杯子里,用一支筷子搅匀,把棕黑的药水用一根棉棒涂到我的脚腕上。

他说,这是治疗跌打损伤的药丸,涂到伤处揉,可消肿。他坐在我家宽大的湖绿色沙发边,捉住我那只白生生的小脚,像捉着一只长熟的白玉荚。从脚后跟揉到脚踝,再从脚踝揉到脚跟。他的动作很温柔,揉得我很舒服。忘了疼。

近午时,他说,该回去了。我想,他妻子一定在等他吃饭。他的妻子,不知道会是一个什么样的女人,我想把她想得年轻漂亮一些,和他一样受过好的教育。去他家之前,我一直是这样想的。

他走后,我单脚跳到厨房,打开壁橱,拿出一些面包和牛奶。现在我确实是有点饿了。不管怎样,总得交代一下自己的胃。我拿着面包和牛奶跳回客厅，窝在沙发上，一边吃面包喝牛奶，一边看电视。午后的电视里正在播泰国连续剧《无忧花开》。善良的女主人公被心爱的男人误解，正坐在无忧树下，悄悄地流眼泪。我总是能很快从现实中跌入剧情里，陪着主人公或悲或喜。

我只顾看电视，不知何时他就提着一只小木桶站在我面前。他走的时候没有关门，进来的时候悄没声息，像只老鼠一样钻了进来。

我一扭头，一个庞大的身躯，就像一堵赤红的墙挡在我面前。我着实被吓了一跳。生气地说，吓死我了，你！一声不吭就进来了。

他把一只乳白色的小木桶放在茶几上，回头斜视着我说，泡沫剧，就骗你们这些小女人。

我说，谁是小女人，我不是。

他笑了，说，那你是啥？大女人？

我说，也不是。

他"哈哈"大笑起来说，不是小女人，也不是大女人，那我知道了，你是坏女人？

滚！我开始气得脸色发白，然后满脸通红。

他从小木桶里拿出一只釉质光滑透亮的青瓷小碗，又拿出一只橘红色的小砂锅。碗里盛着菜和饭，砂锅里盛着汤。

他说，吃吧。

我说，吃过了。

吃什么了？他看着我。

面包牛奶。我说。但忍不住朝瓷碗里看，是排骨肉菜大米饭，很香。我突然想吃，便端起碗来吃。他笑着看我吃完，把空碗空锅收拾到木桶里，提着走了。

他的饭做得很好吃。那些天，他换着花样给我做了很多好吃的。我每天吃得饱饱的。胃和心是连在一起的吧，我总感觉这两个器官是连在一起的。胃饱了，心也暖暖的。我一天最重要的事情就是等他来送饭。如果吃饭的点到了，门铃还没响，我就开始烦躁不安起来。门铃一响，我悬着的心就落下来。我似乎有一些依赖他。在一日三餐生活起居这些事上，二十年了，我一直是被人依赖的——被丈夫，被儿子。我像一个忠实勤劳的保姆，用二十年的青春换取了我丈夫在仕途上的节节高升。每当我在电视荧幕上看到他，像一个君王，坐在万人注目的高台之上，从容不迫地讲着话，我也会不由自主生出一种自豪感。但每当夜晚降临，时间就会变得空落而寂寞。我在漆黑的夜晚，望见自己的一生，那么简单而琐碎。在生活的舞台上，我终究只是一个保姆的角色。我的悲哀就像解冻的河水一样，在儿子走后的那些日子里汹涌不息。我带着丈夫送给我的那串明晃晃的钥匙，来到海边，想打开生活的另一扇门，想看看那扇门里的另外一种生活。

后来，我知道，我就这样不知不觉着了柳工的道。他让我在很短的时间内颠倒了生活的角色。我似乎更享受这种改变，和这偶然遇到的一切。

新疆女人好像喝多了，粗野地打断了我的话。她说，他为啥对你那么好，我在这海滩上卖烧烤卖了二十年，他从没那样对过我。从他第一次看到你，我就发现他对你动了心。他看你的眼神，让人嫉妒。可我什么也没说，我还陪着你俩喝酒。你知道，我是一个离过婚的女人。我在这海边独身了二十年。我一直等待遇上一个好男人，可是直到现在，我也没有等到。我的前夫是一个酒鬼，算了，不提他，就当他已经死了。我只想说柳工。柳工，他是个好男人。至少在我眼里是这样。你来之前，他已经是我这里的常客。自打他儿子死后，他几乎天天到我亭子里来，喝酒买醉。你大概从来都不知道，他有个疯妻子吧？她快速地说着，像吐着一颗颗脆响的豆子，她的话撒了一地。说完她又开始没完没了地喝酒。

我看着她，心里涌起一股凄冷的苦涩。

谁说我不知道他有一个疯妻子？

我的脚好了以后，他说请我吃螃蟹。那天晚上，他把我带到了他家里。那是个不足一百平方米的单元楼。我进去的时候，房间充斥着一股奇异的香水味道。显然是刚洒了香水。屋子里的摆设有些凌乱。有一组枣红色的木质沙发，中间隔着一张很笨重的石头茶几。他从厨房端来一大盘子蒸熟的螃蟹给我。他说，尝一尝，很香！蟹肉，鲜嫩着呢。我不好意思说我不爱吃螃蟹，其实，我真的不爱吃螃蟹。可我还是使劲拽下一根蟹腿，咬掉那层硬壳，吃到里面白生生的肉。他坐在我对面，吃得很粗野，吃相很难看。一盘螃蟹很快就被他一个人吃光了,盘子里留下一堆螃蟹空空的尸壳。我有点恶心。我仅仅吃了几根蟹腿。

这时,我发现他家有一个房间的门死死地关着。那是一扇潮红的木头门,门好像是反锁着的。门板上不时发出被人拍打的声音,那声音很微弱,但却十分刺耳。

我试探地问,你太太不在家吗?

他噘着嘴朝关着的门努了努。

她病了?我问。

他说,嗯,病了两年了。

可是……我还想问,发现他的脸色阴沉得难看,便闭了嘴。

房间里突然传出一种怪异的声音,那声音恍惚缥缈,像一缕乖戾的风从门缝里挤出来,又像从坟墓里传出来的鬼魅的声音。阴森森的,我的后背一阵阵发冷。

后来,我几乎是从他家逃出来的。那一次后,我再没有去过他家。

我开始可怜他。我猜测他妻子是疯了。他不说,我也不敢问。他似乎不愿提到他妻子的病。从他的表情里,我知道那是他内心深处的一道伤疤,不想让人揭。他像包裹一个秘密那样,把他妻子的病包裹得严严实实。直到那次到海岛上时,他才告诉了我一切。

几天之后,他约我到一个海岛上去玩。

那天早晨,他破例穿了上衣。一件雪白的短袖衬衫裹住了他赤红的胸膛。头发修理得很齐整,一种当下非常流行的一根根朝天直竖的刺猬短发。宽阔明亮的额头从直立的头发根部突出来,没有一丝皱纹,像一面赤红的镜子闪闪发亮。他迎着我出来,眉眼舒展,第一次,我看见他开心饱满的样子,像换了一个人。

我俩相互对望了半天。他突然笑了,他说,你今天好漂亮,这白色的旗袍,映着你的脸色很好看。

我说,你终于穿上上衣了,天天光着膀子,像船工。

船工?船工不好吗?我家几代都是船工。他说。

船工好啊,我没说船工不好。你家世代船工,你会吼号子?我问。

会吼一半句,一会到船上吼一嗓给你听。

说着话,就走到了海边。一只小渔船泊在浅海里,船上张着一顶暗黄色的油布篷。他拉着我钻进舱里。一股浓浓的潮湿的海腥味扑面而来。

海面上风平浪静,太阳一点点跃出海面,像一个橘红色的火球,燃烧起来。燃烧着,燃烧着,火球慢慢升上高空,收起了红色烈焰,大海上顿时波光闪闪,日丽风和。小船载着我们在海上慢慢地行驶。船头荡开水波,海水四处飞溅,清凉的海水打湿了我的旗袍。

我说,你不是要吼号子给我吗?吼啊?

他站在船头,用手搭了个凉棚,向远处张望了一下,然后咳嗽一声,清了清嗓子,吼道:

走向烤鸭店

> 山东好来济宁州,
> 济宁州里出丫头,
> 大丫头二丫头三丫头,
> 姊妹三人卖风流。
> 大丫头梳的是盘龙戏,
> 二丫头梳的是盖苏州,
> 剩下老三没啥梳,
> 梳个泰山压顶五棚楼。
> ……

他声音突然变得格外硬朗清爽,充满了原始粗犷的味道。

这荤号,把我逗得"哈哈"大笑。笑毕,我就坐在船心的木头马扎上看他划船。

他划船的姿势像一个老渔夫。其实他并不老,不过三十五六岁。反而是我,正在老去。我下意识地用手扶了扶眼角细微的鱼尾纹,心里隐隐生出一丝自卑。而眼前这个男人正在唤醒我。那直竖的短发,赤红的脸膛,端正的五官,明净的额头,像包涵某种魔力,让我一点点升腾起来,又一点点堕落下去。

船在一个孤岛边停靠下来。他麻利解开缆绳,绕在一颗大石头上把船系好。然后拉着我跳上孤岛。

他说,这是一个荒岛,几乎没有人来。

我相信他说的是真的。这个岛浮在深蓝色的海面上，远离人烟，你如果在这里被人谋杀了，那你绝对是白死，没有人会找到你的下落。活不见人，死不见尸，你将会变成一个永久的秘密。可是，现在我一点都不愿意和死沾上什么边。我宁可像野人一样待在这个孤岛上。哦，像野人一样，我叫道！

　　他扭过头，看着我。似乎被我的话惊到了。或是没有想到，我会说出这样一句肆无忌惮的话来。他盯着我看了很久，盯得我的身体摇晃起来。他趁我意识晃动不安时，一下把我拦腰抱起，像抱起一个婴儿。一个虚弱无骨的婴儿，意识模糊，视听模糊，一切都处于一片混沌中的婴儿。他抱着我朝岛心走去，边走边大声地吼，你说我像野人，对，我就是野人。

　　我的身体像一只被弹在空中的气球。随时都会被紧张和恐惧击破。我呼吸急促，甚至我以为自己已经成为这个猎人枪口下的猎物，我的挣扎像一只小虫子在猎鹰嘴里的挣扎，显得微弱而可笑。

　　他把我放在一块青灰色的礁石上。身体一碰到坚硬的礁石，我就本能地伸出两手抓住某处突出的岩角。我确认我此刻，已经从他的强有力的手掌里脱离，正靠在一块巨大的礁石上。如果可以，我想立刻变成一只能保护自己的海葵，变成这块礁石的一部分。

　　这块巨大礁石，真是一个奇迹。当我注意到它的时候，我惊奇地发现，它好像一个原始的巨人。它的全身刀劈斧砍般留下了海浪击打过的痕迹。石头的下面似乎被浪头蚀空了，上面伸出来一个巨大的青灰色帽檐。他挨着我靠在礁石上，伸出一条胳膊，做出一副随时想要保护我的姿势。

我问他，你经常到这里来吗？

他说，有一段时间，我白天黑夜都在这里。真像一个野人一样。

发生过什么事？我的好奇心像海浪一样涌起来。

他沉默了一会儿，似乎在犹豫着，是不是要告诉我一些什么。我装作并不在意。事实上，我也的确无意窥探别人的隐私。我只是对某个故事感兴趣，这个故事可能是虚构的，也可能是真实的。

他终于开了口，似乎下了很大决心。他说，两年前，我儿子五岁，得了一种怪病。我和妻子抱着他四处求医，可是儿子还是死在了求医的路上。儿子死后，我的妻子疯了，整天在海滩上疯跑，看到别人家孩子，就拽着不放。后来我把她关起来，不让她出门。那段时间，我天天到岛上来，对着大海号啕大哭。我以为我快活不下去了，后来慢慢地又活了过来。我没想到会遇见你。

他停了停，点燃一支烟，烟雾在眼前缭绕起来。他接着说，那天晚上，我第一眼看见你，就想亲近你，和你说话。人的感觉，就是这样奇妙。虽然我知道，你迟早会离开这个地方。迟早会的………

他说着，眼睛望着远处的海面。起风了，大海上翻卷着波涛。天空瞬时暗了下来。大团大团的乌云从四面八方涌来，海面上变得一片昏黑，如同夜晚突然降临到了这个孤岛上。一道闪电劈开乌黑的云团，发出巨大得让人恐惧的雷声。

我缩紧全身。要下雨了！我说。

嗯，要下雨了，不过这雨来得快，去得也快，像人生的某种相遇。他的声音里带着低回的伤感。

我似乎也受了他的感染，眼圈不由自主地湿润了。

雷声淹没了荒岛上所有的声息。很快，雨铺天盖地下起来，海面上响起"哗哗"的雨声。

他拉着我转到礁石的另一面，在被海浪蚀空的礁石下面，铺着一张苇席。这大概是他过去常坐的地方。我能想象他独自一人，望着大海的样子。就像我过去无数次坐在那扇孤独的小窗前，望着苍茫的夜色一样。一个人对着一片没有灵魂的蓝，或对着一片没有生命的黑，都是一样的空空荡荡。

而此刻，我或是他正在面对之物，就如他是我的面对之物一样。这种面对除了语言，还有一种似是而非的期待。像两只海葵，我们钻进礁石的空洞里，坐在一张发黄的苇席上。一切多像一场某种情况发生时预先设置好的道具。大雨，苇席，孤男和寡女，在这大海深处的孤岛之上，会发生什么？刹那间，我的神经像一根根绷紧的琴弦。直到这一刻，我才清醒地意识到，我正在自己编织的一个梦境里与一个设想的男人相遇，并随着梦的牵引一步步走向这个电闪雷鸣潜伏着巨大危险的了无人烟的荒岛。我正在历险，不是爱情，而是一种奇遇，一种冒险，一种试图和自己原有生活告别的妄想。而此刻，我比任何时候都清醒，我知道自己可能要遭遇的危险。我突然后悔到这荒岛上来。我想，他若在此时对我做什么，我大概是毫无抵抗之力的。而我最大的恐惧，并不在于他对我身体的某种伤害，而在于，他的行为会毁灭我对人类保持的那种美好的信仰。无论人性有多么复杂，我至今还坚信有一种东西，始终如水一般清澈。

他两眼望着雨雾迷蒙的海面，似乎并没有打算对我做什么。他坐在我的旁边，侧影的神情专注而深沉，像一尊海神的雕像。

他说，你怕我是个坏蛋？

我的心哆嗦了一下，他不用眼睛，却看穿了我。我不置可否地点了一下头。

他回过头来，他的眼睛里有雨水，或泪水，像蒙着一层湿漉漉的水汽。他隔着水气看着我，悲伤地说，你这样想，真让我难过。

我一时惊慌起来。我不知道为什么，突然心慌无措，声音也低矮了下去。心虚地说，对不起。

他说，没有对不起。能和你这样淋一场雨，已足够。我知道你很快就会离开海滩。但你让我记住了今天大海的颜色。

他说着站起来，把手伸给我。

雨停了。黑暗悄悄地隐退到了天边，天空慢慢地亮起来。

宁静的苍蓝色海面，遥远无边，像一个神秘的梦。

你让我记住了今天大海的颜色！

走下孤岛，进到小船里，我望着幽蓝的大海，重复了一遍他的话。

从海岛回来的下午，我开始发高烧，脑袋昏沉，乱象丛生。迷迷糊糊中，我接到丈夫的电话。他问我，在海边住得怎么样？想不想回家？他说，他已经回到了家。说，如果我不习惯在海边住，他会派人来接我回去。放下电话我浑身发冷，像得了严重的寒热病。我摸到喝水杯，大口大口喝了几口凉白开。我想，我丈夫马上会派人来接我回去。我将没有任何理由再继续留在这里。可是，我为什么要留在这里？我应该也必须回到丈夫身边去。我这样无头无绪地想着，从床上爬起来，穿过昏暗的房间，飘过客厅，换上鞋子，扑进苍茫的夜色里。我想，趁来接我的人还没到，我应该赶去跟柳工告个别。我得告诉他，我要走了，可能以后也不会再和他见面了。可是，我不知道，为什么要去告诉他这些。当时，我脑子里就是这么想的，这个道别显得那么重要，像人生的某种仪式。

我出了门，走得很快，像风一样，凉湿的海风吹着我发烫的额头。我几乎是一口气跑到了他家门口。我迫不及待地敲打着那扇潮红的木头门。令我吃惊的是，门开了，里面站着的不是柳工，而是她，卖烧烤的新疆女人。

她看着我，用凶狠的目光，驱赶着我。我突然意识到自己犯了一个错误。一切要比我想象得复杂，但它又完全出乎我想象的样子。我转过身，迅速跑下楼。

我想以最快的速度逃离某种荒唐的遭遇或某种类似错误一样的东西。我像一只被自己的错误追赶的耗子，在昏暗的夜色里，向安静的海滩奔跑而去。

第二天一早，我就离开了海滩。我记得那条鹅卵石小径晨雾弥漫。海边的清晨还沉浸在一片清凉湿润的安睡之中。远远地传来海浪轻拍沙滩的声音。我的心一下像饱吸了露水的草叶，鲜亮起来。我忘记了，我把那些天发生的事都忘记了。我迈着轻快的步子，拖着旅行袋，走出了小区，沿着海岸慢慢地走向远处。

是我，不错，那天晚上给你开门的，的确是我。新疆女人再次狠狠地抓住我的胳膊，她尖利的指甲刺进我的肉里，一阵钻心的疼。她把最后一瓶啤酒喝下去，眼神迷离地看着我说，那天晚上，柳工病了，发着高烧。他打电话给我，说要两份烧烤，其中一份是给你的。我是打算先给他送了以后，再去给你送的。但是到了他家之后，我才知道他正在发高烧。我跑到药店给他买回退烧药，又留下给他烧开水。他家连一口开水都没有，灰炉冷灶，换了你，你会忍心丢下他不管吗？就算他是个与你毫不相干的人。可是，你全然没有想到这些，你用那样一种眼神看着我。我倒真希望和他有点什么。可我们是这样清白，清白得让人心生痛苦。我倒真希望与他发生点什么事。可是从来没有。新疆女人松开手，颓然跌进昏暗的灯光里，像一只死耗子，裹着一层皱巴巴灰色的皮毛。

你走了以后，他再也没到我亭子里来过。新疆女人说，一次，一次也没来过。他妻子死了，疯了十年多，也该死了。怪他没关好门，不小心，让她跑出来了。那天晚上，我看见一个披头散发的女鬼，一点点往海里走。我吓得躲到柜台后面。过了很久，我看见他来到海边，慌慌张张，大声地喊着他妻子的名字。我才知道，那个女鬼是他疯掉的妻子。我告诉他，她走到海里去了。他就瞪着血红的眼睛，紧紧抓住我的领口，问我，为啥不救救他的妻子？我吓得说不上一句话来。后来他从海里打捞起他妻子的尸体，涨得像一只白呱呱的死鸭子。女人"咕噜咕噜"地说着，打着酒嗝，浓浓的酒气飘散得到处都是。

他还活着吗？我终于问到了他，我终于把我最想说的话说出来了。我盯着那张昏暗的脸，新疆女人好像快睡着了，可她的眼睛却睁得老大，像两只灯盏在黑暗中闪闪发亮。她说，当然，他活着，我活着，你也活着。我们都没死，都无耻地活着。再无耻地活着也是活着，比死了好！可是你，愚蠢的女人，你干吗还要到海滩来，你总不会还想着他吧？你是有夫之妇，你别太贪心，你这个贪心的蠢货！

她的话像刀子刺进我的心窝。我结结巴巴地说，不，我丈夫死了，一年前，他得了急症，死在了工作岗位上。听起来像革命时期的英雄，可事实就是这样。我儿子也结婚了，找了个北京姑娘。他想接我到北京去。你知道，我哪儿都不会去。我只想到海边来,有一种神秘的力量,吸引着我。所以,经过一番思想斗争,我最终还是来了……

女人没听见我最后的话,她已经沉沉地睡着了。她打着"呼噜",像个男人那样睡着了。我从藤椅里直起身来,我的双腿完全失去了知觉。我以这样一种姿势坐着,坐了很久,似乎从十年前坐到了现在,从没改变过。

夜晚的烧烤亭像一座孤零零的坟墓。我从这孤冷的坟墓里走出来,沿着海滩,往回走。戏水的人不知什么时候已经散去。沙滩上还稀稀拉拉有一些人在散步。我的身体似乎变得轻盈起来。刚才臃肿老迈的感觉一点点褪去,像鳞片一样从我的身体上剥落,一些鲜红的肉正一片片长出来。

远处,有人唱着那首老旧的歌:

> 如果大海能够带走我的哀愁,
> 就像带走每条河流……

那喑哑的声音漫进我的心里,像一丝丝柔软的风。

月照西邻

一

六点钟，我被一阵鞭炮声惊醒。我闭着眼睛，迷迷糊糊地恢复着意识。鞭炮声响得结实干脆，把睡意驱赶得无影无踪。睁开眼，我仔细辨别鞭炮声的来向，好像是从隔壁的西邻家传出来的。今天是什么节日吗？我伸手从枕头下摸出手机，看了看屏上的日历：2009年8月13日，下面有三个浅灰色的字：无事件。也就是说历史上的这一天既没有发生过什么重大事件，也没有诞生过和死亡过某个了不起的人物，是一个不具有纪念意义的日子。或许是西邻家的儿子或女儿结婚？这念头一闪，我就兀自浅笑了。西邻家住着一位独身女人，无丈夫，更无子女，她家唯二的活物就是她和一只金毛狗。除了狗吠，我还从没听见过她家传出过别的什么响动。这平白无故放鞭炮，那女人不会是疯了吧？

我在一片暗黄的晨光里起来，开始一天的活动。这暗黄的晨光委实不是我喜欢的颜色。我试图让每个早晨变得更明

走向烤鸭店

亮一些。因为当我意识到每个早晨都这样千篇一律地在这暗黄的晨光里重复开始的时候,我的心情就会陷入烦躁之中。我做过无数次尝试,想来改变这种暗淡的存在方式,结果很无奈。我发现,是我的窗帘的颜色把早晨变成了这种半死不活的状态。当时,我住进这栋半旧小楼的时候,选择了当时满大街流行的一种暗黄色材料做了窗帘。后来,我发现我并不喜欢这种颜色的时候,我又懒得去换它。就这样,在这种我并不喜欢甚至常常感到郁闷的暗黄色里,我生活了一年。

一年前,我离了婚。我离婚的原因,大约是我的前夫有了别的女人。那女人怀了孕。至于那女人有孕与我前夫有无直接的关系,我并不太确定。我唯一可以确定的是那女人与我丈夫发生了某种关系。某一天,我接到了一个陌生女人的来电。她声称怀了我丈夫的孩子。一开始,我以为是有人打错了电话。但当她准确无误地说出我丈夫的名字时,我的脑子一下乱了。我记得当时我正在阳台上站着。是秋天,窗外的天格外的蓝格外的高。我在看天上羽毛状飘动的云朵。当时我的心情也格外的好,湛蓝的,没有阴影。这个时候,我的手机响了,那个陌生的电话破坏了一切。

之后,我在阳台上坐了很久,一杯接一杯地喝茶。我确信那女人没有撒谎。我确信她的话已经在我脑子里形成了一场灾难性的事实。我甚至要做的首先是向我丈夫,和我在一起生活了五年的那个男人求证电话的真伪。他没有承认他让别的女人怀了孕,但他也没有否认那个女人的存在,也没有否认他和那个女人发生了某种关系。他坐在我们刚装修好的那栋大房子里的一个米黄色的榻榻米上，榻榻米散发出一股沉木的香气。他的那双在昏暗灯光下躲闪不定的眼睛，让我敏感地意识到，他的确做了某种越轨的事情。

  我似乎也并未到非离不可的地步，可当时这件事超出了我的心理极限。我决定用离婚这个更快捷的方式来解决它。现在想来，这也并不是一个最正确的方式，也不是一件值得回味的事情。我力图让它在时间里变得模糊，以致消失，不再能影响到我下一步的生活。因为，对一件痛苦往事的回忆，除了让你重温痛苦，其他什么意义都没有。但我记得那个下着细雨的秋天的早晨，我拖着一只棕红色的皮箱，里面装着几件换洗的衣服和一台笔记本电脑，还有我那张刚领到的蓝色离婚证书，离开了我曾经居住的那个高档小区，搬进了这个叫农民城的城中村。这里住的大部分是进城打工的农民和一些刚毕业没找上稳定工作的大学生，还有像我这样参加工作不久工资不高的群体。这里的建筑类似中国北方二十世纪八九十年代改革开放初期农民修建的那种新式农家院，但是现在看起来已经很破旧过时了。我对这个临时住所本无太多挑剔，相反，倒觉得是一个清净之居。它独门独院，院子里还有一个小花池，可以种些花草或蔬菜。我打算告别过去，在这里开始一段新的生活。可是没想到，隔墙的西邻家养了一条讨厌的狗。它整夜整夜地狂吠不止，搞得我一宿一宿地睡不着觉。

走向烤鸭店

真倒霉,那只讨厌的狗,现在想起来,还让我心有余悸。可是那是怎样的一条狗呢?起初我并不知道它长什么样子,也不知道什么缘由致使它整夜狂吠不止。有很长一段时间,我被那恼人的狗吠惊扰得不得安宁。我写了一篇文章来声讨它。那篇文章登在泫城小报上,但没有人关注它,对于西邻家那只可恶的狗没起到一丁点儿作用。但我依然记得当时我的愤怒。我是这样写的:邻家的狗独唱又开始了。"呕,呕,呕呕呕……"先是缓着气地叫,应和着远巷的狗吠,此起彼伏。接着是吼,直着脖子吼:"喔——喔——喔喔喔……",再接着就是"呼哧呼哧"上气不接下气地狂吠,好像面对一群强大的对手,它用一种声嘶力竭的狂吠来保命。寂静的夜被一阵紧似一阵的狗吠撕裂着,颤抖着。我伸出拳头,在漆黑的夜空挥舞,想把这狗吠赶走,把失眠赶走。到最后,我发现狗吠和我的失眠却是越来越严重了。我整夜困守在四面狗吠之中,不得安睡。这迫使我作出了一个不得已的决定。这个决定是,我鼓足勇气推开了西邻家虚掩的铁大门。

她站在院子中央,四周爬满墙头草的院墙围着她。她的对面是一只高出她很多,宽出她很多的铁笼子。铁笼子好似她的背景,她站在她的背景里,背对着我。她的背挺直而单薄,消瘦的双肩有着鲜明的骨感美。准确地说,她的背影像一幅静止的画。画面上凌乱地披散着一片乌黑的长头发。头发下面是一件米白色的上衣,往下连着一条藏蓝色的齐踝长裙,裙摆下是一双浅蓝色布拖鞋和套在其中的一双白生生的脚丫。她没穿袜子,我想。

听见我的推门声,她转过身来。我看见那件米白色的羊毛衫敞开着,露出里面透明的白色吊带。吊带里颤动着两只白蓬蓬的乳房。她没穿胸罩,这比不穿袜子更糟糕,我想,一个不戴胸罩的女人,往好处说,是洒脱,往坏处说,是放荡。和不穿袜子连起来,她至少给我一种异于常人的印象。

她站在那里,茫然地看着我。没错,她看我的眼神,找不到比茫然更贴切的词语来形容。她看我和没看我一样。两眼空空,就像一具尸体站在我的瞳孔里。

院子里弥漫着一股浓烈扑鼻的腥臊味。我越过木桩一样杵在那里的她,目光投向她的背景,那只高大的铁笼子。它靠着东面的山墙。那堵墙是我和她的分界线,也是一条不言而喻的互不侵犯约定。可是她家的狗吠严重破坏了这个约定,越墙而过,扰乱了我的生活。那只生了锈的狗笼子就是物证。我怀着厌恶的心情,审视着那只狗笼子。它的四周钉了厚厚的铁板,中间留了一处长方形的出口。一只皮毛皱巴巴的金毛狗伸着紫红的舌头,在铁笼的出口处放着一只白铁盆子。盆子是空的,里面一颗米粒都没有。听见有人来,狗从空荡荡的狗食盆里抬起头。它的眼珠在饥饿的眼神里来回滚动,像在乞求我。见我两手空空,失望地眨了几下困乏的眼睛,又低下头去。

我一下明白了,因为饥饿,那只狗才整夜狂吠不止,可是这个女人,为什么要这样对待一条小狗,难道她打算饿死它吗?

你找谁?她的声音像一张纸飘过来,吓我一跳。一具尸体开口说话,不吓人一跳才怪呢。

我赶忙收回目光,用手指了指东面的小楼,说,我住你隔壁。

有事?她不看我,把脸扭过去看那只狗。

是的,我们可否进屋谈一谈。我说。

她迟疑了一下,转身进了屋,我跟着她走进去。

屋里的情景,让我迈进门槛的脚又退了出来:满地滴滴拉拉的血迹。那血迹好像已经干了,变成污黑的颜色。这污黑的血迹在告诉我,这屋子里新近一定发生过大事,天大的事。我站在门口,看着她走过去,坐进一只旧沙发里。她面无表情地看着我,问,什么事?

我说,你家的狗,夜夜吵得我无法睡觉。我已失眠很多天了。我不明白,人的死活都顾不过来,干吗还要养一条狗?我说着,竟不自觉地愤怒起来。

她漠然地看着我,她大概没想到我会是因为这个来找她。她一言不发地看着我,紧闭着没有一点血色的嘴唇,不动,也不说一句话,这样子足足持续了半个小时。

我顿然坍塌了,我的愤怒旋即变成了一个软塌塌的柿子。面对这样一个对手,我感觉到一种莫大的无聊。

我记得,那是个深秋的日子,天气一点都不热。但是她的脸上却好像沁出了一层细汗,那细汗在她的鼻尖上看得很明显。她僵硬地坐在那里。

　　半天，她终于开口说话了。她说，对不起。

　　她的声音像从地狱里发出来的。

　　从她家退出来时，我心里溢满的不是愤怒，不是鄙夷，是一种说不清的郁闷和绝望。

　　当时，我正在一家小报社当记者。那是一家很烂的小报社，社长是个懦弱的老头子，谁也管不住。整个单位像一锅糨糊。几个人挤在两间阴暗的平房里，到处堆着废报纸，成堆的稿件和破旧的家具，乱糟糟的像个狗窝。这让我心情很坏，再加上邻家那无休无止的狗吠，让我整夜失眠。我每天黑着两个眼圈心烦气躁地去上班。

　　我打算搬出那个农家小院，远离那个晦气的女人和她家的狗吠。我又开始四处寻找住处。那天，我去找了中介，跟着他们看了一天的房子，也没有找到合适的住处。不是租金太高，就是房子太旧太破。傍晚，我又回到农民城零巷这个农家小院来。

　　我拖着两条疲惫的腿，顺着那条高低不平的石头路往里走，刚走到巷口，就看见她带着那只金毛狗迎面走过来。准确地说，是她拖着那只狗往前走，走得很费力。她手里拽着一条明晃晃的不锈钢链子走在前面，狗跟在它的后面，磨磨蹭蹭地不想走。她使劲拽它，好像要去卖它，狗死活不想走。这情景让我心生惊喜。她真的要去卖这条狗吗？若真如此，我就不必再费力地搬家了！

她和她的狗一边较量着,一边从我身边擦过去。她似乎没看见我,或者她根本就没打算搭理我。尽管我带着讨好的微笑,想跟她说句话。而说话的原始动机,是想知道她是不是真的要去卖那条狗。可是,我的企图没有得逞。她拽着她的狗,很快将我甩开,没有给我说话的机会。我看见她的衣着好像换了新,看起来齐整漂亮了很多。她头上系了一块酒红色的新丝巾,那红映着傍晚的余霞,有一种轻盈的美丽。我看着她和她的狗走远,心里陡然生出一种不祥预感,她不会出事吧?我的两脚不由自主跟着她的背影走了几步,随即我又迫使自己停下来。我阻止了自己想追赶她的冲动。我从她远去的背影里看见了自己,看见自己那副半死不活的样子。我望着她,叹了口气,返回到自己住所。

那天以后,那恼人的狗吠莫名其妙地消失了,夜晚重新变得安静下来。我想,她是真的卖掉了那条狗呢?还是她和那条狗一起消失了呢?每次睡醒之后,面对暗黄的晨光,一想到她与那条可怜的狗,想到他们可能从这个世界上消失不见的时候,我就会惊出一身冷汗。

二

我穿过暗黄的晨光走到卧室的窗户前,想再次确认一下鞭炮声是否是从西邻家的院子传出来的。拉开窗帘,阳光像潮水一般透过宽大的玻璃窗,"哗"一下涌进屋子里来。窗外是一个亮堂堂的大世界。透过窗户,我再次看见了隔墙那只高大的狗笼子。它的四周布满了粉红色的鞭炮碎屑,一层青色的薄烟飘浮在它的上空。

院子里,一个穿白裙子的女人,正拿着一把扫帚,在打扫那些鞭炮的碎屑。她弯着腰,头朝大门口的方向,一头乌黑的长发在早晨的阳光里跃动着金色的光泽。她的白裙子在晨风里飘动,衬着她的动作很轻柔。我想,西邻家换了女主人,难怪半夜那讨厌的狗吠消失了。我快步下楼,走到院子外面去,因为与此同时,我看见那女人正提着一只绿色的垃圾桶往外走。我想,无论如何我得和新邻居打个招呼,感谢她的到来,让夜晚重新恢复了宁静。真的,那一刻,我真的是这么想的。我对这个整洁干净的女人一时产生了好感。当然或许,我也有点孤寂和好奇。

我走出大门,迎着那女人的背影走过去。

她把手里的垃圾桶放在大门外面的葡萄架旁,搓着两只手转过身来。那张脸,正朝着我的那张脸,让我大为惊骇:西邻家的独居女人,怎么是她,怎么还是她?当时我的表情一定是大睁着眼,张着嘴,一副看见死人复活的惊恐状。她微笑地看着我,完全脱去了当初委顿灰暗的气息。她的表情异常生动,眼神清澈明亮,全身自上而下不着一尘,干干净净,给人的感觉十分清爽。她的脸色也好看了很多,腮上有了一些红润,和原先那张黯淡无光的脸比起来,简直是判若两人。总之,这个女人的脱胎换骨,让我在这样一个了无生气的早晨,隐约看到一种希望在清苦的生活里一点点生长起来。

我极力掩盖着自己内心的错愕,看着她,说,是你?

她微笑着点点头说,是我。

我说,哦,早晨是你在放鞭炮吗?

她说,是的,吵到你了吗?

我说,没有,我只是不明白,你遇到了什么喜事?

她说,我家的狗生了一对双胞胎,你来看看。她兴奋地说。

我跟着她走进她家院子。还是那对暗褐色的铁大门,但大门里面却完全是另外一番景象:青灰色的水泥地面打扫得干干净净,空气里弥漫着一丝鞭炮燃放后残留着的硝烟的温暖气息。铁笼子依然拴在东墙根。拴笼子的那些铁条铁网多了一些斑斑锈迹,而笼子里面却是一个温馨的狗世界。一只毛发光滑的金毛狗闭着眼睛躺在一条枣红褥子上。它看上去很安详很舒展,四只带白雪花点的蹄爪中间,卧着两只刚出生的小狗娃。我的到来,似乎惊到了它,它半睁开眼看我,好像认识我,而四蹄却往回收了收,护着它的两个孩子。它们正在拱着,找奶吃。

确实是件喜人的事情!不过这位狗妈妈是一年前那只整夜狂叫不止的金毛狗吗?我记得它瘦得像只生病的狐狸,你好像决心要饿死它。我说。

她说,是它。对了,忘了告诉你,它叫圣代。

圣代?这个名字起得不错。我用赞赏的眼神望着她。她的脸浸在温润的晨光里,有一层毛茸茸的光晕。我难以想象,眼前这位温顺可爱的女人,一年前,怎会想要饿死一条狗?她的变化搅乱了我的思维。

我说,昨晚,你一夜都没睡吗?

她说,我已经好几个晚上没睡了,等着它生产。圣代这次受了大罪,折腾了一夜,狗娃才生出来。刚出生的时候,它们软乎乎湿淋淋的,真是吓人。可是没有人代替我做这件事。第一次为一只狗接生,的确不是件容易的事。还好,它们母子平安。

真漂亮!我看着那对金色的狗娃子,心情不自觉地欢快起来。

她邀请我进屋喝杯茶,我便随她进屋。

屋子里收拾得很干净。白色地板砖擦洗得像镜子一样可以照见人影。客厅中央放着一盆正在开花的君子兰。那火红的花让人感到喜气。沙发茶几都拾掇得整齐干净。一种澄明的清纯之气溢满了房间。

我在她家的沙发上坐下来。她给我倒了一杯热茶。她微笑地坐在我对面的一只橡皮软座上。她身上散发着一股温暖神奇的气息。

我注视着她,她的变化让我的好奇心一点点膨胀起来。我很想从她身上窥出点什么。窥出点什么呢?我自己也不清楚。

我问,你一个人住吗?

她说，是啊，还有圣代，现在我们一家四口人。

哦，我笑了一下。从她的话里，我听出了她依然过着独居生活。

我弄不清她是早于我还是迟于我住进这栋小楼的，或许她原本就住在这里。但这个小城里，每个小区都住着来自不同地方的各色人等，纵是一墙之隔，却也通常是形同陌路。偶尔一两次的交集，也完全因了各自利益受到彼此的干扰，绝不是因为睦邻友好所为。我和白月就是最典型的一种。如果不是她家的狗叫惊扰到我，我断然不会轻易踏进她家的门。但事实上，虽然表面上看起来互不来往的两家人，却在不清不楚的时日迁移中，被某种看不见的绳索牵连在了一起。就像现在，我莫名其妙地又和这个女人坐在了一起。不同的是，她现在完全是一个可以亲近的邻居。我和她之间除了狗叫与不安的夜晚带来的某种纠葛，更多的是这个女人命运深处的某种东西无时无刻不在牵动着我。尽管之前的日子里，我并没有清晰地意识到这一点，但当我在每个暗黄的早晨醒来，浮在我模糊意识里的，常常是那布满血迹的地板，那张惨白的脸和她那双空洞的眼睛。我从来没想过要和她做朋友，因为之前，我对她充满了嫌恶。尽管当时，我过得也并不好，我也会在某个瞬间有堕落的情绪，但我始终咬牙坚持着，等待着好运能不期而至。所以，我一直躲避和远离如她这样的人。但是，现在，一切都翻了个个儿，这个女人自己拯救了自己。虽然我现在还一点都不清楚，促使她发生改变的原因，但我已经喜欢上了她改变之后的这种状态。生命似乎从某个暗夜里突然挣脱出来，在一道灿烂的天光里鲜亮重生了，这本身就是一个奇迹。我本不打算再提以前的事情，可是不自觉地，我又很想探究她的过去，不自觉地又把话头引到了一年前的事情上。

我说，你还记得，一年前我来找你，你家的狗整夜吵得我睡不着觉。

她看着我，不好意思地笑了笑，说，嗯，那时候，我的生活完全是混乱的，我不知道自己做了什么，对于圣代，我无力去照顾它。我都不知道，它有多少天没有吃东西，它和我是如何活过来的，这是个奇迹。

当时，发生了什么事？记者的职业习惯让我习惯性地把麦莎一样的目光刺入她的眼睛，并试图击入她的故事深处。我承认，我总是有那么一点好奇和探秘的心理，特别是对于和自己同龄的女人的那些不为人知的私事，我几乎是抱着一种偷窥般的阴暗心理，想一层层地揭开它的皮、肉、壳，直抵那颗裹在壳里的小小的核仁。其实，到最后，那颗小小的仁里也许什么秘密都没有，什么干货都没有，就是一颗普通的核仁，可是窥秘的过程却贯穿着一种满满的期待着的邪恶的充满刺激的快感。我说不清，这是为什么，此刻，我就是特别想刺穿她那张微笑着的平静的脸，把偷窥者的触角抵入她那口记忆的枯井。我感觉，我正在实现这一目标。

她说，是发生了一些事情。但是，现在想起来，好像一个梦。我努力想要忘记它们,但它们却固执地在我的记忆盘踞着。如果,你有时间,愿意听我唠叨的话……

她的话停住了。我赶忙说,当然,我想知道你的过去。其实,我只是出于对你整个变化的好奇,并无别的意思。

她又笑了笑,这一回,她笑得很舒展,一副无所谓的样子,倒使我的解释显得有些滑稽可笑。她好像察觉到了我内心那一点阴暗,但她显得很大度。她说,好吧,那我们约定一个时间吧。其实,我一直在找机会,把这一切说出来。可是我不知道谁会对一个素不相识的人的过去感兴趣。我以为我会带着这一切到坟墓里去的。没想到,会再次遇到你,而且凭我的直觉,你能够明白我和我所经历的事情。这不单单因为你也是一个女人,更重要的是,我从你的眼神里能看到,你是一个不甘沉沦的人,你渴望看到生命里那些和磨难、痛苦、颓废纠结在一起的时而能给人以振奋的美好和温暖的东西。这一点,我想我们有着惊人的一致。说白了,我们都有一点偏执的理想主义色彩。

我再次瞪大了眼睛,我完全没有料到这个女人深邃的洞察力,她竟在这短短的几分钟之内,看穿了我。我不得不信服地点点头,再次对这个瘦弱的女子刮目相看。她喝了口茶水,把先前留住在我脸上的目光一点点移开,伸到了窗外或者更远处,那该是她的隐秘深邃的过去吧。但是,她没有立即讲述她的故事,她跟我约定在周末的晚上。我想,或许,她还要好好地回忆和酝酿一下,或许,在酝酿的过程中,她会收回她想要跟我讲述的念头。但是，不管怎样，我都在一步步走近她，在一点点揭开一个秘密。念及此，我顿时兴奋起来。我起身向她告辞，并告诉她，周末，我一定会如约而至。她欣然送我到大门口，并一直望着我拐进我家那扇黢黑的大铁门。

三

周末，我站在院子里，看月亮悄然爬上树梢，银色的月辉洒在西邻家的狗笼子上，洒在她家院子里的桂花树上。圣代发出几声温柔的狗吠，小狗的叽叽声，让四周显得寂静而祥和。我踩着满地月色，推开西邻家暗褐色的院门。圣代朝大门口吼了两声，一切复又安静下来。

她依然坐在那只石头茶几对面的橡皮软座上。一片红色的灯光里，我看见她的脸像一幅油画，散发出柔和温暖的光亮。她微微地笑着，看着我在她的对面坐下来。她似乎早就料到，我不会失约。她给我倒了一杯茶，又烧上了一壶水。那只小小的电茶壶就在茶几一角"吱吱"地响了起来，不久，就冒出一丝丝白气。

她说，那天你走以后，我一直在和自己作斗争，要不要把那些见不得人的事情讲出来？那也算是我的隐私吧。但最后我还是决定把它讲出来，算是给自己的心找一个出口吧。我真担心会因此影响到你，或者你会因此认为我是一个不正经的女人。

我用眼神告诉她,相信我不会这么认为。

她点了点头,把身体往灯光形成的暗影里移了移。

她说,我原先并不住在这里的。一年前,我住在尚上居的。她的声音缓慢而优雅。

我听到尚上居三个字的时候,心里惊了一下。尚上居是泫城最豪华的小区,那里的房价贵得要命,普通人是买不起的。我看着她,她优雅的微笑,足以让我相信,她曾经生活在一个优渥的环境里。

她继续说,我在尚上居一栋二百平方米的楼中楼里生活了五年。那五年对我来说是重要的,因为在那五年里,我不需要工作,我闲居在家里,有宽绰的时间来读书。我觉得没有比读书更有意义的事情了。那是一段非常悠闲的时光,它总让我怀念。我的丈夫是一个做煤炭生意的老板,他经营着一个几千人的洗煤厂,每天忙着挣钱,很少能顾及我。和我朝夕为伴的是一个老保姆夏姨。夏姨从乡下来,是个寡妇。

那天早晨,我和往常一样,拿着梭罗的《瓦尔登湖》走出楼门,到小区西边的一片湖水边读书。那是一个人造湖,四周堆砌着一块块不规则的白砂岩。是秋天,阳光不凌厉也不冷漠,恰如其分地照在湖面上和我的身上。

梭罗说,每个早晨都是一个愉快的邀请,使得我的生活跟大自然同样的简单,也许可以说,同样的纯洁无瑕。我感觉自己和梭罗孤身生活在瓦尔登湖畔的一样,简单,寂静,离大自然很近。我可以旁若无人享受那温润养人的天光,无处不在的鸟鸣,不断从湖面飘过来的花草的香气。

湖的正东面就是我们居住的楼群,金黄色的楼群,高耸入云,阳光照在它们身上,巨大的影子落在地上。每栋楼的四周都种植了高大的杜仲树和桂花树。正是桂花开花的时节,一树树白色的小花散发出迷人的芬芳。尚上居的东面临山。山上植被茂密,层层叠叠的树木,让人能呼吸到新鲜的空气。我和牛吁结婚时,公公特意在尚上居为我们购置了一栋楼中楼做了我们的新房。婚后,牛吁对我说,我们家不需要女人挣钱。你在家待着,什么也别做。如果闲得慌,就赶紧给我生个小子。牛吁的话让我郁闷了很久。我也曾上过大学,大学学的是中文,我曾经希望自己成为一名大学老师或杂志编辑。可我最终沦落成了一个无事可做的人。我又是一个不善社交的人。在这个小县城,我几乎没有朋友。唯一一个是我的大学同学阿炳。百无聊赖的时候,我会打电话给阿炳,他有时会到我家来,陪我喝杯咖啡,或聊会过去的事情。阿炳也爱读书,我们常常会谈论同一本书,谈论书的作者。很多次,我们谈到梭罗和他的《瓦尔登湖》。阿炳说,他和梭罗一样是一个自然主义者,他最喜欢《寂寞》里的那段:牛蛙鸣叫,邀来黑夜,夜莺的乐音乘着吹起涟漪的风从湖上传来。摇曳的赤杨和白杨,激起我的情感使我几乎不能呼吸了。阿炳是语文老师,他天天在讲台上练嗓子,这段文字经由他那磁性的男中音朗诵出来,实在太动人了。

我们常常这样越谈越深入,有时候会忘了吃饭,他会忘了回家，直到他的妻子打电话过来，或者夏姨喊我下楼吃饭，这种交谈才会被打断。

但更多的时候，我是一个人待在家里或湖边。因为那段时间，对我来说，最重要的事情不是读书，而是受孕。这是牛吁交给我任务。而对一个已婚女人而言，创造生命也是一件值得期待的事情。所以我一直努力地配合着牛吁。

可生孩子的事，是由不得人的。刚开始那两三年，牛吁天天在床上折腾我，而我却怎么也怀不上。牛吁说是我的问题，让我天天喝中药，楼上楼下早晚弥漫着一股浓浓的中药味。这样一晃五年过去了，我的肚子依然像脚边的湖水一样，波澜不惊，一点响动都没有。这让牛吁很失望。渐渐地，他回家的次数越来越少了。

我偷偷到医院做过检查，医生说，我没有太大问题。我想让牛吁也去医院做个检查。可我不敢说。这涉及一个男人的尊严，我宁可让牛吁及所有家人朋友认为是我的问题，也不能让任何人怀疑牛吁有问题。

我这样想着，坐在秋日的湖水边，漫无目的地翻着书。渐渐地，我感觉眼皮发沉，手中的书差点掉进湖水里。我开始觉得意识昏沉，把手中的书搁在石头上，就着石头躺下来，想休息一下。但是，没想到，竟很快睡着了。

夏姨买菜回来，把我从石头上唤醒。我睁开眼，看见一抹抹羽毛状的白云，在头顶的高天上飘动。我不想动，懒懒地躺着，看天上的云。身上暖暖的软软的。可是夏姨坚决要扶我起来。一抬身,我就觉得胃里一阵翻动,想吐。我复又躺回岩石上,闭着眼躺了一会儿。再起时,又恶心了一阵。

夏姨问,月儿,你怎么了?

我说,不知道,有点恶心,想吐。

夏姨沉思了一下,说,是不是有喜了?

夏姨的话引起了我警觉。我马上意识到,这个月我的老朋友没有按时报到,至少迟到了半个月。我把这件事告诉夏姨。

她肯定地说,十分十是怀孕了。她脸上露出喜色。

我们说着话,走回家去。影子在身后忽长忽短地跟着。

怀孕这件事,让我长久沉默的心情突然欢悦起来。虽然那一刻,我还不能确定自己是否真的怀上了。但夏姨的话和我身体突然出现的异常反应给我带来了希望。

夏姨说,等了这么久,总算是怀上了,赶快打电话叫牛吁回来。

我说,夏姨,别急,我要去一趟医院。

夏姨说,我陪你?

我说,不用。

我开车到医院去。一路上,小城的秋色在我眼前一截截展开。高天之上,漂着一抹抹轻盈的云朵。高天之下,是满城金黄的树叶。人们在金色的树叶间和古老的街道上行走,表情闲适,步履从容。缓慢的生活节奏,让我感受到在小县城生活的好处。我想我可能已经爱上了这种生活,我要在这里扎下根来，并将延续我的生命。我这样想着到了医院。

医院到处都是人。不到医院，你永远不会知道，这世界上病人比好人多。

排队，挂号，再排队，等医生开B超单，然后拿着B超单，到B超室外面的长椅上坐着等。以前，生病时，都是牛吁带我到医院来。他给院长打个电话，我就不需要排队等候，甚至连号都不需要挂，就把病看了。这也是在小县城生活的好处。关系熟，好办事。现在牛吁不在身边，我也懒得给院长打电话，所以我不得不和普通患者一样，坐在这里，排长队等候。

B超室出来一位年轻孕妇，她走过来，在我旁边坐下。她首先引起我注意的是，她走路的姿势，十分的小心翼翼，好像怕踩着什么东西。她的肚子并没有显现怀孕的迹象，但她走路的样子更像个孕妇。她穿着一件海蓝色质地看上去很柔软的孕妇装，松松宽宽的，让她看上去很舒服。

我问她，几个月了？

她说，三个多月。

她说话的语气和她走路的姿势一样轻柔，小心。我注意到她的皮肤很白，很光滑，掩不住的青春，不因为怀孕而有丝毫减损。我猜想她的年龄不过二十。因为她脸上还带着几分稚气。

我问她，多大？

她笑笑说，二十。

她回过头，调皮地反问我，你呢？

我说，三十。

她笑了，不会吧，你看上去和我差不多。

我说，十岁，两代人，一条沟呢。

她大笑起来，笑得无拘无束，让我心生羡慕，年轻真好，可以放肆地笑！

她说，我先生也比我大十岁呢，我们很好。

我说，哦，他人呢？

她说，他马上就来。她说着，眼睛朝人群里张望，显得有些焦急。但很快，她的眼睛就弯弯地笑起来。她说，你看，他来了！

我顺着她的目光望过去，昏暗的医院过道里走过来一个男人！他中等身材，乌黑的头发，红润的脸膛，银灰色的西装，看上去好眼熟，眼熟得让我以为是我的眼睛出了毛病。

女孩起身，小心翼翼地朝他走过去，她的身体挡住了我的视线。那男人迎着女孩站住了。我看见他们走在了一起，女孩的手挽住了他的胳膊。他们一起谈笑着朝楼道顶头的电梯门走去。

讲到这里，她停顿了一下，先前在她脸上愉快的表情不见了。接着，她像是自言自语地说，那个男人很像一个人，非常的像。我从长椅上站起来，想再看看他们，可是他们进了电梯，电梯的门关闭了。我站在医院的过道里，对自己说，不会的，怎么可能，一定是我看错了人，或者产生了某种幻觉。我使劲摇头，想把脑子里的幻觉赶走，可是我越摇头，那男人的形象在我脑子里越清晰。他走路的姿势，微微拖着的脊背，两个肩膀左右摇晃着，一个肩膀高，一个肩膀低。没错，是他。我清醒过来，奔向电梯。在电梯里我仔细辨别每一张陌生的脸，他们都用好奇的目光看我。电梯下到一层开了门，我抢先出了电梯，穿过挤满病人的大厅，奔出门诊楼。

一辆白色的保时捷正缓缓地开出医院的大门口。它那庞大车身的金属反光在阳光下，是那么的眼熟，眼熟到我以为是一种幻觉。

我站在门诊楼的台阶上，看着它消失在对面街上的车流里。天空顿时暗了下来。我手里的B超单掉在地上，又被一阵风吹起，飘荡在空气中。

四

她停住了讲述。她的脸隐现在若明若暗的灯光里，恰如她疑惑不清的内心。

如果我没猜错的话，那个男人是你的丈夫？我说。

她点了点头说，是他。

这回是我，站起来为她沏了一杯茶。后半夜的月亮爬到了窗户上，如霜的月光照进来，灯光就显得黯淡了很多。

那个男人和那个女人形成的阴影，遮蔽了她，也遮蔽了我。我的思绪被她的叙述带进那个令人不安的早晨。

我和他隔着一张长方形的餐桌,相对而坐。餐桌上放着一张离婚协议书。

我说,签字吧,我听见自己的声音很冷。

他把耷拉着的脑袋抬起来。他长着一副讨女人喜欢的嘴脸:白净,清秀,眼睛里时常含着一些怀才不遇的惆怅。他又总是能参透女人的心思,说出一些直达人心温柔的话来。但是他的虚伪隐藏得极深,没有人看得出来。就是现在,他还弄出一脸感人的真诚。他说,我承认,我做了错事。可我从来没想过离开你,一次也没有。

我把桌上的碳素笔递给他,我说,这么说,我是应该感激你?感激你没有把我抛弃?

他接过我手中的笔,犹豫了一下,把笔又放下。他站起来,绕着餐桌走动,他那高矮适中的身体带过来一阵风,桌上的离婚协议书飞起来,落在地上。他把它捡起来,又放回餐桌上。

他说,你不能确定她怀孕与我有关,因为我自己也不能确定。

我忍不住大笑起来,你自己也不能确定,这是什么话?你真以为我是白痴?

他耸了耸肩膀,说,好吧,如果你非要这样认为,我也无话可说。他说着拿起笔,在那张纸上签上了自己的名字。

因为有雨,那个秋日的早晨很冷。我走在泫城的大街上,踏着雨中湿淋淋的落叶。我以这样一种义无反顾的形式结束了过去。在朋友的帮助下,我很快找到了新的住所,农民城这栋半旧小楼,我成了月儿的邻居。

此刻,面对面坐在昏暗灯光里的两个女人,有着如此相似的经历。好几次,我都感觉自己在与她重叠,成为一个人,她是我的幻影。

她停顿了一会儿,像是要平复一下内心的波动。她端起我为她倒的那杯茶,轻轻抿了一口。然后,接着说,那天,我在停车场转了好久,怎么也找不到我的车子。我在偌大的停车场里来回打转,像个傻子一样。后来,我想起阿炳所在的学校就在医院附近,我想请他来帮我找一下车子。于是,我给阿炳打电话。他很快就来了,带着他那一贯谦卑而温暖的笑容出现在医院的停车场。

我的车子找不见了,我不记得放到哪个位置了。我说这句话时,已经完全像一个白痴。脑子里空空荡荡的,嘴不受大脑的支配,它在自己说话。

阿炳笑着,拿过我手中的车钥匙,按了一下遥控器,我的车子就在我的左手边"叽呜,叽呜"叫起来。

车就在你身边,你还找。阿炳说。

我木然地站在那里,看着那辆车灯一闪一闪的粉红色甲壳虫。它像一只硕大的虫子爬在两辆黑色的汽车中间,好像故意隐了身,不让我看见。

我说,我有点头晕,麻烦你把我送回去。说这话的时候,我的确感觉自己的头像被重物撞击过一样,发晕发蒙,分辨不清方向。听觉和视觉都出了毛病。

阿炳说，你没事吧？

我摇摇头。他打开副驾驶座的车门，扶我上了车，然后开车带我出了医院。

车开到尚上居小区门口的时候，我突然对阿炳说，我不想回家！

阿炳怔了一下，说，那你想去哪里？

我说，不知道。

他想了一会儿，说，要不，我请你去喝茶？

我说，我不想喝茶，我想喝酒。

喝酒？阿炳惊讶地看着我，你没事吧？

我说，没事。

他说，真没事？

我说，嗯！

阿炳迟疑了一会儿，说，好吧，那我们去阿伦酒吧，怎么样？

我说，好。

阿伦酒吧在县城东面的山脚下，离尚上居大约一公里路。大学刚毕业那阵子，牛吁生意做得一塌糊涂。我们仨经常到阿伦酒吧喝酒。牛吁喝醉了，我和阿炳就一边一个架着他，东倒西歪地走回家去。记得有一次，我们仨都喝多了，天下着雨，我们在雨中，疯疯癫癫地大声唱着王杰的《手足情深》：

走向烤鸭店

　　……
　　如果你累了，如果走不动
　　我会背你走过一生一世
　　……
　　我多么心疼你的不平遭遇
　　却是无法为你负担点点
　　……

　　上午，阿伦酒吧的人很少。我们在靠窗户的一个位置坐下。酒吧里放着流行音乐，好像是某位歌星在里面唱歌。我听不清他唱的什么。

　　窗外，成排的法国泡桐树正在落叶，枯黄的叶子飞得满街都是，是暮秋时节，小城充斥着一股萧瑟之气。

　　阿炳问我，喝什么？白兰地？威士忌？还是老白汾？

　　我说，老白汾。

　　阿炳就叫服务员拿了一瓶二十年陈酿。以前我们喝的都是老白汾。泫城人爱喝老白汾，已是一种深入骨髓的情结。尽管这种酒口感并不好，有一种辛辣的味道，可是泫城人就好这口。牛吁更是喝酒必汾。

　　服务员取开瓶盖，为我和阿炳一人倒了一杯。

　　阿炳对她说，谢谢你，我们自己来。需要帮忙，再叫你。

　　服务员欠了欠身，退出去，顺手将那扇木制的雕花木门轻轻地闭上。

隔着一张红木酒桌,阿炳看着我,他的眼神有一种让人感动的谦卑的真诚。碰到他的这种眼神,我那颗想要掩饰的心顿然无处可逃。

我说,我可能怀孕了。

他说,这是好事啊,你去医院,检查了吗?

我说,没有。

那你去医院干吗?

去做检查。

检查了吗?结果呢?

没有。

阿炳被我弄迷糊了,他说,月,你今天怎么了?你怀孕了,应该高兴才对,你怎么恍惚不安呢?你去医院,到底做了检查没有?

我说,没有,我在医院碰见牛吁了。

牛吁?他应该陪在你身边才对。

我说,他是陪别人去医院的。

别人,谁?

一个女孩,她也怀孕了。

哦,会这么巧?你没有看错人吧?

我真希望自己看错了人。

来,喝酒。阿炳端起那只精致的青花酒杯,与我碰了一下。我们开始喝酒,一杯接一杯地喝酒。

我很快就喝醉了。我不知道是什么时候离开了阿伦酒吧，也不知道是如何离开的。醒来时，我发现周遭一片白色。我听见稀稀拉拉的雨声，雨滴打在窗外的石棉瓦上，发出"滴答滴答"的声音。已经是早晨，四周静寂无声。我想，这可能是我生命中最安静的一个早晨。安静得如同远离了这个世界，安静得仿佛进入了一个万事皆空的冥界。清凉的雨滴落在心口，我完全清醒过来，闻到一股酒味，是我自己嘴里散发出来的味道。

洁白的屋顶和洁白的墙壁，洁白的棉被和身下洁白的床单。这一切都告诉我，我喝醉了，在宾馆里睡了一夜。阿炳呢？我惊慌失措地从床上爬起来，用手去摸自己的身体。这大概是女人最本能的反应。我紧紧地抓住被子裹在自己的身上。

但很快，我发现，除了我的鞋子被脱掉之外，其他的衣物和出门时一样，忠实地裹着我身体。我想我应该是完好无损的。当我确认自己是完好无损的时候，抬起头，我看见了阿炳。

他坐在窗台上。他脸部的侧影映在雨雾迷蒙的窗玻璃上，像一幅油画。他像是睡着了，又像是在专心听雨。他十指相扣，两条粗壮的胳膊搂着弓起的膝盖。胳膊上一片巨大的藏蓝色的文身在窗格格银灰色的晨光里泛起幽暗的光。

起来了？他没扭头，好像听到了我的响动。

我怎么会睡在这里？我问。

是我把你带到这里的。阿炳说。

我喝多了,真对不起,我什么都不记得了。我平时是不喝酒的,你知道。

阿炳跳下窗户,一边拿了茶壶去打水,一边说,我可对你什么都没做。喝杯茶,送你回家。

我有些胆怯地望着他,是的,这个时候,我确实略微有些害怕,因为这个房间只有我和他,随便他想怎样,我都难逃其手。此时,我是这样的虚弱无力。我说,阿炳,我相信你!

我的话音未落,阿炳突然转回身来,两眼紧紧地盯着我。他说,月,昨晚我什么都没对你做,可是,现在,我想对你做点什么。从第一眼看见你,我就想对你做点什么。我是一个男人,男人身上的一切特征我都有,我不是神,我是人,我想要对你做点什么,就现在。他说着,眼眶里有一种令人害怕的火焰,燃着,一点点向我逼过来。

我的身体本能地向后退着,嘴里喊着,不要,阿炳,不要。

阿炳似乎没听见,他扔掉手中的茶壶,走向我。一团火在房间里滚动,燃烧。我感到口干舌燥,紧紧地用两手搂住自己发抖的双肩,身体向一个看不见的角落陷落。

突然,那团火熄灭了。阿炳停住了脚步,他转过身去。我听见他说,对不起,月,你该回家了!

我看不见他的表情,但他的语气出奇的平静,就像那团火从来就没燃烧过。房间里一下变得寂静而空冷。

我不记得当时是怎样离开宾馆的。我不明白阿炳眼里的火焰为什么突然熄灭？就像我不明白他为什么会带我去住宾馆，这一切成了一个永久的谜团。

五

阿炳开车把我送回尚上居，看见牛吁的车子停在楼门外的过道上。他说，回去和牛吁好好谈，我就不上去了。记住，一切都会过去。照顾好自己！阿炳的话让我的眼泪"唰"地流了下来。若在往常，我会不以为意，而在这样一个落叶寒秋的早晨，他的话就有了一种独特的暖意。

望着阿炳走出小区大门，我站在楼下发了一会儿呆。我不知道是不是该回家，或再到别的地方转悠一下，我有些怅然若失，想到自己已经一天一夜没有回家了，手机上的未接电话都是牛吁打来的，我想，无论如何，我得回家，跟他当面谈谈。这样想着，一抬头，就看见牛吁的头在楼窗口晃动。那高耸入云的金色楼身被早晨的阳光照得灿灿发亮。在这高楼之上，是一个男人俯视这世界的目光。而在这高楼之下的我，却是一个十分矮小的存在，矮小到可以忽略不计。

进楼门的时候，我碰见下楼买菜的夏姨。她脸色灰暗，头发也梳得不够光滑。她一见我，就抓住我的手，像抓住一个失而复得的孩子，结结巴巴地说，月儿，你去哪儿了？一夜没回家。我都要急死了。牛吁到处找你，给你打了无数电话，你都不接。

我说，我没听见。昨天我喝醉了。

夏姨惊讶地看着我，说，月儿，你去喝酒了？你不是去医院了吗？

见我不说话，她赶忙说，好了，好了，不说了，回来就好，回来就好。

夏姨看着我进了电梯，才转身出了楼门。

我带着一身空乏上了楼，开门进屋，一股异常的气息扑面而来。

牛吁不像往常一样，在卧室里睡觉，或窝在沙发里打电话，而是一反常态地在厨房里忙活着。牛吁从来不做饭，他也不会做饭。他在厨房忙活什么呢？我满心疑惑地走到厨房门口。

眼前的景象让我惊住了：乳白色的灶台上爬满了灰黑的螃蟹，像一块块黑色的石头在灶台上横行。牛吁正在把它们抓住，一只一只扔到放满水的大瓷盆里。他往盆里扔，螃蟹往盆外爬。他们似乎在进行一场殊死搏斗。灶火上蹲着一只冒着热气的大蒸笼，看来他是准备蒸煮这些螃蟹的。

你干什么？牛吁。我大声地说。

牛吁好像没有听见我的话，他一边把一只螃蟹的头按进蒸笼里，一边狠狠地骂着，我让你不老实，让你不老实。

我的额头顿时冒出冷汗珠儿，牛吁，你在干什么？我听见自己的声音在发抖。

牛吁没有扭头看我,他把那些螃蟹捉住,按进蒸笼里,盖上锅盖,走出厨房。他那红润光滑的额头上沁满了汗,乌黑的眼珠子发出凶恶的光。他将日渐发胖的身体嵌进那只宽大的红木沙发里,一言不发点上一支雪茄,大口大口抽着。他的脸色让我害怕,像暴风雨来临之前乌云密布的天空。

我吸了口凉气,本能地跑上楼,躲进卫生间里。我惊魂不定地照镜子里那张脸,那张眼圈发黑,略显疲惫的脸。我听见牛吁跟着我上楼的脚步声,很重。他上来了,我想。他很生气,他生气的时候,让我害怕。我的心悬着,在空中等待着。

昨晚你去哪儿了?牛吁带着雪茄味的声音跟着我进到卫生间。我看见镜子里的自己愣一下。这是一种心虚的表现,可是我为何心虚?我极力掩饰着,但我不知道自己在掩饰什么。

我说,宾馆。

哦,不错,你敢做敢当。那就说得再彻底一点,和谁?

一个人。我本来想说,阿炳。但我中途改了口。

牛吁冷笑了一声,说,一个人?你学会了撒谎,白月。我低估了你。我以为你是一块盐碱地,以为你是一块不会开花的石头,没想到,你不仅能开花,还开到墙外去了。

你胡说什么,牛吁?

你以为,我的眼睛会欺骗我?白月,你以为,你做的事天衣无缝。可老天偏偏让我看见了。夏姨打电话催我回来,说你怀孕了。她还以为你怀了我的孩子。她被你蒙在鼓里。要不是今天我亲眼所见,我也会被你蒙蔽。我还要心甘情愿替别人当爹呢,哈哈!牛吁一口气说出这些混账话。他站在卫生间门口一阵狂笑,笑得空气都振动起来。

  我望着他那张愤怒至扭曲的脸,突然想笑。他说,他的眼睛不会欺骗他,那么,我的眼睛会欺骗我吗?眼睛看到的一定是事情的真相吗?如果他看到的以及他凭眼睛看到的,得出与事实不符的结论,那我呢?我在医院看到的,是否就是事实本身?当我开始怀疑我依据眼睛所见得出的判断时,我听见身体里有一个声音,固执地坚定地支持着我的判断。尽管这个判断让我深受伤害,但我像染上罂粟毒瘾一样,被这个判断紧紧地抓住,欲罢不能。

  我想,他和我一样,正陷入这样一种先入为主的判断当中,并被这种判断冲昏了头脑,失去了理智。我预感到一种危险正在向我们两个无知的人一点点逼近。那张相处了五年,曾经无比亲密的脸,现在它像一个注满误会的冰球,冰球上的每一个器官都在呼呼地往外冒着冷气。

  我双唇紧闭,避免激怒那个已经失去控制的雄性动物,也避免自己被伤到。人在愤怒的时候,还知道保护自己,这也是理智的一部分。而我的五脏六腑在扭曲着,比他的五官扭曲得更厉害。我现在还可以坦然地说,我很无辜,可是我知道,我这样说,没有人会相信我。我现在就像牛吁洗煤厂的那些乌黑发亮的炭块一样,越洗越黑。

走向烤鸭店

我控制着自己的眼泪,不让它流下来。我用一块浸过冷水的湿毛巾捂住脸,从卫生间走出来。我看见牛吁大笑着走进衣帽间,换上一件黑色的夹克。等他再从衣帽间出来时,已收住了大笑,一脸冰冷的铁青色。他又点上一支雪茄,狠狠抽了一口,然后走下楼去。他下楼的脚步声,像擂动的战鼓,每下一步,我的心就晃一下,每响一声,我的心就颤一下,直到他的脚步声消失不见,我的心才一点点回落下来。

我打开窗户,让烟味散出去。我在沙发上坐下来,脑子里有一阵困乏的昏沉袭来。我突然感到胳膊、腿、脑袋都很沉,倒在沙发上就睡着了。

我梦见自己变成了一只螃蟹。有一只大脚朝我的头顶压下来,我惊得要逃,结果却没逃走,被那只大脚踩得粉碎。

醒来,天已经黑了。夜色一层层在屋子里暗下来。房间里所有的物件,电视,茶几,对面墙上的画都渐渐模糊看不清了。而我的意识却在模糊不清的夜色里,异常明亮起来,我第一次清晰地意识到自己的存在,是属于自己的存在,而不属于牛吁的存在。我第一次感觉自己在潜意识里正在脱离某人妻子的身份,而成为一个独立的主体。我是一个人,一个女人,一个被婚姻打败的女人。我被打败,表面上看是牛吁离经叛道,实质上是我自己对生活的复杂性估计不足,是我的无知,是我自己忽略了自己作为一个人的存在。我长期成为他的一个附属物,就如这个家里每一个物件一样。当我意识到自己是一个人而不是一件物的时候,我心里的秩序开始混乱,那个潜伏在生命深处的自我就急剧膨胀起来。我伸出两手想要抓住某物,空空的房间里什么也没有,没有人,没有任何寄托物,我感到了疼痛和绝望。

我从沙发上爬起来,喊夏姨。夏姨跑上楼来。

她说,月儿,你总算醒了。我看你睡得很沉,不忍心叫醒你。我给你熬了红枣粥,你快起来喝点。

我问,那些螃蟹呢?

夏姨说,在蒸笼里。也不知该吃呢?还是该扔?

我说,你找一块白布给我。

夏姨说,要白布干什么?

我说,一会儿你就知道了。

我起身到楼下去。夏姨找了一大块白布给我。我把那些螃蟹的尸体放在白布里,小心地裹起来,放进夏姨买菜的篮子里,提着往外走。

夏姨说,你去哪儿?

我说,埋螃蟹。

夏姨说,他管蒸,你管埋,你俩这是唱的哪一出?我这老木头,真是看不懂了。

六

白天,我还能正常地生活,陪夏姨去买买菜,到湖边去看会书。一到晚上,一切就混乱起来。好像有很多看不见的鬼魅潜伏在房间的角角落落,趁着黑暗爬出来,在我的周身舞蹈。我开始陷入不安和惶恐之中，我对这世界生出怀疑，甚至对自我本身生出怀疑。我已经不是原初的自己，而变成了另外一个人，一个自己不喜欢甚至厌恶的人。这个我——敏感、多疑、堕落。在这种状态下，脑子里不断生出各种意想，一会儿是那张青春逼人的脸，她小心翼翼走路的样子，她走向他，挽着他的手，走向电梯。一会儿是他愤怒的脸，大声地笑，一会儿又是在另外一座房子里，他们亲密地在一起。他就要成为她孩子的父亲，他们三口将成为一个牢不可破的联盟。而我呢？我算什么？我此时怀孕，还有什么意义？他或许很快就会和我离婚，或许，他会把我当作一件旧家具终日放在家里，看都不回来看一眼。

这样想着，我就会给他打电话。开始，他和我在电话里争吵，激烈地争吵，他暴怒的声音像狂涛般地袭击着我的耳膜。但我完全听不见他在吵什么，也不知道自己在吵什么。一种坏情绪控制着他，也控制着我。有时候，我们会突然在电话两头沉默下来，他不再争，我也不再吵，可心里的争吵声似乎并未停止。有时候，一开始通话，就很糟糕，他会毫不留情地挂断电话，电话里传来的忙音，一下下击疼我耳膜。

一切都失去了控制，几乎是一夜之间，生活变成另一番模样。牛吁一连几天没有回家。过去他一个月不回家，我也没有怀疑过他。可现在，那个女孩的存在，以及她的存在对我构成的威胁，让我不能够再安静地生活，就像暗夜里突然伸出来一只手，把我的生活打碎了。我不能坐以待毙，我在盲目地为自己寻找出口，却无法看见任何路标和光亮。在一团漆黑里，我爬起来，走到储物间，从博古架上取出一瓶酒，席地而坐，打开瓶盖，一股浓烈的酒香诱惑着我。我从来不喝酒，可是那天半夜，我突然想喝酒，有一种野蛮的冲动在我的心口冲撞奔突。我拿起酒瓶，为自己倒了一杯酒，喝下，又为自己倒了一杯。一杯接一杯地，我喝着。火辣辣的酒精进入口腔，顺着喉管，流进心肺，燃烧起来。我开始觉得身体变得轻盈。

我拿着酒瓶，像酒神一样，在客厅里迈着漂亮的舞步。起初我并没有完全喝醉，我还有一点点意识，我知道自己在模仿一个酒鬼的动作，做癫狂状。但是，后来，我真的醉了，意识完全模糊了，我甚至不知道自己走下楼梯，走出屋子，走到湖边去了。直到第二天早晨，我在医院的病房里醒来，我才知道，自己走到了湖水里，掉到了湖水里，我干了一件丢人的事。我想，一个喝醉酒的人就像一个失忆的人，什么都不记得了。刚刚过去的那个夜晚，对我来说是模糊的。我醒过来时，看见一大片单调的白色。早晨红润的阳光正从窗户上照进来，照在我家老保姆夏姨的脸上。她正靠着窗户看外面一棵落叶的树。

听到我醒来的声音，夏姨从阳光里转过身子。她那件暗红色印花上衣让我猛然想起昨晚的酒瓶子。

夏姨。我叫了一声。

孩子没了。夏姨的声音像一滴冰凉的雨滴从头顶落下来。

我感觉自己打了一个寒噤。

我坐起来,发现自己手抖得很厉害,那太阳光一下子变得像冰柱一样冷。我说,夏姨,我冷。夏姨过来,将被子给我裹上,倒了一杯热水给我。

我昨晚喝醉了?我自言自语。我努力回想昨晚发生的事,脑子却是一团糨糊。

夏姨说,你喝醉了,跑出去,掉到了池塘里。昨晚我睡着了。我是早晨五点多起来上厕所,发现家里的门大开着,我跑上楼,发现你的床铺空着。我赶紧往外跑。你知道,五点钟天还是模糊着的。我在小区里打转,我心里这个着急呀,就往小区外面的池塘边跑。你果然在那里。可你不是在那儿好端端地看书,而是吓人地躺在池塘里,穿着睡衣,全身泡在一汪血红的池水里。月儿呀,月儿呀!

夏姨说着,眼泪顺着她青黑的眼槽流下来。

我感到一阵末日般的空洞。

病房的门开了,牛吁走进来。我听见他的脚步声很重。我听见他说,夏姨,你出去一下,我和白月说几句话。

夏姨出去了。我闭着眼睛。我知道,此时,我面临的不会只是一场争吵,很可能是一个非我所愿的结果。孩子在的时候,我还尚存一丝希望,牛吁能回心转意。现在孩子没了,我变成了一个多余的人,一个没有必要再继续存在的人。他或许会向我提出离婚。我不怕离婚的。从我见到那女孩第一天起,离婚这两个字就不间断地在我脑子里浮动。我只是不甘心这样被生活打败。我等待着,等他开口。

  他说,白月,你是一个好演员。你这场苦肉计演得真精彩。你怕孩子生下来,长得不像我,是吧?所以你这样硬生生地把他处理掉了,你够狠!

  他说,孩子没了,证据没了,你以为世界就太平了吗?不会的,我会把你做的一切调查清楚。

  他说,你给予我的,我会加倍还给你!哦,你无话可说了,是吧,面对事实,你自然是无话可说了。他说得好平静,没有生气,像是一场轻描淡写的闲谈。可我听出了话音里的风暴,正从不远处的海面上卷袭而来。

  我听着,闭着眼睛听着。我真的是无话可说,空乏,满心的空乏。我无力跟人争吵。随他说,随他想,随他去。既然我无法改变任何,我所能做的,便是沉默。

  我不知道牛吁什么时候离开了病房。我甚至不知道什么时候,我竟然在他的责问声中睡着了。

  第三天,医生对我说,你可以出院了。医院床位紧张,你没有必要继续住院。夏姨要给牛吁打电话,让他来接我们。我阻止了她。我说,不要打扰他,我们打车回去吧。夏姨看了看我,开始收拾东西。

  从医院出来,一股暮秋的萧瑟之气迎面扑来。

  天冷了!夏姨说。

  冬天就要来了。我望着树上落下的树叶,把藏蓝色风衣领子竖起来,两手拽着前襟,紧紧地把风衣往身上裹了裹。

走向烤鸭店

七

我想,我要在霜降之前,回到南方去。我已经五年没有回去看父母了。我知道,他们还在生我的气。在那对大学教授的设想里,我到北方读完书,是要回到南方去的,回到他们身边,像他们一样当一名大学老师。至少我也应该留在首都或北方的某个大城市,而不应该选择一个小县城生活。对于我跟牛吁回泫城这件事,他们始终坚持强烈反对的态度,我背着他们与牛吁领了结婚证。这件事让他们不仅是生气,而且用拒绝参加我婚礼的方式来表示他们出离的愤怒。可是现在,我遇到了我不曾料到的麻烦,我想回到他们那里去。

夏姨敲门的时候,我已经起了床,在储衣间收拾衣物。我的皮箱已经放满了,我又把叠好的衣服一件件取出来。我不知道在这样一个忽冷忽热的时节,我该怎样选择这些即将被我带走的衣服。它们本来好端端地挂在储衣间的衣架上,我现在把它们取下来,冬天的夏天的春秋的,像花花绿绿的岁月覆盖住我。衣服实在是太多了,我一时无从选择。夏姨端着一个青瓷小碗站在储衣间的门口。我知道,她又为我炖了红参羊肉汤。那羊肉伴着中药的味道,不断冲击着我的嗅觉。

夏姨说,月儿,天凉了,你穿厚一点。

我点了点头,示意她把汤放在外间的床头柜上。

她没动,还站在那里。她说,月儿,有句话,不知当讲不当讲。

我停住正在叠衣服的手,抬起头来,看着这个五十多岁的老保姆。她从遥远的乡下来,没有多少文化,她唯一的生存之道是做得一手好饭。她开始是为牛吁的母亲当保姆。我和牛吁结婚后,她又被我婆婆转赠给了我。她是个沉默的人,从早到晚,只知道干活。偶尔闲下来,她也很少和我闲聊,她会一个人走到湖边去,然后再独自一个人回来,这样的时刻,一般是在晚上,干完一天家务之后。没有人知道她在想什么,她的过去是个什么样子。

我抬头望着她。她的勤快和平日的沉默少言,让我对她倍加尊重。我说,夏姨,你请讲。

她顿了顿,说,有些事,你现在觉得它比天大,过一段,回头看看,就是芝麻大个的小事。忍一忍,都会过去的。

我没觉夏姨的话有什么太深的道理。当时,我认为,她是在安慰我罢了。我冲她点点头,接过她手里的青瓷小碗,看见碗里白白的莲藕和山药,还有红红点点的枸杞子。

我埋头将一碗粥喝完,将青瓷碗给了夏姨,走到外屋,打开保险柜,取出一张卡给她。我说,夏姨,我要回南方去了。你也可以回老家休息一段时间。这张卡里有两万块钱,你先拿着用。

夏姨脸色一下变得潮红,她连声说,使不得,使不得,拿了青瓷碗,迅速地退出去,"噔噔"地跑下楼去了。

我想,我这自以为是的良善伤害了夏姨。这世上,并不是谁也需要别人的怜悯。夏姨不需要人怜悯,相比之下,她更喜欢获得一种尊重。而此刻,我似乎和她有着一样卑微的需求。可这一卑微的需求,却并不被人尊重。我整理好了要带走的衣服,合上皮箱,打开梳妆柜,挑选出一部分化妆品,放在另一个小旅行包里。

做完这些事情。我就坐在地毯上,脑子空空地坐了一会儿。我觉得,我似乎想和谁告别一下,或许,我这一走,再也不会回来了。或许,也有回来的可能。我无法确定。此刻,我脑子里有一种无法说清的乱象,像是悲伤,又像是寂寞,像是怨恨,又像是不甘,这些情绪交织着,起伏着,让我又觉出一种无助屈辱的味道。我想,我走之前,必须要和谁告别一下的。那个名字,在我的意识里像一只眼睛一样凸出来,让我感到一种莫名的期待和冲动

我拿起手机,犹豫了一下,点了那个名字,手机那边传来阿炳的声音,月,你还好吗?

哦!我突然语塞,眼睛潮润。我深深地吸了一口气,说,还好。

那边有一小阵沉默,接着问,你病了?

眼泪从我潮湿的眼眶里掉下来。我赶忙挂了电话。我知道眼泪是最没用的东西。可是此时我控制不了它的汹涌。我能做的是不让人看见它的汹涌。然后,我意识到这种毫无意义的汹涌并不能解决任何问题的时候,我就鼓励自己站起来,提着箱子下楼去。夏姨从厨房跑出来,拦住我。

她说，月儿，你真的要走？

我说，是的，夏姨。

我叫牛吁来送你吧？

不必了，夏姨。

夏姨突然哭了。她站在深阔的厅堂里，背后是一棵疯长的龟背叶。清晨的阳光开始变得明亮起来。她瘦小的身体站在从窗户射进来的一抹阳光里，用手背擦着眼角的泪，哽咽着说，月儿，你说，你这是何苦来。你这一走，也不知下一步会是什么光景哩。

我拎着箱子已经走到门口，挡住了照在她身上的那抹阳光。我说，夏姨，路总要靠自己去走，你放心。

夏姨走过来，帮我提了箱子，送我出了门。走过小区和小区外面的湖堤，湖堤上柳树的叶子也已经变黄，一片片地落在湖面上。风从湖面上吹过来，有点冷。这让我想起家乡熏暖的南风，我快步走到对面的马路上去，似乎急迫地要离开这里。

夏姨也紧走几步，跟着我走到马路对面。她把箱子放在路边，与我站在一起等出租车。

她说，你这样不声不响的走了，牛吁会怪罪我的。

我说，与你无关，夏姨。

可是我没有照顾好你，她说。那表情是从未有过的沉重。这个沉默少言的女人第一次这样啰啰嗦嗦地跟我说话，使我猛然意识到，我的离开可能会导致她失业。她或许是因为这个而忧心不安。

我说,夏姨,我走了以后,你有什么打算?夏姨把箱子放在路边的一棵柳树下,眼睛看着远处,说,月儿,我没有什么打算。我早想回老家去了。我只是舍不得离开你。

夏姨的敏锐让我的脸红了一阵。她早想回老家去了,她并不担心自己会失业。她说,她只是舍不得我走,这让我有一点感动。我想说一些与她对等的表达留恋的话,但我说不出来。我感觉眼睛被对面的阳光刺得睁不开。这时,我才意识到,太阳正从对面两座高楼之间直照过来。我抬起手掌搭在眉骨上,想再次看一下明亮的太阳光下的这座小城——我在这里生活了五年的小城。五年的春夏秋冬,五年的季节轮回,或许该是离开的时候了。此时,我突然没有了伤感,我感觉自己正在把自己引向生活的别处,而这个别处正如夏姨刚才说的,也不知道是什么光景哩。

一辆蓝色的出租车在我们脚前停了下来。夏姨在送我上出租车之前,我拥抱了她。

八

清晨的汽车站冷清空旷。我很久没有坐过公共汽车了。当我拖着箱子走进泫城汽车站的时候,像走进了一个空无一人的殡仪馆。一片阴森森的冷色调,让人心生寒意。我要回到南方去,必须要从这个小站坐上公共汽车,去到附近某个大城市坐飞机。当然泫城也不是小到没有火车站。

可坐火车昼夜不停,也要坐二十八个小时,这是我的身体不能承受的。

我在小站候车厅一条银白色的不锈钢条椅上坐了下来,等车。我早到了半个小时。在这半个小时里,我可以想点别的,想点有温度的事情,以此来驱赶这周遭的寒气。可我似乎什么也想不起来了,头脑空洞,像个失忆症患者。我痴痴地睁着眼睛望着大厅的出口,偶尔有穿蓝色制服的工作人员从那里走过去。他们会不经意地朝我这边扫一眼,那眼光像要看穿我落魄的处境。这让我有些惊慌。我试着站起来到检票口去。正当我托着皮箱往起站的时候,我看见一个人从我的左侧走过来。他穿过空荡荡的大厅,脚步急迫,好像是在跑步前进。

他看见我,就大声喊:月,月!我感觉自己的身体摇晃了一下,像要被一阵风刮倒,我托着皮箱站直了。

在离我不足一米远的地方,他站住,高大的身影挡住对面的光线。他的脸色潮红,像刚跑完步的运动员,大口地喘着气。他说,我到你家里去找你,夏姨告诉我,你到这里来了。

我张了张嘴,没有说出话来。

他又说,你脸色不好,好像病了。你这样子,怎么能经得住长途颠簸?

他走过来,从我手里拉过皮箱,说,走,我们回去!

我发烫的手被一只冰冷的大手握住。那冰冷的感觉很熟悉,似曾相识。它好像触碰过我。那冰冷侵入我的肌肤,穿过我的肌肉与血管,抵达我的心脏,如一股清凉的山泉顿时流过全身。

阿炳!我叫了一声。我听见自己的声音虚弱无力。他一只手拉着我,另一只手拖着我的皮箱,出了候车厅。皮箱与地面摩擦发出"嚓嚓"的声响。

路边停着一辆半旧的金色电动车。阿炳将我的箱子放到电动车前面的踏板上。他甩起一条腿骑在电动车上,示意我坐在他的后面。我将身体侧着坐到阿炳后面很小的一块黑皮座上,一只手伸到后面,抓住电动车车尾放货的小铁架。当我意识到,阿炳将用这辆小电动车带着我和我的箱子穿过泫城明亮的大街和幽暗的小巷时,我顿时羞怯起来。这羞怯感不是因为我此时与一个男人靠得这么近(而这个男人并非我的丈夫或父亲),而是我坐在一辆半旧的电动车上,路上的行人、车辆、路边的树木好像都在注意我。和我捆绑在一起的这辆小电动车,实在是太小了一点,我不得不紧贴住阿炳的后背,一只手抓住他的藏蓝色夹克。我腾出一只手从随身携带的小包里摸出一副玫瑰色太阳镜戴上,这样或许就没有人能认出我了。

我这诡秘的心理和举动被阿炳觉察到了。他扭过头来,笑着说,怎么了?坐惯了牛吁的豪车,再坐我这破电动车,有损你形象吧?他的话让我尴尬。我不想让他把我当成一个贪慕虚荣的女人,但我又不能否认,我坐在这小电动车上的确有些不自在。我竭力掩饰着自己的尴尬，笑着说，没有，是太阳有点刺眼。

他不再说话，专心驾驶着他的小电动车，直接把我和我的箱子带到了农民城零巷这个农家小院。

说到这里，她停住了。墙上的钟表在"滴答滴答"不紧不慢地走着，我们似乎坐在深水一般的寂静里，凝听着时间的脚步声。我已经走进她的记忆深处，与她一起站在了这个农家院的大门口。

沉默了一会儿，她又把眼睛从沉思中抬起来，她说，我忘了告诉你，这是我第二次到阿炳的住处来。第一次是阿炳结婚的时候。

那天，牛吁开车拉着我到阿炳家去。我们绕道宠物市场，为阿炳买了一件特别的结婚礼物——一条漂亮的金毛狗。阿炳喜欢狗，尤其喜欢金毛狗。他说，金毛狗容易养，性格活泼，聪明热情，而且忠诚体贴。当时市场上，一只小金毛要卖到六千多，阿炳大约是没有宽裕的钱去买一只狗。听牛吁说，阿炳老家还有一对年迈的父母和一个先天残疾的弟弟要他养活。

我们带着小金毛来到阿炳和他新婚妻子租住的这个农家小院。那天正好是圣诞节，外面下着小雪。阿炳对我们送给他的这份结婚礼物，感到意外和惊喜。他找了一条红围巾给金毛裹在脖子上，并为金毛取名圣代。我们都为阿炳突发奇想取的这个名字大笑了一通。系上红围巾的圣代在白色地板砖上走来走去,像个可爱的小姑娘。那顿晚饭大家的目光和话题始终没有离开圣代,它成为那场简易婚礼的主角。

阿炳的妻子个头不高,脸上有一些雀斑。但她看上去是个十分精明的女人。她看人的眼睛尖锐而带着锋芒,好像时刻警惕着他人的入侵。我们来之前,他们已经把一桌菜做好了,用一个粉红色的纱罩罩着。我们一来,他们就忙活着开吃。那天,就我们四个人加一条狗。阿炳的妻子,不停地站起来为每一个人夹菜,她的热情里有一种虚假,有一种刻意的逢迎和讨好。因为我在她将一块牛肉片夹进我碗里的时候,我发现,她正用眼角毫无温度的余光扫视我。这种带着诡异和奸诈的扫视让我为之惊恐,让我觉得吃一个新婚女人亲手做的饭菜,是一个莫大的恩惠,也是一个莫大的耻辱。

那天晚上,牛呼和阿炳都喝醉了。深夜,我开车带牛呼离开时,阿炳东倒西歪地站在他家大门口送我们。我听见阿炳大声喊着:月,慢点!他的喊声像一只酒瓶破碎的声音。

阿炳将电动车停在他家小院门口的时候,我才突然意识到阿炳将我带回了他家里来。

我惊慌地问,你带我到你家里来干吗?

阿炳回头笑着说,不到家里,在大街上啊?

她呢?我问。

带着孩子,回娘家了。阿炳说着打开大门,将电动车推了进去。我顺着阿炳打开的铁大门,看见了那只硕大的狗笼子和金毛圣代。几年没见,它长大了,浑身金色的皮毛在太阳下闪闪发亮。听见有人来,圣代朝我"汪汪"地叫了起来。

阿炳走过去,隔着笼子摸了摸圣代的头,说,圣代,你看看,谁来了?

圣代友好地又朝着我叫了两声。我走过去,看见圣代那两只漂亮的眼睛,在太阳光下闪着幽黑的光。它望着阿炳,那眼神好像在祈求它的主人放它出来。

阿炳说,一放它出来,世界就乱了。圣代太调皮,它会缠着你,不走开。

我说,也不能让它一直待在笼子里吧?

阿炳说,先回去休息,一会儿放圣代出来和你玩。

这是一个干净整洁的家。虽然值钱的物件很少,甚至几乎没有,简陋到匮乏。但每一样家具都放得恰如其位,整个屋子收拾得干干净净,让人觉得很舒服。阳光照到屋子里来,照到对面墙上一个木制的相框上,相框里是我们三个人的合影。那是我们大学二年级暑假在北戴河实习时拍的一张合影。一片礁石上,我坐在中间,阿炳和牛吁坐在我的两侧,我们仨都穿着游泳衣。我一身上下连体的海蓝色。他们俩,一个穿着黑色泳裤,一身古铜色的肌肤,健壮的四肢,充满着奋发有为的朝气,可他眼神里的谦卑与略带羞涩的表情,和他健壮有力的躯体形成了巨大反差;另一个穿着深蓝色泳裤,皮肤雪白,过早发胖的身体,略略凸起的肚子,让他看上去像个中年人,可有一脸阳光笑容的他,那么自信让人相信他会有似锦的前程。夹在两个男生之间的我，一脸茫然的纯真，眼睛望着海潮退去的海面。那一刻，我从未想过未来怎样。我沉迷于对大海的幻想之中，安静得像个孩子。那一刻，我也从未想过要在两个男生之间做选择。因为我知道，那个冷得像礁石一样的男生不会向我表白，他没有勇气。另一个皮肤雪白的男生，时刻会向我发起进攻。在恋爱这件事上，我是一个被动的人。

阿炳把这张照片用木头框子装起来，挂在客厅的墙上。此时，一束阳光正好照过来，照在三人的脸上、身上。我恍然回到过去那青葱岁月里洁白无瑕的时光。眼泪忍不住静静地顺着脸颊流下来。

阿炳为我沏好了茶水，屋子里有茶香飘散开来。我收回目光，回身坐在沙发上，阿炳拖一只缠着军用皮带的小马扎坐在我对面，中间隔着石头茶几。我们对坐在一片暖融融的阳光里。阿炳比以前胖了一点，他的表情依然谦卑而含蓄，没有激动，也没有兴奋。他看着我端起那杯茶喝完，又为我倒了一杯。

他问我，发生了什么事？

我摇了摇头，说，没事。这连日来的变故已经开始让我对这个世界的不确定性渐渐熟悉起来。

阿炳没再追问。他看着我，很专注地说，你今天好漂亮。

我确信阿炳不是故意逢迎我，他是发自内心的。我出门的时候化了妆，穿了一件刚买的浅蓝色崭新棉麻长裙，让自己看起来，不像是一个被生活打败的人。

我朝阿炳笑了笑，说，你还好吗？

他说，没有好，也没有不好，过日子而已。

我说，她回娘家了？

阿炳说，是的，她娘家离学校近，她十有八九住在那里。

哦，那你经常一个人住吗？我问。

阿炳说，是的，一个人，很自由。

阿炳又为我加满茶杯，他说，前一段时间我在街上碰见牛吁了。

嗯，他跟你说什么了？

没有，他什么都没说。但是，我预感到会发生一些事情的。

预感？你看到了什么，让你产生了预感呢？我敏感地觉察到阿炳话里有话。

阿炳的眼睑垂下去，盖住了他的眼神。他不再说话，我知道，他可能看到了和我一样的情景。我也不必再问。阿炳不想说的话，再问他也不会说。这一点，他跟我酷似。

我和阿炳坐在窗内静静地喝茶。圣代在院子里不时地叫几声。

我说，阿炳，我就要离开泫城了。

阿炳说，真的要走？

我说，嗯，我就是想在走之前，跟你说一声。

阿炳一边拿起茶壶给我倒茶,一边说,月,天大的事都会过去的。这句话夏姨刚刚说过,是安慰人的话。

我说,阿炳,我很无力。

阿炳说,你受了委屈,你不说,我也猜得到。

阿炳的话让我忍了半天的眼泪终于从眼眶里掉下来。

阿炳抽出一张纸巾递给我。

我接过纸巾,按了按腮上的泪珠,问阿炳,你家有酒吗?

阿炳犹豫了一下,走到里间,拖出一个纸箱子。他说,这是去年过年买的一箱老白汾,还剩几瓶。你真的要喝?

我说,我想喝。

阿炳又把纸箱拖回去了。他说,你不能喝,你看你身体这么虚,要好好补补。你先休息一会儿,我去超市买只土鸡来。

我说,不要,阿炳!

阿炳好像没听见我的话,拿了手机,走出去,随手把门关上,走到院子里,和圣代说了几句话,就推着电动车出了院门。他为了保证我的安全,将院门反锁上走了。我被关在这个简陋的屋子里。奇怪的是,当我听到阿炳关锁大门的声音时,没有感到紧张和害怕,而是一反常态地感到一种安全感,一种被人保护的安全感。

我在屋子里走动,环视着这个简陋的小家。一套老式的旧沙发,上面裹着一层崭新的暗红色有水波图案的沙发布,看上去便觉得像新的。一盆长得旺盛的君子兰,给屋子里增添了不少生气。正面墙上挂的是一幅绣着梅花和大红喜字的十字绣，是阿炳结婚时，他母亲亲手为他绣的。走进里间，迎面放着一台二十几英寸的彩色电视机和一支小床。听阿炳说，这些都是前任房客没有搬走的遗留之物。在这个原本拥挤的小卧室里，居然放着一个很大的木质书柜和一张小书桌。书柜里放满了书。我坐在垫了棉垫的小木椅上，拿起书桌上的一本书来看，是梭罗的《瓦尔登湖》。

我似乎发现了我和这个男人之间的一种共有之物，这种共有之物让我失落的心底顿然生出一缕幻望，似乎在这共有之物的下面，暗藏着一种精神的共生之势。这一点，我以前从来没有注意到。此刻，我仿佛在这孤独的人世间，看到和自己类似的一株植物，因为天然的喜好，使我们共生在一起。这样想着，双眼又蒙上了一层水雾。

圣代在院子里激烈地叫起来。我走出屋子，看见阿炳开了院门，披着一身金色的阳光推着电动车走进来。他高大的身影走在满院的阳光里，轻盈而稳健。我第一次发现带着阳光行走的阿炳，第一次发现他被太阳染得微微发黄的漂亮的头发，第一次发现他穿着藏蓝色夹克与浅蓝色牛仔裤的身躯，挺拔高大。他手里提着一只塑料袋，朝我走过来。塑料袋里一定是一只土鸡，我想。

九

也许你并不认为，我说的第一次，真的可能是一次。生活中很多时候,我们的意识是沉睡的。但是那天中午,我发现,我好像第一次遇见阿炳,第一次意识到他的出现对于我的非凡意义。而过去的很多年,我都在浑浑噩噩地沉睡,以至于每一天回想起来,都觉得可怜。我现在被这个男人带进了一种真实简单的生活里。厨房里传出他用刀板切东西的声音。他正在将那只土鸡剁成块,与切好的葱姜蒜一起放进一只土黄色的砂锅里炒。液化气灶被打开,冒出蓝色的火苗,舔着土黄色的锅底。很快屋子里就飘出一股炖土鸡的香味。炖上土鸡,阿炳又忙着去淘米洗菜。这一切,都让我有一种贴心的温存和家的感觉。

我想起梭罗的话:我要生活得深深地把生命的精髓都吸到,要生活得稳稳当当……以便根除一切非生活的东西,划出一块刈割的面积来,细细地刈割或修剪,把生活压缩到一个角隅里去,把它缩小到最低的条件中,如果它被证明是卑微的,那么就把那真正的卑微全部认识到,并把它的卑微之处公布于世界;或者,如果它是崇高的,就用切身的经历来体会它——

这段话似乎正蕴合着我当时的心境。我在远离那些非生活的东西,我在这个卑微的角落里,找到了我想要的那种真实感。

一张长方形的木制小餐桌上放满了丰盛的午餐。白萝卜炖土鸡,蚝油生菜,黄瓜拌花生米,还有一盘野菜。热腾腾的生活,正如我在一块磨砂玻璃后窥视了多年,想要看清生活的模样，它今天以这样一种朴素热切的面貌出现在我面前。

我望着阿炳额头上滚下来的汗珠，抬了一下胳膊，又放下了。我从餐桌上抽出一张纸巾递给他，说，好酒配好菜，阿炳，把酒拿出来，好吗？

阿炳愣了一下，笑着说，也好。他第二次拖出那个纸箱子，从中掏出一瓶玻璃瓶装的老白汾，打开，酒香冒出来，我感到心底有一阵刺痛。

他又端过两个猴碗。他说，咱俩吹猴，你输了我喝，我输了，我也喝。他一边说，一边把碗里的骰子弄得噼啪作响。

我说，这不公平。谁输谁喝。

阿炳说，好吧，你少喝一点。

正午的阳光照到餐桌上，我看见阿炳的脸，红彤彤的，像一朵盛开的山茶花。酒水入心，语言就变得没有了边际。我跟阿炳借着酒意，向共同之处逼近。

阿炳说，我知道，早晚会有这一天的。我回泫城，就是希望有一天，你需要帮助的时候，回头一看，阿炳站在你身后。

我说，谢谢你，阿炳。

阿炳又将一大杯酒喝下去。他拿着空酒杯站起来，用空酒瓶对着嘴唱：

走向烤鸭店

　　……
　　如果想哭就痛声哭
　　我的衣裳就是你的泪巾
　　如果你累了如果走不动
　　我会背你走过一生一世
　　……

　　阿炳的声音嘶哑而疼痛。他一边唱着一边向我走过来，我感觉到一股温热的男人气息向我扑来。我那轻飘飘的身体被一双大手托住。我被那深沉温暖的气息包围着，就像被一大片让太阳照晒得热乎乎的海水包裹着。泪水漫上眼眶，眼前就晃动着一层层的水波，我分不清是我在晃动还是水波在晃动。

　　我说，阿炳，对不起，我喝醉了！

　　阿炳说，我也喝醉了。你放心，我不会乘人之危。

　　酒精在身体里急剧地燃烧。我感到身体里某种东西在膨胀。恍惚中，我看见阿炳的背后出现了一张脸，一张像酱牛肉一样赤红的脸，上面的五官扭曲在一起，眼睛像两只火山口，呼呼地往外喷着血红的火焰。

　　牛犴，我叫了一声。

　　阿炳猛地放开我，转过身去。

　　我于惊惧中，看见两张相互怒视的脸，两张不停地张合的嘴，咆哮着，可我听不清他们在嚷什么。我看见一只巨大的拳头从半空轮下来,扎在牛吁的眼睛上。那只眼睛瞬间变得黑青。然后,我就看见牛吁举起一把明晃晃的刀子,一把明晃晃的刀子。我尖叫一声,眼前发黑,身体在空中旋转,向深不见底的黑暗跌落下去。

我在一片白炽的灯光下清醒过来,看见很多穿深蓝色制服的警察在我身边走动,进进出出地忙碌着。我意识到我还在阿炳的家里。一个胖警察过来坐在我的对面。

他问我,你是白月?

我说,是。

他说,你丈夫牛吁杀了人,你知道吗?

我说,不知道。

他说,你是现场的目击证人,你怎么能说不知道。

我说,我喝醉了。

他又问,你和阿炳是什么关系?

我从他好奇的眼睛里,知道他想得到什么样的答案,但是我无话可说。

他又问我,你和阿炳同居多久了?

我突然想笑,可是我笑不出来,我感觉我正在和警察站在一起,我甚至希望他们说的是事实。但是我依然无话可说。

他又问,除了在他家里,你们还在什么地方经常鬼混?

这句话激怒了我,我拿起桌子上的一茶杯水,泼在胖警察的脸上,一片乌黑的茶叶沾在他的鼻尖上。

他用手摸了一把脸,没有生气,继续说,你一下害了两个男人，一个死了，一个在公安局。

我脑子变成了一片空白，随即那片空白抽动起来，急速地膨胀起来，我站起来，发疯一般往外跑。胖警察一把抓住了我。

他说，你冷静点，你是重要的人证。

我说，是我杀了人，我是凶手，你把我带走！

他不理我，收了笔录本，夹在腋窝下走了。

世界变成了一个巨大的灰洞，我枯坐其中，傻傻地看着那些警察忙进忙出，看着圣代绕着他们走来走去。它的眼睛盯着那些警察，好像是他们害死了它的主人。

她把眼睛从遥远的回忆里收回来，转向我，她说，我隐约记得，就是在那段时间，你因为圣代来找过我。那时候，我好像在地狱里生活，怎么还有力气去照顾一条狗。

后来呢？我已被她的故事完全吸引，我甚至忘了自己身在何处，忘了时间已经将我们带到了黎明前最黑暗的那个时刻。她喝了一口茶水，再次进入当时的现场。

她说，阿炳的妻子回来了。她那张平淡无奇的脸上没有悲伤，也没有愤怒。她身材矮小，背上背着她的孩子。她看我的眼神不够友好，她也不可能对我友好。但是她告诉我，她不会追究牛吁的责任。

我问她，为什么？

她说，就是枪毙了牛吁，阿炳也活不过来了。她说得好平静，好坚定，好像被杀的不是她的丈夫，而是我的丈夫。

我问她，我公公给了你多少钱？

她正在弯着腰收拾东西，准备离开这里。她没有回答我。过了一会儿，她说，我不打算住在这里了，这里会让我做噩梦的。

你准备搬到哪里去住？

还不知道。不过，他已经为我们安顿好了，一会儿有车来接我们的。

我知道她说的他是谁。

她简单整理了几件衣物，用一个布包包起来，提着走出门去。她走路的脚步很轻，像是奔赴一段美好的生活。过了一会儿，她又走回来，把一串钥匙扔给我。

她说，如果你愿意待在这里，就尽管待着，反正这房子是租来的，下个月租金就到期了。牛吁不会原谅你的，泫城的人都知道你是个不要脸的女人。

你家圣代！她走出大门的时候，我朝她喊。

她头也没回，说了声，都归你了！然后，我看见那辆我坐过无数次的白色保时捷开到了阿炳家的大门口，把阿炳的妻子和孩子接走了。

我带着圣代到宠物市场上去。我想见到阿炳之前，把圣代安顿到一个安全的地方。但我不知道这个世界，有什么地方是安全的。我希望有好人收留它。

和我一样，几天没吃没喝的圣代，看上去没精打采，一身皱巴巴的皮毛,走路的姿势都有点不稳,像个病人那样。我先带它去洗了个澡。这样让它看起来更舒服点。否则它那满身的腥臊味,会把人呛跑的。洗过澡,我又到一家小超市买了几根火腿肠给它吃。它真的是饥不择食,一分钟不到,就把一堆火腿肠消灭得干干净净。然后,我用它随身携带的不锈钢链子,将它的脖子扣住,带它到宠物市场去。狗是通人性的,圣代尤其聪明过人。它或许感觉到我要把它送人,一路上它走得很慢,眼神伤感。它不住地看着我。我几次蹲下用手摸它,摸这条和我一样不幸的狗。

宠物市场是一个眼花缭乱的狗世界,各色各样比人还金贵的狗都汇聚在这里。人夹杂在狗子们的中间讨价还价。我一手拉着拴圣代的不锈钢链子,一手抚摸着圣代的头,靠着一堵墙,等待买主。日头偏西的时候,一个和我年龄相仿的女人看上了圣代,她走过来问我,多少钱?我摇了摇头,对她说,不要钱,它叫圣代。我要出趟远门,想把它托个人家。哦,没问题,女人说,我一定会照顾好圣代。她这么快就记住了圣代的名字。但是,她有些忧虑地说,你是说临时托付给我吗?我可是要买只狗自己养的。我说,我要走很久,也许不会再回来。圣代从今天开始就是你的孩子,你对它好点,我就放心了。她开始惊讶地看着我,发现我是诚意将圣代送给她,她就决定带圣代走了。可是,她怎么拉,圣代都不动。圣代一直回头看我,那双汪满眼泪的眼睛,揪着我的心生疼。

女人用眼睛示意我先走。我咬了咬牙,转身走开。我想尽快忘掉圣代，切断一切生之所恋。

我顺路去医院找了个熟人，买了瓶安眠药。我想以最小的痛苦来结束这一团糟的生活。安眠而死，是我所能想到的最好的死法。

我带着那个小药瓶，回到阿炳的住所。这个农家院几天前，还是安静的，洒满了阳光，而今，它已成为一座硕大无比的坟墓。我要住在里面，等阿炳回来。阿炳一定会回来。我的生活不是刚刚开始吗？它不会结束，谁也不能将它带给我的希望熄灭。我开始打扫屋子。我用了一下午时间，将屋里屋外打扫得干干净净。我把那张照片取下来，找了一把剪刀，将另外一个男人剪掉，重新装进框子里，挂在墙上。之后，我给自己倒了一杯水，放在床头，将劳动之后空乏的身体安放在那支小床上。现在我已经替它换上了一条带有红条纹的新床单。

我躺在床上，脑子里滑过那对大学教授的脸，滑过阿炳的脸，滑过圣代那双汪满眼泪的眼睛。如今我不知道该向谁说对不起。这噩梦般的人生，让人不堪回想。

我取开那个白色药瓶的瓶盖，倒出一大把白色的药片。我想，这些白色的小药片，足够让我睡很久很久，直到人们确信我死了，然后将我放进棺材里。不会的，谁也不会这么做。因为在泫城已经没人会想起我。我会在这间农舍里腐烂，这间农舍就是我的坟墓。我的灵魂会飞到天上，或者，阿炳会乘着云朵来接我。我开始生出幻觉，隐约看见阿炳站在一片金色的阳光里，他的头发发出金色的光泽。他提着一只塑料袋向我走过来，里面一定是一只土鸡，我这样想着，就听到一声凄厉的狗吠横空而来。

一道金光闪过，我看见圣代拖着那条明晃晃的不锈钢链子破门而入。随着链子"丁零当啷"的响动，它腾空而起，跃上我的床来，将我手中的水杯撞飞出去，水杯破碎的声音，将房间里密不透风的黑暗震出一道火星飞溅的裂缝。白色的药片洒落在地上。

做完这一切，圣代喘着粗气将两只前蹄搭在床沿上，两只汪满眼泪的眼睛深陷在金色的毛发里，乞求似的望着我。我被圣代突如其来的举动吓呆了。半天才定下神来。我望着它。在与死神擦肩而过后的惊悸中，我与一只狗久久地对望着。在一只狗含泪的眼睛里，我看见了神的影子。

我从床上爬起来，紧紧地搂住圣代毛茸茸的头，眼泪恣意地流了下来。

十

一场雨夹雪过后，小城的天气变得格外凄冷。那天一早，我到公安局去，我希望领回阿炳的尸体。公安局的办案民警告诉我，阿炳的尸体已经火化，骨灰盒被他的妻子带走了。从公安局出来，我带着圣代，走在泫城初冬的大街上。银杏树已经落光了叶子，赤裸着枝干站在街道的两旁。阳光清冷，满城寒气逼人。我不知道该到哪儿去找阿炳的妻子，即使我找到她，她能把阿炳的骨灰给我吗？那么她会带着她前夫的骨灰另嫁他人吗？不，我摇摇头，也许她已经把阿炳的骨灰送回了老家。这样推想，我便有了方向。

我到阿炳所在地的东城派出所，查询阿炳的出生地。户籍民警给我拿出阿炳尚未注销的户籍：户籍表上清晰地写着阿炳的籍贯：泫城市北沙镇东岭村。在表的右上角，是阿炳的一张免冠照。照片里的他很瘦，一脸孩子气的他，天真地望着这个世界。我迅速把户籍表还给民警，忍着眼泪，离开户籍室，走出派出所的大门。

我带着圣代坐上了一辆通往北沙镇的公交车。公交车上稀稀落落坐了几个老人。位置有一半是空着的。说是老人，只是长相显老，听他们说话的声音，却像是壮年人，底气十足。他们好像是一早进城卖鸡蛋，鸡蛋卖完了，空着手回来。一路上，他们在谈论卖鸡蛋的事。我向他们打听东岭村怎么走？其中一位穿黑中山装的老头，扭过头来看我。他是个光头，脸上一条条又深又粗的沟壑。他问我，你去东岭干什么？我说，找人？他问，找谁？我犹豫了一下，没有说出阿炳的名字。那个名字，一碰，心口就疼。那老头突然神秘地过来，坐在我旁边，他说，你没听说，前几天农民城杀人了？他的话让我惊慌起来，我赶忙把眼睛移往别处，试图躲开他的话题。

可他并没有发现我的意图，继续说，听说被砍死的那个人就是东岭人。他跟一个有钱老板的女人鬼混，让老板抓了现行，当场被砍死了。后面一个老女人声音尖细，操着一口乡下土话说，都是那女的惹的祸。好吃好喝，穿金戴银的，还不知足，非要找个穷小子上床，敢情把那穷小子推火炕里了。

车上的人都开始骂那个不知足的女人，你一言，我一语，好像那女人跟他们有深仇大恨。其中一个稍微年轻的驼背男人说着说着，竟忍不住大声地咆哮起来，他说，有钱的杀人放火，没钱的，活该被杀。就苦了死鬼的老爹老娘，那穷家养个大学生容易？这下好了，一个被人砍了，一个跟人跑了，剩下三个老弱病残，咋活？

我出其不意地被他们的话语袭击着。他们的话击打在我的耳膜上，生疼。我忐忑不安，害怕人们知道我就是那个不知足的女人，就是那桩杀人案的元凶。我竭力掩饰着自己的尴尬，装作若无其事。但很快，我发现，车上的人都开始用怪异的目光打量我，审视我。每一双眼睛都像在酝酿着一个阴谋。我感到如芒在背。我几乎想要跳车逃走。车厢里的气氛压抑而诡秘。

车在路边的停车点停下来。我带着圣代迅速下了车，朝相反的方向跑出很远的一段路。回头看，那些人并没有跟着我们下车，他们继续坐着车往镇子里去了。

我向过路人打听清楚了去东岭的路，然后，带着圣代徒步走了近两个小时的路程。在一条深沟里，我们找到那个小山村。它四面都是山，只有一条铺满落叶的窄窄的土路通向村外。因了大山的阻隔，这个村子显得异常的寂静冷清。几处残破的房屋散落在一片枯树当中，荒芜得令人心生悲凉。我们顺着那条铺满枯叶的土路，进到村子里。一个人影也看不到，很多院落都锁着，没有人住。

这是一个荒无人烟的地方。我摸着圣代的头，说，圣代，我们是不是找错了地方？

圣代似乎听懂了我的话。它狂吠了几声，跳起来，向小村的深处跑去。我紧跟着它，上了一条土坡，看见一个堆满玉米垛子的院落。

圣代在柴门外站住，朝院子里叫了几声。一张少年的脸从布门帘后探出来。

阿炳，我低喊一声。那张酷似阿炳的脸，让我顿时恍惚了，好似在梦中，阿炳他没有死，他悄悄地藏在这个老土屋里。阿炳，是你吗？泪水漫过眼眶，我嘴唇发抖，对着少年喃喃地问。

姐，你找我哥？少年的问话把我从恍惚中唤醒。我望着他，说，哦，是。

少年眼睛里掠过一丝惊讶，他说，我哥不在家。这只狗，我好像见过。他眼睛望着圣代，脸上的表情显得羞涩而欢喜。

哦！我顺着他的目光，将眼睛落在圣代身上。它好像完成了任务，回到了家，松弛地卧在柴门旁的阳光下，舒展着四只带雪花点的蹄子。

少年始终只把脸露在布门帘外。他的身子藏在帘子的后面。他的眼神忧郁而谦卑,一如阿炳。他邀我进屋喝水,我便随着他羞涩的目光,进到屋子里。

这是一间土房子,里面坐着一对头发花白的老人。他俩一个坐在地上编篓子,一个坐在烟筒后缝袜子。老伯身边堆着一堆荆条,婆婆身边放着一个针线笸箩。他们对我的到来感到意外和惊讶。

我想竭力避开我来这里的真实目的。我想用一个轻松的话题掩埋住那幕我不想看到的情景。我装作不经意地环视着墙上的毛主席画像、四面被烟熏黑的墙壁,一张旧方桌上放着的一个又小又旧的黑白电视机,还有那个抹擦得油黑发亮的煤球炉。坐在白铁烟筒后正在缝袜子的婆婆,见我进来,停住手里的活计,抬起头来眯缝着眼睛看我,老花镜耷拉在她的鼻梁上。老伯则站起来,从一只盖着木头盖子的大缸上,取了一只碗,给我倒水。

少年坐在门口的轮椅上,不断地扭头去关照圣代。他看上去只有十五六岁的样子。

这就是阿炳的家,一对年迈老人和一个先天残疾的弟弟。

我努力装作一个偶然歇脚的过路人,故作轻松地问,大伯,这村里,还剩几户人家?

老伯说,都走了,就剩两户了。下面还有一个五保户。

那你们为啥还留在村子里?

我在这村里当了一辈子支书。眼看着大家一个个都像麻雀一样飞走了，我这心里不好受啊。阿炳说了几次让我们搬到城里和他一起住，也好有个照应，我说，我不走，我一走，这村就彻底荒了。只要村里还有一户人家，我就不能走，我得守住这村子，我想，那些出去的人，总有一天还会回来的。老人坚定地说，并将一碗水端给我喝。

　　我端起那碗水，大口大口地喝。我感到好渴，身体像被烤干的树木，迫切地想要吸水而活。

　　一直没说话的少年回过头来问我。姐，你认识我哥？

　　我点点头。

　　他好吗？少年的眼温暖清澈，我恍如又看到阿炳，心脏一阵痉挛，眼泪再次失控地漫上来。

　　少年看着我，愣了一下，接着问，姐，我哥是不是出了什么事？敏感的少年终究要将这个灾难性的结果引进他们原本平静的生活。他的话让两位老人顿时惊慌起来。老婆婆放下手里的袜子，抬起头来，她的眼神像两枚银针刺入我的心脏，我感到一阵疼痛。老伯只是在我脚前蹲下来，他好似用这种姿态来接受即将从我口里说出来的一个让他们惊恐的事实。

　　阿炳出事了！我听见自己的声音像刀子一样从我的声带上飞出去，分别刺向这三个无辜的人。同时，六双眼睛带着质疑和仇恨击中了我的全身，我听到我全身的骨头破碎的声音，疼痛得破碎。屋子里的空气凝固住，死寂无声。我于这令人窒息的沉默中，看见三张绝望的脸，扭曲变形的五官，随之而来的是惊天动地的哭声。我被哭声撕碎，再复合，我知道，我必须接替阿炳担负起这一家人的生活。

讲到这里，她如释重负地出了一口气。

天已亮了，屋子里漫进一层模糊的光亮。她脸部的轮廓在模糊的晨光里浮动。她从故事里走出来，起身，又为我倒了一杯茶水。我也随着她站起来。我忘记了自己是在她的家里，我完全像是在自己的生活里，回忆着那些与我相关的往事。她像一面镜子，正站在我的对面。

后来，她补充说，我和牛吁离了婚。当然，你可以想到，他没有坐牢，他父亲买通了医院的医生和法医，给出了牛吁患有抑郁症的诊断证明。阿炳的妻子也出庭作证，证明牛吁的确是在意识不清的情况下，杀了阿炳。她的供词真实有效，解脱了牛吁的罪责。牛吁的父亲将阿炳的妻子认作干女儿，担负起了她的全部生活。而他们忘了阿炳还有一对年迈的父母。或者，他们瞒过了这对远在乡下的老人。当时，我想过起诉他们，为阿炳的父母争得一些赔偿，但当我意识到一切缘我而起的时候，我决定放弃与任何人的纠结，独自承担起阿炳一家人的生活。我在一家私立中学找了一份当老师的工作。虽然收入不高，一个月三千多块钱，但我可以分出一半给阿炳的父母，一半留给自己和圣代生活。我每个周末都带着圣代回村里去，与阿炳的父母，不，现在他们已经是我的父母，住在一起。他们会煮好红枣黄梨汤等我回家。

天已经大亮了，圣代和它的孩子们还没有醒来。我从白月的故事中走出来，回到自己家中。此时，暗黄的晨光开始变得明亮起来。

　　我坐在这明亮的早晨，对着一个看不见的你，我的读者，讲述一个女人的经历，她的觉醒和自我拯救之路，并回答了你可能提出的任何问题。现在，我可以坦然地跟你讲述这一切。因为我，或者白月已经走出了命运的迷局，在这简陋的民居里，我和她都意外地获得了一份内心的安宁与自由。

回到古原

一

那天晚上,我喝醉酒打了前来跟我要房租的房东肥姐。她扭着肥嘟嘟的屁股,哭着喊着报了警。我被警察带到派出所,当头浇了一碗冷水后清醒了过来。警察问我,为什么要打肥姐?我说,不知道。警察说,装醉吧?我说,真醉了。警察说,醉酒杀人,也要抵命,你懂吗?我说,懂。警察说,现在,人都活文明了,你还打人?我说,对啊,警察都不打人了,我还打,真他妈混蛋。警察说,还动粗口?我说,对不起。警察说,滚吧,半夜三更的,再闹事,关你禁闭,你信不?我说,信。

从派出所出来,我看了看手机,已近午夜。午夜的小城,空荡荡的,像一座鬼城。路口的交通指示灯都变成了黄色,寂寞无聊地独自闪烁着。我一个人走在大街上,回想打人这件事,我的脑袋里朦胧一片。我怀疑我是否真的打了肥姐?我可以对看不见的神发誓,之前,我从未动手打过人。我也曾无数次喝过酒,但我自信我有好的酒性,喝醉酒,多是倒头睡觉,从不乱来。至于打人这件事,我从来都认为它是一种非理性的暴力行为,通常带有某种出人预料的后果。我不是一个不顾后果的人。但是,那天晚上,我的确喝醉了酒。我揣着那本离婚证回到家时,感到从未有过的轻松。那间不足七十平方米的小公寓变得宽绰了许多。我一个人在房间里来回走着。这是一套两居室的房子。它原来的主人是我前妻所在学校一位教数学的老教师。老教师退休后,跟着在美国留学的女儿出了国,就把房子租给了我们。肥姐是老教师的侄女,她负责替她远在美国的叔叔收取房租。那天晚上,她来得很不巧。我正在房间里独自饮酒。我将那张离婚证收拾起来,放在抽屉里,然后在房间发了一会儿呆。我的确感到无比轻松,再不用听一个女人没完没了的唠叨,也不需要跟谁无端地争吵,最重要的是,我不要每天面对那张高傲的下巴微微上扬的鄙视我的女人的脸,还有她那尖细的自以为是的声调,实在让我深感疲惫和厌倦。现在,我独身一人,四周无比寂静。我在餐桌边坐下来,对面是一只黑色的小酒柜,里面放着一些酒瓶。那些我喝过酒的空酒瓶,很漂亮,摆在柜板上。这些花花绿绿的酒瓶证明我是一个酒徒。但更多的时候,我会把自己想象成狄俄尼索斯。这位希腊神话中的酒神,在大地上流浪,教人酿酒。在旷野上,那些崇拜他的女人,身穿兽皮,头戴花冠,围着他狂饮和舞蹈。我的思绪常常陷入这样一种臆想当中,幻想自己成为酒神,以癫狂的姿态横过人世。但房间里太过空寂。我从酒柜上取下一瓶酒来，一瓶青花瓷汾酒，想自酌几杯，来庆祝我独身生活的开始。我取开瓶盖，闻到一股浓烈的酒香。那酒香弥漫在屋子里，诱惑着我的嗅觉。我开始一边喝酒一边高歌，自己给自己打着节拍，在房间里手舞足蹈。一种轻飘飘晕乎乎的感觉，让我漂浮起来。在漂浮中，我听见敲门声。我去开门，看见肥姐穿着一件粉红色的睡衣站在一团迷雾之中，她的脸旁边带着重影。两张脸在我眼前不停地晃动，重合又分开。我看见她伸出一只涂了红指甲蓝指甲的手。那只手也变成两只。她那张肥胖的脸突然变了形，变成一张下巴尖瘦高傲冷漠的女人的脸。它刚刚打败过我，它让我感到自卑和屈辱。我将手里的酒瓶举起来，朝那张脸扔过去。酒瓶破碎的声音和肥姐的尖叫声混合在一起。我醉眼迷离地看着肥姐扭动着肥嘟嘟的屁股，哭喊着跑出去打电话。我被警察带走了。

　　午夜的大街空荡荡的，有风从树枝间穿过来。我的意识逐渐变得清晰起来。我顺着城边的一条河往家走。夜晚的河水是黑色的，它由北向南"哗哗"地流淌，带着两岸的房屋和房屋里熟睡的人，带着各种光怪陆离的梦，流向不知名的远方。这深更半夜的人间，一切都好像死去了。只有这条河奔腾着，唱着主角。

　　我没有跳河。自杀的念头只是在脑袋上闪了闪，随之就熄灭了。我离开河堤，继续往前走，河水的流动声在我身后越行越远，直至听不见了。我走回到我住的小区——这个小县城里最糟糕的一个小区，失盗的事经常发生。我在这里住了快十年，从来没看见过一个保安，只有一个瘸腿的门房老头，每天进出小区大门朝我无聊地傻笑。小区里的垃圾常常一连好几天都没人来收。绿化就更谈不上，有一两块黄绿不均露着大面积土皮的草坪。车辆可以随意进出，肯定没人拦你。整个小区一棵树都没有，到处能碰到飞蝇群舞。没有电梯，楼道里弥漫着一股烂菜叶的味道。我爬上三楼，掏出钥匙去开那扇生锈的暗绿色防盗门，开不了，门锁被肥姐换了。我在黑暗中兀自绝望地笑了一下，返回身，下了楼走出小区。门房老头响雷似的鼾声将我送出小区那个唯一窄小的出口。

　　重新走上大街，我想找个便宜的旅馆住下。我路过富人住的那些高档小区，小区里的路灯彻夜通明，照着漂亮的楼群和环绕着楼群的绿色草坪，弯弯曲曲的路和浓郁的树木。我想，住在楼群里的人，一定做着和我不一样的梦。虽然他们不一定比我更有知识更有文化更有思想，也不一定比我更诚实更有道德。但他们比我要幸运得多。我想着世界所有的幸运都是建立在不幸的基础之上的。他们自认为占据了人间的天堂，但那天堂不一定是真的天堂。真的天堂，谁也没见过。

　　我这样想着，就走进城南的一条古巷。这条古巷叫裤裆巷。站在巷口，一眼看过去，一条短短的主巷在一棵大槐树下分了叉，一条通向东南，一条通向西南，酷似一条大裤衩。据说这古巷里有很多便宜的小旅馆，住一个晚上大约只要花

走向烤鸭店

上三五十块钱，比大街上的酒店便宜得多。可我以前从来没有来过这里。古巷裤腰两侧立着两排清一色的灰砖小楼，有两三层高，是一些临街的破旧民居改作了旅馆。每家楼檐下都挂着暗红的旧灯笼，让古巷笼上了一层颓废暧昧的情调。我顺着那一排青砖小楼往里走，越走越深。当我看见松果时，我被她吓了一跳。她站在一个叫"夜来香"的旅馆前面，一对老式红灯笼发出的陈旧红光照着她单薄的身影。她穿一身短过膝盖的黑纱裙，裙子下面露着她两条纤瘦的长腿。她孤零零一个人站在后半夜的古巷里，东张西望。一双空荡荡的大眼睛在幽暗的灯光下，显得飘忽不定，像个鬼魂。我向她走了过去。

这么晚了，你站在这里干什么？我居高临下地望着她。因为个子很高，我相信踮起脚尖，我的头顶就能碰见门上那对映着米黄色"客栈"的红灯笼。

我已经在这里站了六七个钟头了，一个客也没等到。她的乡下口音让我听起来很熟悉。

你是古原人？我问。听到古原两个字，她空洞的眼神里流露出惊喜之色。是的，她说。你怎么知道？

你的口音出卖了你。我笑着说。

哦，你也是古原人？

是的。我用古原话回答她。

她向我伸出一只手来。一股冰冷的寒气从她的指尖传到我的心口，我忍不住打了个寒噤。你叫什么名字？我问。

松果。松树的松，果子的果。她答道。

你每天都站在这里等客？或许是出于同乡的缘故，我对她突然生出一丝怜惜。

她说，是的，每天晚上，这是我的工作。

夜风从老巷口吹过来。她的黑纱裙飘动起来，让她显得更加单薄，像一件黑色的衣服在风中摇摆。

今晚，你不需要再继续等下去了。我说。

她朝我不置可否地笑了笑，笑得很生硬，很冰冷。她眼里的那丝光亮好像突然被风吹灭了，两眼重又蒙上了一层空洞的灰色。我的到来也似乎没有让她感到惊喜。

她说，跟我来！她的语气坚定而冷漠，让我差一点就转身离开，但鬼使神差地我跟着她走进"夜来香"那扇竹青色的木板门。这是一座普通民宿，里面的陈设十分简陋。一道红砖砌成的吧台，后面放着一台电脑。一个穿红衣服的姑娘趴在吧台上睡着了。她后面墙上的钟表在"滴滴答答"不紧不慢地走着。我看见时针指向了凌晨两点。吧台前面的厅堂里灯光昏暗，隐约看见一个身体肥胖的女人躺在一只棕红色的沙发里，手里拿着一只手机，一明一暗地在那里闪烁着。松果领着我进来时，她把眼睛从手机上移开一会儿，瞟了我一眼，算是打招呼。然后，大声地跟松果说，招呼好客人。松果小声"嗯"了一声，领着我上了二楼的一间客房。住一晚多少钱？我问。松果说，按规定是五十。不过到这里住店的人，会享受到超出五十的服务。我笑了笑说，不需要到吧台登记，交钱吗？松果说，不急，哥，出去的时候一起结算。

客房很干净。一盘大炕上铺着一条枣红色的碎花褥子。枕头也是那种古老的绣花黑布枕头。四周的墙壁上挂着一些老物件。一个草编的小竹篓，一顶草帽，还有一只棕黑色的老斗椅靠在大炕对面的墙角。橘红色的灯光照着客房里的陈设，显得很安静。我没想到，五十块钱，能住上这么一个不算奢华却舒适合意的旅馆，让我失落的心得到一丝慰藉。

你在这里工作几年了？我坐到炕沿上，继续环视着房间里的摆设，好像要从这些老物件身上找到活着的意义。六年了，哥。松果答道，然后蹲下身子，要给我脱鞋。别！我赶忙俯身阻止了她。我自己来，我说着从炕上站起来，走到屋子中间，等她出去。她没有出去，而是把自己脚上的那双绣花布鞋脱下来，放在地上，撅着尖尖的屁股，爬到炕上。她的动作麻利，娴熟，一副训练有素的样子，让我顿时明白了，她要给我提供的是另外一种服务。

我站在那里，看着她，傻呆呆地看着她脱下身上的黑纱裙，露出一个贴身的酒红色的花兜肚。她半裸着身子面对着我。她的脸没有血色，像一张白纸。眼睛里空空荡荡，看不到任何内容。她的身体如同一幅静止的油画，光洁饱满，散发着逼人感官的青春气息。

哥，你站着干吗？上来呀！她伸出一只手，做出拉我上炕的手势。不！我说。我身体向后退了两步，碰到身后那只老斗椅。一屁股坐进去。她那两道明显修饰过的粗黑的眉毛倏一下攥在一起,脸上徒然落下一片阴影。她说,为什么不?你来这里,不是为了这个?我说,不,我只想在这里睡一觉。松果笑了,"咯咯"地大笑起来,她笑得前仰后合,让我觉得自己很愚蠢,像个傻瓜。她笑得全身抖动,笑得我手足无措。突然,我也忍不住笑起来,好像是她的笑声感染了我。她那无所顾忌的放荡的笑声,充满了魔力一般,让我也忍不住开心起来。有一种曾让我无比憋闷的气流从全身汇聚到胸口,冲出胸腔,撞击在我粗犷野蛮的声带上,发出令空气发抖的声音。听起来不像是笑声,倒有一点像狼嚎,松果后来这样形容我那天晚上的笑声。

笑声让我和松果突然找到了某种默契。她脸上紧绷的那种冷漠突然化开了,脸颊出现了温润的红色。眼珠也不像刚开始那样迟滞茫然,它们看我时,有了一种令人心动的神采。我那颗抑郁不平的心也如同得到了笑声的抚慰。我走回去,脱掉鞋子,坐到炕头上,与她面对面坐在一起。

你是古原哪个村的?古原是一座远离城市的荒原,原上大大小小散落着十个自然村。村与村之间被山岭沟壑分割着。松果虽是古原口音,但我却不认识她。

鹿宿村的。松果答道。

鹿宿村,我去过。小时候,我经常去你们村玩。

你是哪个村的?松果问。

黑松岭,你去过吗?

鹿宿上一个坡,就是黑松岭,我自然是去过,但我没见过你。

你还小。再说我一直在外念书，回家并不多。

还小？我觉得我已经老了。松果说。

可是你看上去不过十八岁呢。我笑着说。

她说，过两天就是我的二十岁生日。

哦，你真年轻，我都比你大了整整一轮。

松果歪着头看我，她的眼神里掠过一丝皎洁的笑意，她说，你也很年轻，你是我在这里见过的最年轻的男人。

是吗？难道来这里的都是老男人？

老不老，不在年龄，在感觉。

看来你的感觉把我年轻化了。我说。

松果不再说话，低下头去。过了一会儿，她伤感地说，老和不老，对于我这种人，有什么分别。

看到她有些伤感，我赶忙把话题岔开，问她，古原还有你什么人？

没有什么人了。她说着，又低下头去，似乎低头可以避开一些令她尴尬的事情。

她这样穿着酒红色的兜肚和一条粉红色的短裤，近距离坐在一个男人的审视中。她身体的一半是裸露的。我注意到她的皮肤是古铜色的，不算白皙，却光滑饱满。她只有二十岁，按照正常情况，她应该在上大学。可是，她却在这样一个阴暗的小楼里，做人肉生意。我曾经像鄙视我的出身一样鄙视那些靠出卖肉体为生的人。可此刻，面对松果，一个和我从同一块土地上走出来的同乡女孩,我心里生出的不是鄙视,是怜惜。

你是哪一年离开古原的?我问。

十四岁那年。松果答道。那年,我爸爸死了,我妈妈也死了。

哦,我感觉我的问题触及了她的隐痛。她的眼圈突然红了。她极力稳定着自己的情绪,但还是有几颗眼泪掉了下来。停顿了一会儿,她抬起头来,说,我爸爸是个煤矿工人。我记得他那张黑黝黝的脸上总是浮着憨厚的笑容,让我很快乐。可是那天,他脸上蒙了一块黑布,被人用担架抬了回来。爸爸是在矿井下出了事故。爸爸死后,妈妈不停地哭。突然有一天,她不哭了,开始笑,开始漫山遍野地疯跑。那天,她一路疯着往原下跑,我拦也拦不住她。她一直跑到原下的那条河里,等我赶到河边,已不见她的影子。我坐在河边,看着一个浪头接着一个浪头打下去。我期盼河水能把妈妈再带回来,可是妈妈再也没有回来。是花姐收养了我,她是我的一个远亲,她把我带到这里。开始,我不知道她带我到这里来做什么。我迷迷糊糊跟着她走进裤裆巷,走进"夜来香",我以为她带我进了城,我会有好日子过。没想到她逼我接客,逼我拿自己的青春与这世界做着一笔笔羞于见人的交易。六年了,我无时无刻不想着逃离这个鬼地方。可不管我逃到哪里,花姐都会把我抓回来。我讨厌花姐,讨厌"夜来香",讨厌男人的生殖器,讨厌活着。松果的声音越来越低,哽咽着,倒在炕上睡着了。

　　我睁着眼，看着晨光一点点从南面的小窗上漫上来。天快亮了，黑暗在悄悄地退去。一股寒气从脚底升上来，漫过心口。我拖过那条大红被子盖在松果身上，翻身下炕，穿上鞋，把口袋里仅剩的六百多块钱，连零带整放在这个熟睡的女人枕头边，走出"夜来香"。

　　在裤裆巷口，迎面一群人就将我围住。领头的是我的同事范富贵。他穿着一身旧军装，斜挎着一个雷锋包，举着一个长方形的木头板子，站在一群人中间。板子上面写着：我要吃饭，我要工作。我认得，木板上的字是我写的，黑色的毛笔字，正楷。那群人我也认得，是刚刚和我一样从食品加工厂下了岗的老同事。他们已经举着我写的这块木头板子到县政府门口闹了好几次了。食品加工厂破产了，我们已经半年没有领到一分钱工资。说是要给下岗人员一个合理的安置，却没有人来落实这件事。老范带着几十号人每天就在政府门口坐着。警察把他们赶走，他们又去，警察也拿他们没办法。这一回，他非要拉上我去。老范说，这次市长要亲自和我们谈判。你有文化，见过大世面，你去最合适。我们都是大老粗，说不好话。我说，对不起，老范，我怕见官，还是你去，你久经沙场，有经验。老范磨蹭了一会儿，见说不动我，就带着人走了。他们边走边喊，我要吃饭，我要工作。这种丢人现眼的事，他们居然昂首挺胸理直气壮地沿街叫喊，我为他们，也为我自己感到羞愧。

中午，老范从政府请愿回来，请我吃饭。

他说，市长答应每人给一万块钱买断金。

一万块钱？买断金？

对，买断了。老范情绪低落。这是一群人斗争的结果，一万块钱买断了自己的身份。

雷阵雨下起来。一道闪电劈开云层，直插进城市的楼群，紧接着发出刺耳的雷鸣。成排的雨花横空怒放，冰雹也没头没脑地打下来。我和老范喝醉了，东倒西歪地走在雨里，迎着雷电和冰雹，像两个傻子看不见险境，在生死之外茫然地走着。在这座小县城里，我们彻底变成没有身份的人了，无业游民，失根的树叶，两只找不到空气、水和粮食的荒原狼。

二

领到一万块钱买断金那天，我又走进了裤裆巷，同样是松果接待了我。她看见我推开那扇竹青色的木板门，立刻就出现了，好像她知道我会再来，她特意等在那里。这是我一厢情愿自欺欺人的想法。其实，她和这里其他的女子一样，每天都等在那里，等不同的男人的出现。男人是她们的目标和猎物，她们靠这些猎物生存，并在这些猎物身上寻找活着的意义。同样，她们也是男人获取满足的猎物。她们与男人互为因果，各取所需，各得其所，不拖不欠。而这次见面，我和松果完全打破这种行规。我突然萌生出带她离开"夜来香"的念头。这念头开始只是在脑子里闪了闪，后来就变成一束火光，把我和松果照亮了。

我与她又坐在了那盘大炕上。橘红色的灯光下，松果依然穿着那件黑纱裙，脸上涂了一层厚厚的脂粉，遮住了她的青春。眼神一如最初的空洞无神，看我，或没看我，没有分别。她说，哥，你想通了？我说，想通什么？她说，你来"夜来香"，只是为了睡觉？这次，不只是为了睡觉。我说。除了睡觉，还有什么？她空洞地望着我，眼睛里面有一种深不见底的绝望。

我想带你离开这里。说出这句话时，我在心里惊了一下。来"夜来香"之前，我的意识还是模糊的，并没有清晰地意识到，我想要带松果离开这里。这种念头好像突然就从脑子里蹦出来，变成了一个决定。松果看着我，似信非信地看着我，她说，哥，你说什么？她的脸上像蒙了一层雾水，眼睛里积满疑惑。

我要带你离开这里。我听见自己的声音坚定无比，像一句誓言。松果愣在那里。猛然，她从炕上爬起来开始脱身上的衣服。她一边脱，一边说，开玩笑吧，哥，你是在跟我开玩笑吧。她把黑纱裙脱下来，扔在地上，又开始脱花肚兜，脱完花肚兜，脱她的黑胸罩。最后，她把自己脱得一丝不挂了。我背过脸，朝着那只老斗椅。我说，你疯了？我真的想带你离开这里。

松果搂着自己的双肩，跪在炕上。她说，你凭什么带我离开这里？你以为我会相信你？她的声音带着一种尖利的锋芒，刺进我的后心，我的身体不由自主地摇晃了一下。

我凭什么带她离开这里？她凭什么要相信我？我不过是他客人中的其中之一。我无奈地摇了摇头，意识到自己的盲目和荒唐，这种盲目和荒唐像一股混浊浓稠的液体，侵蚀进我的心里，让我原本信心十足的情绪顿时变得沮丧起来。我说，我不想看着你堕落下去，你还这么小。

堕落？我早就堕落了。松果用十指撕扯着自己的头发，突然大哭起来。她的哭声里弥漫着无限的悲伤，让人听着有一种揪心的疼痛。我伸出手，想将她那哭得发抖的身体搂在怀里，可是她一下子就从我手里挣脱出来，扬起挂满泪痕的脸，大笑起来。她流着眼泪，大笑着，笑得凄然，冰冷，比哭更让人压抑和难受。

你不想跟我走，是吗？我感觉自己像一个盲人，坐在一个无知的世界里，面对着一个比我更不幸的女人，我在用我无知的善良拯救她。松果拖过自己的花肚兜胡乱擦了一把脸上的泪水，两手搂住并拢的膝盖，把头埋进两条赤裸的大腿中间。她那乌黑发亮的长头发挡住了她的私处。她不再哭笑，陷入死一般的沉默之中。我于这不安的沉默中继续问道，你不想跟我走吗？我听见自己的声音里有一种深深的无力感。

半天，松果终于抬起头来。我看见她原本空洞的眼神突然像注入了一股灵魂之水，活泛起来。她说，哥，你与我非亲非故，为什么要带我走？我说，这世界上所有的痛苦都是相互连接的。你的堕落就是我的堕落，救你也是在救我自己。

松果摇摇头,说,哥,我听不懂你在说什么?但是,我相信你。我朝她点点头。

不过,花姐不会放我走。松果颓丧地说,六年了,我逃过好多次,都没有逃出去。有一次,我深夜出逃,被花姐派人抓回来。她跟我说,谁要肯拿十万块钱赎你,我就放你走。那次以后,我就每天期盼着,哪个男人肯拿十万块钱来把我赎出去,我就嫁给他,伺候他一辈子。可是没有人愿意拿钱赎我。松果说着,开始穿衣服。她又一件一件把刚脱下的衣服穿到身上。穿好衣服,在我面前跪下来。她的脸被眼泪冲刷得黑一道白一道,长长的假睫毛快要掉下来。我注意到她的假睫毛底下有一双真诚好看的眼睛,这双眼睛此刻正充满哀求。它们乞求着我,哥,你拿十万钱,把我赎出去吧。那颤抖孱弱的声音从她的眼睛发出来,让我那颗玻璃做的心顿时碎了一地。

走出裤裆老巷,我摸了摸上衣口袋,里面装着那一万块钱买断金。硬邦邦的一叠人民币,仅是赎金的十分之一。那十分之九的赎金去哪儿弄去?我半夜给老范打电话,跟他说,想凑一笔钱。老范瞌睡眼地问我,干吗?我把赎松果的事跟他说了。他说,你没病吧?我说,那孩子真可怜。他说,世界上可怜的人多的是,你可怜得过来吗?老范无心帮我凑钱。因为他觉得我的做法很荒唐,纯属没事找事。不得已,我找了一个放高利贷的朋友。之前,这个朋友曾找过我,说要贷一笔款子给我,我没有理他。现在要把松果赎出来,唯一的办法是去找他借高利贷。

我带着十万块钱高利贷来到"夜来香",见到了传说中的花姐。她一脸横肉,比我此前的房东肥姐还肥,胸部像两只大袋子垂在胸前。她抬起一双浑浊得像老妇人一样的眼睛,问我,你真的要带她走吗?我说,是的,如果你同意的话。她翻了翻发黄的眼白,疑惑地说,世界还真有像你这样的傻子,愿意拿钱赎一个妓女?我说,她原本不是妓女,是你逼她做了妓女。花姐大笑起来,她胸前的两只大布袋随着她的大笑摆动起来,像风中的两只葫芦。收住笑,她说,好吧,我养了她六年,要你十万块钱,也不算过分吧?我没有回答她。一直站在一边没有吭声的松果,突然跪在地上,给花姐磕了三个响头。花姐浑浊放荡的眼睛突然瞪起来,放出一股凶恶的光,她狠狠地低吼了一声,滚!

我带着松果逃也似的出了"夜来香"那扇竹青色的木板门。一轮浑圆的月亮正从裤裆处的老槐树顶上升起来,银色的月光洒满了裤裆老巷的石板路。松果洗去了脸上那层厚厚的脂粉,露出她那原本光洁透亮的肌肤。她上穿一件白色短袖上衣,下穿一条浅蓝色牛仔裤,一双黑白相间的运动鞋,让她看起来像个中学生。她跟我走出古巷,走到小城的大街上。她小心翼翼地跟在我身后,躲闪着来往的人流,好像有些不适应。一只长期在阴暗角落里生活的小老鼠,突然走在阳光下,自会有些不适应。我能感觉到她的手在发抖,身体也在抖,像一张薄薄的纸片,被风吹得"噗噗"地响动。我说,松果,你冷吗?她说,哥,我想回古原。

回古原?我的心"咯噔"响了一声。那响声很大,把我自己都吓了一跳。望着眼前热闹无比的城市,高大的楼群,宽阔的街道,来往穿行的人流与车流,已经亮起的满城灯火。这一切都似乎与我无关。它们离我那么遥远,像浮动在一个梦里,有一种不真实的感觉。我突然对着小城生出一丝仇恨。回古原,一个念头从脑子里升起来,开始它只是一个念头,然后一点点变成无数水滴,从脑墙上落下来,汇成一条大河,在全身的血管里奔腾起来。

回古原!我带着松果朝城外走。城市的嘈杂声一点点消失在背后,我们向着心里的故乡,欢快地狂奔,连夜回到了古原。

三

古原寂静。八百里太行到这里突然变得缓慢起来,凸起来一大片起伏平缓的高台。这个高台被祖祖辈辈生活在这里的村民称作古原。古原上散落着十个村庄。站在古原最高处的黑松岭,向四周俯视,十个村庄像十条大船,停泊在古朴静谧的古原上。古原人也像古原一样古朴静谧,他们随着古原上变换的四季,过着缓慢而简单的生活,从来也不觉得烦闷。夜幕笼罩下的古原,神秘苍茫,野月亮挂在黑森森的天幕上,洒下灰蓝的月光,像一层雾岚将整个古原变成了一个飘忽不定的梦境。夜风很大,黑松林发出的涛声,听着令人害怕。有猫头鹰的叫声,在夜半的荒原上听起来,如同鬼魅之声,令人毛发直立。

　　松果的手指紧紧地抓着我的胳膊,指甲嵌进我的肉里,有一些细碎的疼。她问,哥,古原上有狼吗?我说,有,小时候我经常听父亲讲遇狼的故事。在我记忆里,总会有一只绿眼睛的狼出没在古原上。松果说,要是遇上传说中的狼怎么办?我说,真遇上狼,我俩就成了古原上的传说。松果笑了。她抓着我胳膊的那只手时而松开,时而紧紧抓住,有一种恍惚不安的感觉从她的手指尖不断传来。我知道,这个动作是一个不确定性的动作。她不知道带她回到古原的这个身材高大的男人将带给她怎样的明天。他是谁,他有怎样的过往经历和生活背景,她对他一无所知。在她慌不择路的时候遇到他,他是她必须抓住的一根稻草。她要抓住他游过生命最险恶的一段河谷,爬到岸上去。这是一种本能。而此刻的我,心里充满了无限寂静的感动。

　　我似乎忘了这个女人。我在古原无边无际的沉默里走着,好像成了这荒原的一部分。语言变得多余起来。古原在这万籁无声的静默中聆听着我们归来的脚步声。它看似没有生命,没有语言,没有意识,没有知觉。但此刻我深切地感受到这无边无际的沉默中,有无数语言在叙说,有无数意识在流动,有无数知觉在打开。古原像死去,又像在生机勃勃地活着。这一刻,我心里流动着一种澄明的诗意,像涓涓溪流冲洗着我一路的风尘。

走向烤鸭店

在这样一种古怪又新奇的感受中,我穿过古原,回到黑松岭,回到我出生的老土屋。父亲已经睡了,被我的叫声惊醒。他隔着树枝木棍拼成的柴门,看见是我时,吃了一惊。朦胧的月光下,我看见父亲那张木刻似的布满皱纹的脸上,布满了惊讶。他睁着一双沾满眼屎的小眼睛定定地看了看我半天,他问,半夜三更,你咋回来了?我说,城里太热,回来寻个凉。父亲又把眼睛移向松果,定定地看了她半天,才开了柴门。走进柴门,穿过树影婆娑的院子,进到老土屋。一股潮湿的气味扑面而来。这气味如此熟悉,是乡村土屋里特有的一种气味。它像经过日月酝酿发了酵的老黄菜,散发出一股陈腐发酸的味道。一个装满书的双肩包和一个暗红色的小皮箱。

我把带回来的东西——堆在一只盖着木头缸盖的大缸上。双肩包里的书是我从肥姐那儿救出来的。红皮箱是松果从"夜来香"带出来的。我把它们放好,回过头来,看见父亲正把手伸进另一只瓦罐里使劲摸着。他一边摸一边问,吃过饭没?我说,吃了。他摸出来两个白皮土鸡蛋,攥在手心里,一瘸一拐出了老土屋,到下厨地去。他的老寒腿又犯了。他那高大的身体因了那条老寒腿,向一侧倾斜下去。

我带松果进到我睡觉的里屋。这是一座里外连通的乡下民房。外面两间叫小屋,里面三间叫大屋。小屋父亲住着。大屋等同于城里人的客厅,实际上卧室和客厅混用。大屋里的摆设都是古董,两顶漆黑的描金老柜子,中间摆放着一张长条形的黑檀木雕花条几。条几前面是一张擦抹得油黑发亮的大方桌，方桌的两边紧靠条几的是两只椅背镂空的老式斗椅。这些老物件终日摆放在那里，像古老的岁月一样，日日沉默无声，守在这老屋里。它们原本是不属于这老土屋的。听父亲说，这是"土改"时期斗地主分田产，身为农会主席的外公获得的战利品，后作为嫁妆陪给了我母亲。这些老物件使得老土屋看起来没那么贫困，反倒有些像个土财主的家。一炕一床一东一西靠着东西两洞格格窗。一切和我走时一样拾掇得干净整齐。我不在家的每一天，父亲都按时给我打扫房间和床铺，他接续了母亲的习惯。天气好的时候，他会把我的被褥抱出去，搭到院子里的晾衣绳上，晒太阳。每次回到家，晚上睡觉，我都会闻到被子上储存的那股好闻的阳光的味道。

　　松果环视着我的屋子，说，哥，你家真干净。我笑着说，咱古原哪家不干净？松果说，记得小时候，我家也是这么干净。我说，爱干净，是古原人的传统。无论穷富，家家都青堂瓦舍的。松果说，嗯，真是的。她说着坐进一只老斗椅里，长长地舒了一口气，说，哥，回家的感觉真好。父亲端着两碗鸡蛋汤，倾斜着身子站在小门口，他用头和身子将布门帘挤在一边。我过去，双手接住父亲手里那两只大瓷碗，一股黏稠的熟悉的开水冲鸡蛋的味道冲进鼻腔，一滴眼泪"啪嗒"掉进碗里。

　　父亲靠着炕沿，看着我和松果喝鸡蛋汤。他的脸在白炽的电灯光下，真像一幅刻满了粗阔线条的木版画。那双沾满眼屎的小眼睛里忽闪着疑惑。那疑惑像一层灰色的夜雾蒙在他的五官上。可他只是那样疑惑着，什么都没问。我知道父亲是个少言的人，他习惯通过观察得出某些结论和判断，而不是不停地询问。这一点我像了他。

喝完冲鸡蛋，父亲说，不早了先睡吧。然后收拾上碗筷出了小门。松果从斗椅里站起来问我，哥，我睡哪儿？我说，床给你，我睡炕。松果说，我想睡炕。她一脸难掩的率真，看上去像个孩子。我说，好，炕给你。松果就脱了鞋，爬到炕上。我退出来，回到小屋，想与父亲说说话。

父亲在炕上抽烟。我上炕坐在他对面。灯光很暗，父亲的脸在灯光下恍惚不清。他问我，在城里遇上难了？我说，没。那你半夜回来？我说，想家了。父亲把手里的烟头泯灭，扔进一只罐头瓶里，抬起那张沟壑纵横的老脸，问，她是谁？我犹豫了一下，说，她叫松果，是鹿宿村的。父亲愣了一下，你怎么把她带回家了？我说，她是个孤儿，很可怜。父亲皱了皱眉头，说，这过日子不是演戏。我说，我知道。沉默了一会儿，父亲见我很困，就不再多问，从烟盒里抽出一支烟点上，一层烟气在灯光下浮动起来。

第二天早晨醒来，一股熟悉的火炕味让我顿然意识到我已经回到了古原，睡在我出生的火炕上。那温暖而陈旧的气息，如同从遥远的童年飘来的奶香，灌进了我敏感的嗅觉。碗口粗的一道阳光从南墙上的窗户上照进来，成群结队的尘埃在里面无声地舞动。两只麻雀在窗格里互相啄着羽毛嬉戏。一切是如此安静。世界仿佛远离了我。我起床,走到院子里,看见父亲坐在瓜棚下的一只草墩上缀箅子。他腰系一块黑布围裙,两腿盘起来,手里的针线穿过那只缀了一半的半圆形的高粱棒箅子,发出"哧啦哧啦"的声音。他专注地做着手里的活,没有觉察到我走过来。他的花白头发在瓜棚露下的细碎的阳光里,泛着苍老的色泽。他这样子让我感到踏实安详,与小城里的喧嚣浮躁比起来,我的灵魂似乎更适合这样的存在。我在那一堆高粱棒旁边蹲下来。父亲停住手,抬起头来,我看见他眉心中间那三条深深的河川。父亲说,起来了?我说,起来了。父亲说,睡得怎样?我说,很踏实。父亲说,那女孩一早就出去了。我说,去哪儿了?父亲说,不知道,可能到原上圪遛了吧。我站起来,走出柴门,走出村子,走上黑松岭。

黑松岭是古原上唯一凸起来的一座山包,山包上长满了古老的黑松。没有人知道这些黑松在这里长了多少年。村子因了这片黑松而得名。小时候我经常在黑松林间玩耍。林子里铺满了褐色的松针,踩上去软软的,很舒服。但一不小心,松针就扎进了脚心,很疼。这些黑松身形各异,状貌奇美,挂满了褐色的松塔。此刻,我站在这块长满黑松的山包上,望太阳下的古原。它太过辽阔,由一座座山脉蜿蜒而成,山势平缓,绵延不绝。盛夏的原上铺满了茂密的青草,青莹碧透,一望无际,如落下满山绿莹莹的雪,毛茸茸的雪,又如海,苍茫,辽阔,起伏。山花烂漫,装点其上。有红得发黑的野草莓,有紫得轻盈的苜蓿花,有黄灿灿的豆面花,有蓝得幽深的兰花花。天蓝得像宝石一样,有大朵的白云在上面流动。透亮的阳光下,古原变得敞亮旷荡。松果从古原深处向我走来。她头上戴着用野花野草编织的漂亮花环,手里举着一枚白绿的松果。她穿着白色运动衣,浅蓝色的牛仔裤,走在阳光下的古原上,头发和脸都像镀了一层金光,让我想起希腊神话里的小爱神。她看见我,就欢快地蹦跳着跑过来,又让我觉得她像《乱世佳人》中的斯嘉丽,像风,像火,像一切野生的东西。她落在我的影子里,问,哥,你知道自由是什么样子吗?我说,就是你现在的样子。她的眼睛里顿时有两颗明晃晃的东西涌了上来。她说,哥,谢谢你带我回到古原。我说,也谢谢你让我回到古原。她说,古原是我的家。她说着,眼神里荡漾着一种动人的深情,对古原,对故乡,还是对她久未遭遇的自由?我不知道,我看见她手里拿着那枚椭圆状的长满鳞片的松果,站在透亮的阳光里。她背后不远处,一位老羊倌坐在莫大的古原上,身边飘着云朵样散落的羊群。他用古原方言哼着小曲。他一边哼一边把手中的鞭子甩向空中,迅速转个圈,收回来,再使劲地甩出去。一声脆生生的鞭响,回荡在古原上空,久久地,穿魂入魄似的,让人感到一种全身抽动的快感。这幅生机盎然的景象,让我身体里那些冬眠或冷切的器官突然苏醒、回暖、张开,像一片冻土遇上春天。

回来的路上，我问松果，想不想回鹿宿村？她说，不想。我说，为什么？鹿宿才是你真正的家。松果说，我害怕看到过去。我说，可是人不能没有过去。松果扭回头来望着我，问，哥，人非得有过去吗？我们不能从现在开始？她的眼神纯粹得像古原上的阳光，让我确信她的过去已经消失不见。我朝她不置可否地点点头。

四

二叔和堂哥来了。他们来和父亲说搬迁的事。

父亲和二叔各坐进一把老斗椅里，我和堂哥拖了条板凳坐在对面。上午的阳光照进屋子里，有一柱正好打在父亲那张严厉的脸上。二叔虽然长得有几分酷似父亲，但他的那张比父亲还要苍老的脸，从来没有显现过棱角。堂哥遗传了二叔矮小的身材，骨子里却有几分父亲的霸气。他手里拿着一份搬迁合同，对父亲说，伯，黑松岭八十户，七十八户都签了，就剩咱俩家了。再不签，房子就没有了。父亲从老方桌上的烟盒里抽出一支烟，递给二叔一支，拿火机给他点着，也给自己点着，抽了几口，眼睛看着一圈圈烟雾，说，我哪儿也不去。我这把老骨头，死了，烧成灰，也要埋在古原。堂哥说，伯，这搬迁的事，是个大事。咱古原十个村，六百多户人家，不是个小数。虽然现在村里只剩下二三十户，可一说分房，在外打工的人都跑回来了。连那些在城里有正式工作的，多年不回古原的也回来争这些老房子。古原人，谁不想拿一套老土屋换一套崭新的单元楼。可就是你们老哥俩，犟得像两头老驴，说什么也不签这合同。我就不明白了，这古原有什么好？荒山秃岭的，你们就那么舍不得它？

堂哥的话把二叔惹恼了。他"腾"地从老斗椅里站起来，一巴掌拍在桌子上，红着脸说，秋山，你说谁犟得像驴。敢情你伯你爸都成老驴了？

我赶忙站起来按住二叔，说，二叔，秋山哥就那么一说，不当真的。二叔气呼呼坐进斗椅里不再说话，不停地抽起烟来。父亲说，好好的一个古原，搞什么旅游开发，这镇政府是想一出是一出。他们一个想法，就要把原上的人都搬出去，这不是乱弹琴？二叔说，反正你不搬，我也不搬。我听大哥的。

堂哥摇了摇头，把手里那张弄脏了的合同重又折叠起来，放回自己的上衣口袋里，眼睛转向我，问，万古，你多会回来的？这回回来能多住几天不？我说，不打算走了。不走了？堂哥那张阴阳不定的脸上顿时露出惊讶之色。不走了，我笑着说。你不上班了？我说，我下岗了。在一旁听着的父亲脸色陡然变了。他从椅子上站起来，扔掉手里的烟头，目光尖利地盯住我，问，万古，你是跟你哥开玩笑吧？我说，没有，爸，我真的下岗了。父亲愣了半天，然后回过神来，重新坐回那只老斗椅里，剧烈地咳嗽起来。他咳得上气不接下气，止也止不住。松果跑出来，给父亲倒了碗白开水。二叔和堂哥的目光一下子集中在松果身上，像四支箭矢，穿过她的身体。

父亲喝了水，缓过气来。松果端着碗走了出去。堂哥的目光跟着松果进了外屋。二叔说，万古，念了多年的书，又回古原了，不应该啊。父亲说，别说了，活着回来就好。父亲很快调整好了自己的状态，把脸转向堂哥，说，秋山，你是村长，按说搬迁这事，家里人不该拖你后腿。可是金窝银窝，不如咱这土窝。这强迫人的事，政府也不能做吧？再说国家有规定，不能强拆。拆迁要遵循自愿原则。

堂哥说，难就难在这自愿二字上。不是我强迫你们，是镇里敲着锣催着我这只猴子上树呢。

对不想搬迁的，镇政府是什么态度？我试探地问。

镇政府的态度比较含糊，也没有说硬要大家搬。回迁安置楼已经修好了，大部分村民已经离开了古原。柳树底的公墓也开始动工了。

父亲嘲讽地说，连死人住的地方也安排好了，镇政府想得可真周到！

堂哥说，迟早得搬，和镇政府对着干，能有什么好果子吃？

堂哥从板凳上站起来，头也不回地走出屋子，走出柴门。他离开的脚步声坚定而霸气，传达出他不容反抗的决心和意志。

晚上，松果说，她要到原上走走。我就陪她出了黑松岭，走上村口的土坡，绕着那片黑松林走。今夜是满月，在黑松林上空漆黑的天际升起来。四周是那种永恒不变的寂静。我俩踩着黑松林旁边松软的草皮走着。松果突然停下来,回头问我,哥,你还打算回城吗?我愣了一下。这个问题我不是没想过,而是一直在脑子里盘桓。这次我是带着一个失败的自己回到古原的。和当初考上大学离开古原时那种满怀信心的情形完全不同。下岗和离婚,这两件事,像两枚扎在肉里的钉子,害怕人拔,一拔就会淌出血来。混到这份上,有时我也感到很无辜,似乎这责任也不全怪我。比如,那家食品加工厂如果不倒闭,我至少是个有工作的人。有工作就意味着是某个集体的人,这个集体会让你生出某种说不出的荣誉感和尊严感。失业,在任何时候都是一件可怕的事。这不只涉及生存问题,更糟糕的是你将变成一个没有身份的人。所以当松果问我是否回城的时候,我那一刻非常恼怒地想到那个已经倒闭的厂子,想到由此带来的一系列变故。我想到那个我差点自杀的夜晚,想到那条我走过的河……我突然觉得自己在面对死亡时,是个懦夫。我想,我这辈子是不会选择自杀的,我是一个具有妥协型性格的男人。为了活得长久一些,我会无数次地向我不喜欢的世界妥协。其实,我很不喜欢自己这个样子。我常常在心里和自己较劲,一个不服气的我和另一个妥协的我在争吵,最后还是那个妥协的我占了上风,那个不服气的我还在那里直愣着眼睛,看着那个妥协的我,想把他掐死。

我没有回答松果的问题。我们继续绕着黑松林走着。我无法给松果一个确定的回答。我的沉默让她失望。她轻轻叹了口气说，哥，无论你留不留在古原，我都不走了。我想在山上开几片荒地，种粮食和蔬菜，然后我到村里收一些玉米叶、麦秆和高粱棒，做一些草编，挣点油盐酱醋钱，这样我就可以安心在古原生活一辈子。你会草编？我问。松果说，我妈妈活着时候，教过我。我八岁上就给村里人用玉米叶编草墩，用麦秆编草帽。我说，好，有手艺，就饿不死，不像我，百无一用。松果说，只要我饿不死，你就饿不死。松果靠在一棵黑松上，在昏暗的月光里看着我。我看不见她的眼睛，但我感觉到她的声音带着一股真诚热切的气息扑面而来。我忍不住伸手将她搂住。我的手背碰到黑松粗糙的树干，手心触到她温热柔软的身体。我说，松果，我不回城了，和你在古原待一辈子，死了也埋在古原。松果狠狠地在我的胳膊上咬了一口，疼得我赶紧把搂着她的胳膊松开。我突然意识到自己的野蛮，捂着胳膊，倒退了两步。我说，松果，对不起，刚才没有控制住。"哈哈"，松果突然大笑起来。她大笑着扑过来，在我另一条胳膊又狠狠咬了一口，然后紧紧地搂住我，脸贴着我的下巴。我感觉她的脸很烫，像火一样滚烫。我说，松果，你没事吧？我抬起两只手托在她腰上，隔着衣服，我感觉她的腰也是滚烫的。她像一团火，化了我。

五

　　松果打心眼里喜欢古原清净的生活。她每日跟着父亲穿过古原到原上的村子里挨家挨户收玉米叶、麦秆和高粱棒儿。

老院里一捆捆一篮篮堆满了松果做草编用的原料。父亲最拿手的是缀算子和编篓子。一大早,这一老一少就忙活开了,一人一个草墩,坐在安静的晨曦里。父亲用细麻绳"刺啦刺啦"地把那些高粱棒儿缀在一起,缀成了一个个大大小小圆圆的算子,像落了一地的大大小小的月亮。松果把在水里浸泡过的白黄色的玉米叶子编出的草蓆、坐墩,圆的,方的,在老院的瓜棚下摆得像个露天艺术馆。看着父亲和松果其乐融融的场景,我心里感到踏实温暖,偶尔回想一下过去那种分裂得不真实的虚幻悬空的感觉,真像是上天对我的一种嘲讽。

我决定娶松果为妻,把婚事定在八月十五。那天一早,父亲就把我叫醒,说要我陪他到老庙一趟。我知道父亲初一、十五都要到老庙烧香。平时没事,父亲就去庙里忙活,除草,扫院,抹灰。父亲已经准备好了贡品:一块开水滚过的猪肉、一盘白面点心、一碗煮熟的小米,还有一小盒月饼,几样瓜果,放在一个大竹筛里,顶在头上,先出了老土屋。我穿上衣服追出去,把竹筛从父亲头顶取下来,顶在自己头上。两个人一前一后出了村子,往老庙走去。

老庙是古原上最高的建筑,在黑松岭的北部。出了村子往北走,有一个陡坡。这个陡坡其实不算陡,但在平阔的古原上,这样的坡就显得陡峭一些。世界上有很多坡,连接着高峰和平地。坡是作为过程存在于世间的。从村子到老庙,也是一个过程,但当我顶着供筛和父亲走在陡坡上的时候,这个过程并不具有攀登的意味。相反,我和父亲都感觉到一种从未有过的轻快。特别是父亲,他的老寒腿好像突然就痊愈了,他腰板挺直,脚力十足,走起路来,带着令人振奋的节奏。我跟在父亲背后,走在他的影子里。这个影子有时候变得像古原一样大,将我全部罩住,让人感到踏实又困顿。

走进老庙的红木庙门,世界立刻变得一片寂静。古老的庙宇,古老的树木,古老的石头,古老的壁画,让充满杂念的心一下变得纯净起来。纯净自会带来清凉。走进正殿,我将供筛从头上取下来,放在地上。父亲把供品一样一样取出来,放在正中央古旧的供桌上,把一大把香点着,插进供品后面的陶制香炉里。我在一边看着父亲极其虔诚的表情和动作,看着他跪下来,仰头望着神台上的五谷神。我顺着他虔诚的目光望向神台:那里站着一个黑脸的神仙,头上长着两个牛角。除了腰间系着一块豹纹似的兽皮,身体的其他部分全是裸露着的,古铜色的肌肤包裹着充满力量的骨骼和肌肉。他两腿直立,手里拿着一把末稆。我发现父亲的脸和神仙的脸惊人的相似,都是黑黝黝的,棱角突出,坚硬庄严,永远在苍茫的岁月里屹立不倒。他的左侧立着一只老鹰,老鹰回头望着殿外,如钩的鼻子黑油油的,眼睛圆鼓鼓充满令人不寒而栗的警觉。右侧卧着一头米黄色的小鹿。小鹿眼神温和,神态安详。

父亲的表情像一个一尘不染的圣徒。他跪下来,左手握住右手,磕了三个头。嘴里默默念道,求五谷神保佑古原风调雨顺，没有灾害。磕完头许完愿，父亲起身对我说，今天是你的再婚之日，你也许个愿吧。我便照着父亲的样子，跪下来，磕了三个头。

回来的路上，父亲对我说，原上的人就要搬到镇上去住，古原就没人了。父亲叹着长气，愤愤地说。下坡的时候，他的腿又开始跛起来。我伸手扶他，他将我推开，说，我还没有老到让人扶的地步。父亲始终是这样倔强。

从老庙回来，父亲把松果送到二叔家，让我在家等天黑。父亲说，天黑之后，我才能把松果从二叔家娶回来。在礼仪和婚俗这件事上，我必须听父亲的。因为他是古原上最权威的存在。他已经帮古原几百户人家操办过婚丧嫁娶大事。我独自一人坐在老斗椅里等着。靠西墙根的那张小偏桌子上供着母亲的遗像。遗像里年轻的女子，眉目清秀，两条又粗又长的麻花辫拖在胸前。她是我的母亲。听父亲说，我六岁的时候，母亲跳河死了。母亲的死因，父亲一直绝口不提。我也不问。当松果说她母亲跳河的时候，有一种相似的疼痛袭击了我。两个命运相似的人在茫茫人海中相遇，这可能就是传说中的缘分吧。我极力想在我和松果之间找到一种类似天意的东西。似乎这种东西更坚固更不容易被折断。我这样意念纷纷地坐在老土屋里，看着日头一点点往西偏去。我感觉自己对松果的感觉正在发生一种奇妙的身不由己的变化。如果说在"夜来香"，我对她完全出于同情，而现在，我觉得我对她已不再是同情，而产生了一种依赖。这种依赖像一种瘾，一种毒瘾，正在可怕地侵蚀着我，让我一会儿看不见她，就像丢了魂似的坐立不安。太阳总算落下山去了，夜色一点点浮起来。我跑出老土屋，迫不及待地出了柴门，往二叔家跑。父亲在后面喊，拿上盖头。我没有听见，一口气跑到二叔家，把松果背了回来。二叔和堂哥也跟来了，堂哥的媳妇麦子还带来几个本村的妇女，来给我和松果送房。父亲说，就是二婚，这个环节也不能少。几个人在老院转圈。堂哥拍着小叉走在头起，我背着松果跟在他后面，再后面是麦子和帮忙的妇女搂了被子、褥子、枕头跟着。父亲和二叔跟在最后面，一个人提着一只暖壶，一个人拎着一个塑料盆（尿盆），在老院转了三圈，把我和松果送进了洞房。

　　洞房里，流溢着一层红彤彤的喜气。窗户上贴着红窗花，中堂的老寿星年画上贴着一个大红喜字。我把松果背进老土屋，安放在铺着大红褥子的火炕上。松果穿了一件红色旗袍，长发盘起来，盘成一个发髻。她画了淡妆，眉毛眼睛格外清雅，五官看上去很精致。旗袍紧裹着她凹凸分明的身体，让她看上去有几分古典的妩媚与妖娆。左胸上一只金丝线绣的凤凰在我眼前飞起来，撩动着我的心也在乱飞。在这个银色的中秋月夜，我和松果面对面坐在古原之上的一个山村里，坐在山村里一盘充满喜气的大炕上，像两块沉入时间之水的石头，浑然不觉时间的流动。松果慢慢地脱下旗袍，她的身体像一团柔软的水起伏涌动，水波轻击着我粗黑的肌肤与坚硬的骨头。头顶的红灯笼发出幽暗的红光。在幽暗的灯光里，人的理性与意志力是一束虚幻的假影，退在老土屋的墙壁上。我变成一团黏糊的液体，附着在一个女人粉红的水殿里，并在这座神秘的水殿里，完成了全过程。从她的水殿里退出来，与她并排躺在如水的月光里。浑圆的月亮映在老土屋的窗户上。我睁着眼睛，看着那轮梦一般的月亮，我想，那该是我一生中最神圣的一个夜晚。它让我忘记了当时我一贫如洗的窘境，忘了来处和去处。我们寻找的永恒，在那个中秋月夜悄然降临。

六

老范到原上找我。他穿过深秋金色的古原，来到黑松岭。老范是在堂哥的陪同下找到我家老院来的。人没进门，堂哥那破轮胎一样的嗓音就从柴门外飘进来，万古，万古，你看谁来了？我应声从老土里走出来，看见猴子一样又黑又瘦的堂哥领着又高又胖的范富贵进了柴门。老范穿一身旧军装，斜挎着那只雷锋包，脚穿一双黄球鞋。这一身行头，一看就知道他做梦也在追忆他那三年难忘的当兵岁月。他们推开老院那扇白天从不上锁的虚掩的柴门，走进来，一股冷风趁势也从大门外扑进来，将几片玉米叶子旋起来，抛到空中。

老范和堂哥一人在一只老斗椅里坐下。我靠在炕沿上，半站着。我说，老范，哪阵风把你刮到古原来了？老范说，秋风，一阵"呼呼"响的秋风把我刮到古原来了。堂哥说，万古，范总可是镇长请来的贵客，也是咱古原人的大救星。

堂哥的话让我有点犯迷糊。贵客？大救星？这些八竿子打不着的词，怎么突然和我这位旧同事扯上了干系。我拿眼打量着老范，他正从口袋里掏出一盒"红塔山"，软盒的，撕开，从烟盒里抽出三支烟，给堂哥和我每人发了一支，自己留了一支。堂哥慌忙接住，说，怎么能让范总拿烟。我这儿有呢。说着从口袋里掏出一盒"白桂花"。老范说，谁的不是抽，抽吧。老范把烟点着，也给堂哥点着。一缕缕青烟就缭绕起来。老范说，万古，你以为你躲到山里，就没人找得到你了？你躲到联合国也没用，除非你躲到火星上。我说，谁躲了？我要真躲了，还能让你找见？老范说，不过这古原真是好啊，一路上来，真像毛主席诗词里说的，万山红遍，层林尽染，万类霜天竞自由啊。换了我，有这样一个美丽的古原为家，我也不想走了。堂哥用仰望的目光看着老范说，范总真是文化人，出口成章，不像我是个大老粗。当然，万古更有文化。

　　我看着斗椅里这两个人一唱一和，感觉像一对预先排练好的相声演员，只是在我面前表演一番而已。我说，老范，你真觉得古原好，就住下别走了。老范说，你不说，我还真想了。他哈哈大笑起来，他的笑声里有一股踌躇满志的得意。几个月前，他还扛着我写的木头牌子，天天去县政府门前静坐。短短几个月时间，他突然摇身一变，成了范总。堂哥说，万古，你这位朋友现在可能耐着呢，是镇里把人家请来，给咱古原搞旅游开发。咱得好好配合人家。我说，好好，好好配合。老范，你打算怎么开发古原？老范"呵呵"干笑了两

235

声，面对一个知道他底细的人，他的气势突然弱了下来。他转脸对堂哥说，村长，这样吧，你先不要在这儿耽搁了。我和万古是老朋友，今天中午，我就在他家吃饭。一会完了，再联系你。

堂哥不情愿地"嗯嗯"了两声，走了。

老范从斗椅里站起来，在老土屋里来回巡视。并掀开外间的布帘子，把头伸出去看。环视了一遍，老范说，过得不错嘛，万古，难怪你躲在原上不出去。你家这老物件值些钱呢。我说，这些老物件是我母亲的陪嫁。我母亲活着时，每天一早起来，就拿一块鸡皮，抹擦这几样老家具，抹得油光水滑。我母亲走后，父亲也照着母亲的习惯，天天抹擦。现在又来了个松果，对这老物件比对人还亲，一天到晚抹呀擦呀的。老范大笑起来，说，你也真行，敢贷高利贷把她赎出来，换了我，打死我也不敢。我说，别哪壶不开提哪壶。说到那笔贷款，我的心情一下沉重起来。老范瞅了我一眼，说，年利息百分之五十，年前你不把那笔款子还了，过完年就成他妈十五万了，越滚越多，让你活不得死不了。老范的话像无数根看不见的针扎进我身体，让我顿时有一种疼痒难耐的感觉。我站起来，在屋子里来回走着。我何尝不知道自己面临的险境。那笔款子像一片乌云，无时无刻不罩在我心头。我曾经是一个藐视金钱的人，可是它却像上帝一样在我的藐视中伸出一只大手，将我紧紧抓住。我感觉到那只看不见的手稍一用力，就会把我的头盖骨捏碎。我感觉到自己的渺小，在面对金钱这个我憎恶又鄙视的家伙时，我的憎恶和鄙视变得虚弱无力。

老范看出了我的困顿，他说，当时我确实没钱借你。要是换了现在，我就不会让你去借高利贷了。你现在有钱了？我抬眼望着他，我不明白，这短短三个多月时间，他就咸鱼翻身了？老范说。嗯，现在有钱了，这人生说起来，也真有意思。晚上还是一只鸡，一夜之间变成了凤凰。你说，三十年河东，三十年河西，这人生，谁能看透？我说，你这是三个月河东，三个月河西吧？老范大笑起来。

说说你的发家史吧？我说。我的话让老范原本得意的神情，更添了几分喜色。我注意到他的那张脸散发着红润的光泽，像上了油彩。眼珠像两颗发光的黄色铜球里闪烁着两枚黑珍珠。他张了张嘴，正要说话，门帘被掀起来，父亲和松果端着饭菜走进来。父亲的脸和范富贵的脸形成的巨大反差，让屋子里的空气瞬间就凝固了。父亲的脸暗黑僵冷，眼睛里如同堆积着无穷的怨恨。他极其勉强地朝范富贵打了个招呼，放下饭菜，反身出了老屋。松果的脸色虽不像父亲凝重，也失却了往日的明艳欢快，不冷不热地跟范富贵笑了笑，跟着父亲出去了。

午饭是红白萝卜焖面，放在一个大瓷盆里，加一个凉拌黄瓜和一盘青辣椒。我给老范盛了一碗焖面，说，家常便饭，吃吧。老范闻了闻说，真香，你媳妇厨艺不错嘛。我说，我爸教的。老范说你爸和你媳妇好像不欢迎我？我说，不会。

老范说，你没看见他俩那脸拉得像丝瓜一样，像我欠了他们的钱。老范说得没错，我也注意到父亲和松果的表情很反常。一琢磨，我顿时慌乱起来，定是老范与我说高利贷的事让父亲听见了。这件事我一直瞒着父亲。下岗和离婚这两件事已经让父亲很虐心了，如果高利贷的事再让他知道了，无疑雪上加霜。

那顿饭，我吃得心不在焉，寡淡无味。老范有一句没一句说着他的发家史。我也有一句没一句地听着。吃完饭，老范要走，我也没留他。老范说，万古，你跟我干吧，我保证不亏待你。我说，我考虑考虑。送走老范，返身回屋。父亲把我叫到里屋。里屋弥漫着一股紧张的气氛，父亲坐在一团烟雾里抽烟。下午的太阳透过山墙上的小窗照进来，照在他那张被烟熏火燎得暗黑的脸上。我站在那柱阳光对面，看着父亲。他一口接一口地抽烟，烟雾环绕着傍晚那道发红的阳光。猛然，我看见父亲掐灭了烟头，把那只骨节突出青筋暴凸的手掌愤怒地抬起来。我的耳朵里顿时像有一列火车"轰隆隆"地开过来，身体摇晃了一下，跪在地上。父亲那只握了一辈子锄头的手，那只长满老茧的手，那只在我生命里留下过无数次恐惧的手，再一次落在我的耳根上。我感觉一阵晕眩，身体矮缩下去。

那么多年的书，你白念了？高利贷你都敢玩？我低着头，听着父亲的声音像雷声击打下来，在屋子里回荡轰鸣，让我五蕴生烟。

然后，那列轰隆隆的火车从耳朵里开过去，父亲粗重的呼吸一声接一声，清晰地撞击在我的耳膜上。我在惊恐中，看着父亲从炕头跳下来，背着手，出了老土屋。我听见他的脚步声穿过老院，走出柴门，"砰"的一声，风把柴门吹得巨响，我的心被震得飞了出去。

父亲回来，已经是半夜。我还跪在那里。我不知道自己在那儿跪了多久。我像一个失去灵魂的泥人，被父亲嚼碎了，又用唾液将我黏合在一起。父亲脱了鞋，上了炕，掏出仅剩的一根烟，用打火机点着，猛抽几口，停下来。他说，起来吧。我就摇摇晃晃站起来。

父亲说，跟你商量个事。

什么事？我站在火炕边，看着父亲。

我把那份搬迁合同签了。父亲说。

你要搬出古原？我小心翼翼地问。

谁说我要搬出古原，父亲继续抽着烟。

你不是说签了合同？我不解地看看他。

合同签了，也不等于我要搬出古原。

那你是啥意思？我莫名其妙地望着父亲，被这个老头弄得一头雾水。

父亲又抽了几口烟，眼睛望着老土屋的屋顶说，你看，咱家这老土屋，夏天漏雨，冬天透风。早就是危房了。还不如老庙的厢房里住得安稳。咱一家人搬到庙上去住，你们看怎样？

庙上？我惊诧地望着父亲。父亲没有抬眼看我，继续抽着烟，那半截烟头已经快烧到他发黑的手指了。

父亲说，镇里要搞旅游，这是大事，不要因为咱老万一家，拖黑松岭的后腿。我跟秋山说了，这老土屋就让人家拆了吧。父亲心平气和地说。

你说拆，就拆吧，只要不离开古原，住哪儿都行。我说。

父亲抬头意味深长地看了我一眼。我注意到他的脸上有一层看不见的黑暗。他说，趁天还暖和，明天就搬吧。说完，倒在炕上，身体弯曲成一只老弓。

七

空气冰冷、潮湿。暮秋天气，老庙里充斥着一股阴寒之气。为了抵挡寒冷，我提早穿上了过冬的棉衣和保暖裤。松果把那件从"夜来香"带回来的枣红小棉袄裹到身上，下面配一条肥大的黑色毛料宽腿裤子。这身装束让她看起来显得笨拙而成熟。我的父亲则把老描金柜子打开，取出那件穿了很多年的破羊皮翻毛棉袄捂到身上。我们在西厢房的古砖地面上铺了厚厚的一层干谷草。在谷草上铺了褥子，晚上睡在上面。因为父亲在东厢房新盘了两盘大火炕。麦秸泥还是湿的，满屋子飘散着潮乎乎的麦秸泥的味道。父亲把两盘火炕的火膛里加满了炭块，烧着，很快就把火炕熏干了，东厢房里的寒气被逼出去。到第三天，我们就把厢房里的谷草搂到东厢房的火炕上。腾空的西厢房成了松果的草编艺术馆。她把从老土屋搬上来的草墩子、箅子、篓子、篮子错落有致地摆放起来,她还把从山上捡回来的枯褐色的松塔用麻绳串起来,做成风铃。

　　早晨,我走出东厢房,穿着我唯一的一件深灰色中长款呢子大衣,那是我大学毕业的第二年和前妻结婚时买的新郎服,一直被我珍藏着,舍不得穿。现在它成了我唯一的御寒之物。古庙深深,一进两院。前后大殿,东西厢房,建筑规制严整,金色的琉璃瓦,翠蓝色的屋顶,斗拱飞檐,这一切托着老庙上空冷清幽蓝的天空。我不是考古学家,我不懂老庙的考古价值。但我无数遍阅读过老庙里的那些刻在石头里的碑文。这老庙应属宋元时期的建筑。虽历经千年的沧桑风雨,依旧敦实坚固。我抚摸那些冰冷的石头,墙壁,我在古老的寺庙里,安了家。我没有欣喜,也没有悲伤,有的是一种从未有过的宁静。

　　走出老庙,我站在暗红色的庙门口,向脚下的古原望去。散落在古原山山凹凹里的村子,已经变成了荒村。人都搬到镇上去了。现在偌大的古原,就剩下我万古一家了。

　　堂哥万秋山瘦小的身影出现在我的视线里。他身后跟着一架金黄色的挖掘机。挖掘机上坐着身材高大的老范。他们在黑松岭村口停下来。老范从挖掘机上跳下来,跟着堂哥一前一后绕着那片黑松林走着。我远远地看着他们,以为他们要到黑松岭去,或许是去拆我家的老土屋吧,我想。可是他们没有去黑松岭,而是转身朝老庙来了……

走向烤鸭店

老范的旧军装在阳光下显得白吃吃的,一点威力也没有,可是他依然穿着。堂哥像一只猴子,一只手搭在眉骨上,东张西望地走在老范的影子里。他俩走上陡坡来,与我一起站在庙门口的石头台阶下。石台阶已经被父亲打扫过,显得很干净。

老范说,万古,我又来了。我说,欢迎你来。老范说,你躲到庙里,我也能找见你。我说,我没躲。堂哥说,万古,伯呢?我找他签份合同。我说,搬迁合同,我爸不是已经跟你签了?堂哥说,这回是签卖房合同。卖房?卖什么房?我莫名其妙地望着堂哥。镇政府补给你家的单元楼,你爸托我卖了。哦!父亲把单元楼卖了!一阵冷风吹进脖子里,我忍不住打了个冷战!

父亲的声音,在我身后的庙院里凸起来:秋山,进来说话。堂哥就从我僵硬的身体旁擦过去,老范也跟着他擦过去,我像个多余的人,站在寒冷的阳光里,傻傻地站着。我听见堂哥说,伯,你交代的事,都办妥了。你说最少卖十五万,人家范总主动给咱十八万,多了三万,你高兴不?父亲没有吭声。我转回身,走进东厢房的门,看见父亲坐在一只老斗椅上,老范坐在另一只老斗椅上,堂哥坐在火炕边上。父亲和老范中间是从老土屋搬上来的大方桌,上面放着一盒印台,两份合同,一支碳素笔。父亲听见我的脚步声,抬起头来,平静地看着我说,万古,这件事事先没跟你商量。我摇了摇头,说,我都明白了,爸!我看见父亲的眼圈突然红了。他那满头白发变得无比柔软温暖。他抬起手，伸出一根指头，使劲地在印台上按了一下，又在那份合同上按了一下。然后笑着说，好了，范总，谢谢你多给了三万。范富贵拿起其中的一份合同，叠起来，装进旧军装的上衣口袋里，然后从斜挎的雷锋包里摸出一张绿色的银行卡，递给父亲，说，叔，你收好。父亲伸出一只长满老年斑的手，接过那张卡，握在手心里。父亲那满是老年斑的手臂青筋凸起来，刺激着我的眼球和心脏，我感到生疼。

老范说，叔，我要在古原搞开发，想在老庙里借宿，你看，行不？父亲说，老庙又不是我家的。再说，庙小和尚大，你好歹是范总。老范大笑起来说，叔，取笑我？父亲说，我哪敢取笑你，我感激你还来不及呢。老范说，那我就真住下了，秋山，找间厢房给我盘个火炕。堂哥疑惑地看着老范，说，范总是在开玩笑吧？老范说，谁跟你开玩笑？走，带我去庙前庙后转转。堂哥就带着老范出了东厢房。

父亲把手里那张卡递给我，说，万古，去把你那笔高利贷还了吧。我这一辈子没有欠过别人的债，人活着就图个干净心安。那张银行卡刚刚从老范手上转到父亲手上，又从父亲手上转到我的手上。这张坚硬冰冷的卡片，硌得我的手疼。里面储存着一个与金钱有关的阴谋。可当时我并未清晰地意识到这一点。

我望着坐在斗椅里的父亲满头银白的头发，思绪恍惚。记得母亲死的那年，我六岁，父亲三十岁。可是父亲的头发

243

一夜之间就白了很多。从记事起，父亲就顶着一头花白的头发，让他看上去比实际年龄老了很多。但他走路时，腰杆还是挺得很直。说话的语调硬邦邦的，像石头砸在石头上发出的声响。他的眼神总是严厉，时常让我生出恐惧。但我不得不承认，父亲既是我背后一座坚实可靠的大山，又是不容我反抗甚至不容我解释的一种权威的存在。虽然有时，他倔强得像头老驴，但我却不止一次在他身上感受到那种生活打不倒他的坚硬。而这种生命的硬度，让我有时敬畏他，有时又十分抵触他。我拿着那张银行卡走出东厢房。一股冷风从庙门外冲进来，把我撞得身体倾斜。我像要被那阵大风裹起来，扔到不知名的黑暗中去。我出了庙门，跑下陡坡，站在古原上，与四面袭来的大风对峙着。我赤手空拳地对着刀剑一样冷飕飕的风魔，大吼，胡乱地在空中挥舞着拳头，被一阵更加强大的风力击倒在地上。它卷起原上的沙子，击打在我的脸上、头上、身上。它折断黑松的枝条，尖利的松针扎进我的肉里，流出血。我不觉得疼。我在狂暴的风中，东倒西歪地奔跑，喊叫，一次次被大风刮倒，再爬起来。

  我没有翅膀，请允许我有眼泪，请允许我有沉重的步履和苍凉的手势！我深一脚浅一脚在大风中走着，跑着，癫狂着。风突然收敛了自己。那惊天骇地的怪叫声呼啸声逐渐减弱，退却，远去，黑松林安静下来，古原安静下来。我跌倒在母亲那冰冷潮湿的墓地里，望着头顶灰色的天空，眼泪"哗哗"地流了下来。

八

进城还清那笔款子的那天晚上，我感觉到一种久违的轻松感。我迈着轻快的步履一路走着回到古原。走到黑松岭村口，我看见老范带上来的那架金黄色的挖掘机停在那里。老范靠着挖机的长臂，抽烟，看天上的月亮。我走过去，叫了声，老范。他把嘴里的烟吐出来，问，还了？我说，还了。他又把烟放进嘴里，看月亮。看了一会儿，把烟吐了，对我说，跟我干吧，万古，你那安置房的钥匙，还给你。他说着，从旧军装的上衣口袋里，掏出两把串在一起的明晃晃的钥匙。我没有接。老范说，房子还给你。我说，合同已经签了，这房子是你的了。老范说，你以为我真稀罕你那套七十平方米的小房子？我要它有用？老范的话开始让我生出一种感动，但很快我发现我正从一种债务中跌入另一种债务中。老范说他并不需要那套房子，他只是换了一种方式来帮助我。他的影子变得高大模糊，让我心怀感激又无地自容。我必须要跟他干吗？我听见心里有一个抵触的声音飘出来，飘在寒冷的月光里，随着松风起伏颤抖。老范回过头来，笑着说，别犹豫了，明天就来指挥部报到吧。说完，他走下黑松岭，消失在村子里。我站在那里，吹着冷风站了很久。

老范开发古原的临时指挥部设在黑松岭。老范的部队驻扎在我家的老土屋，一共有三个人，一个文质彬彬的年轻人，老范管他叫菜老师，是个设计师，一个是鞍前马后跟着老范的我的堂哥万秋山，还有一个就是老范本人。现在加上我，一共四个人。四个人准备去征服古原，老范显得踌躇满志。一早，他就喊我下庙，到村子里看他的规划设计图。设计师小菜打开他的笔记本电脑，点开一个文件夹，一条红绿相间的道路，绕着古原蜿蜒而上，到达一个标志着黑松岭的地方。那条路类似体育场上的环形跑道。小菜说，这是一条骑行线。初步的设想是，在黑松岭打造一条山地自行车骑行比赛的线路，把黑松岭建成一个能吃能住能玩的休闲度假村。老范说，万古，你觉得我们的设想怎么样？我笑了一下，没有回答。老范就不高兴地说，昨天在镇上给镇长汇报，镇长直说这个规划很新颖很好，说我们一定能在古原打造出一条全国乃至全世界骑行比赛的赛道。万古，你想想看，全世界的骑手都来古原参加比赛，古原就出名了。你家松果弄的那些草编，就不愁卖不出去，说不定还能卖到国外去。他说着，抬起一只手，重重地拍在我的肩膀上。

离开指挥部，走出黑松岭，我一个人走到那片黑松林里。我坐下来，听见满山的黑松发出阵阵涛声。我想，我阻止不了老范开发古原的计划，但古原在我心里，是一个亘古不变的存在。现在它要受到惊扰，要在它原本坚硬安静的躯体上挖出一条用来比赛的骑行赛道，我觉得这是一个与古原原生态的存在格格不入的想法。古原不会接受这样的安排，古原在历经沧桑岁月的磨砺后日渐显出的那种庄严肃穆的本质，同我回到古原的心情更为切近。文明进化是它的敌人，老范及其设计师小菜的设想,对于了解这座古原的人来说,或多或少显得有种不伦不类之感。

开工那天,老范亲自把挖掘机开进了黑松岭。他坐在金黄色的挖机上,身体坐得挺直,目视前方,像开着他的大坦克去打仗。老范在部队当的是坦克兵,他不仅会开坦克,还会开挖掘机和铲车。我扛着一柄镢头,提着一个塑料袋,塑料袋里装着敬山神用的一卷红布、一挂鞭、一把香和一斤开水滚过的猪肉跟在他和挖机后面。和这样一个庞然大物走在一起,我感觉自己渺小无比。那一刻,我也动了凡心,想要一架能把自己抬到高处的机器。我想,每个男人都有一个拥有一架机器的梦想吧。无论挖机,坦克,还是飞机。机器是男人征服世界的工具。现在老范正开着这个金色的铁家伙去征服我的古原。古原是我的情人,却似乎是他的敌人。他很快就要与我的古原进行一场战斗。我想古原不会认输。我了解古原的脾气。它沉默隐忍,却能以另一种方式把人类打败。古原在我心里,是不可战胜的。可是,现在,我却在帮着老范去做这样一件与自己的良心相违背的事情,我身体和我的心严重分裂着。这种分裂再次让我的生活陷入一种混乱状态。

在黑松岭村东的一个山崖下,老范停住挖机,从上面跳下来,围着挖机转了两圈。他像检阅自己的部队一样检阅着这辆长相奇特色彩鲜艳的铁家伙。他指着挖机前面那条像胳膊一样的长东西对我说,你看,这是大臂,这是小臂,最前面这个大簸箕叫铲斗。以前是个螃蟹爪子,后来挖机也和人一样进化了,铲斗代替了蟹爪,也就是猴子一样长毛的爪子变成了不长毛的人手。检阅完机器,老范让我在山崖下把红布铺开,把动土用的东西放在红布上,烧上香,点着鞭。"噼噼啪啪"的鞭炮声响起来。老范说,磕头!我站着没动,他就一把将我按倒在地上,朝山崖上的土圪嘴磕了三个响头。磕完头,老范又爬到挖机上,朝我挥手,大声说,闪开,开炮了!他把开挖说成开炮!我赶忙躲到远处,看着他发动机器,慢慢向山崖开去。挖机的长臂一节一节抬起来,铲斗像一扇大簸箕伸进山崖的腰部。只听"轰隆"一声巨响,山崖被横腰折断。那个在村东边站立了无数年的土圪嘴瞬间坍塌下来,惊了山崖上的鸟雀和山坳里的野兔。一大群山雀飞起来,"叽叽喳喳"叫着飞到空中。一只灰色的野兔跑到远处的山坡上,怯怯地望着我们。

九

天,说凉就凉了。古原的冬天来了。风从原上刮过来,贴着身体,冷飕飕的。我这才意识已经立冬了。黑松岭已经变成了一堆废墟,老范说,要在这堆废墟上重建一个崭新的现代的黑松岭。现在,我们正在绕着那片长满黑松的山包,开那条所谓的骑行赛道。老范既当指挥员,又当战斗员。开铲车和挖掘机的几个师傅因为领不到工钱,都陆续离开了,现在只剩下我和老范两个人,还在坚持挖山开路。老范决心要把我培养成一名铲车司机。

松果跑到黑松岭，跟我说她怀孕了。她穿着那件枣红色的齐腰小棉袄、黑棉麻宽腿裤子、一双黑色的弹力运动棉鞋，让她走起路来没有声音，像一朵从天而降的云彩落到我面前。我正在跟着老范练习开挖机。现在，我还不能完全驾驭它。它动不动就要给我个下马威，不是手臂不动了，就是挂挡出了问题。松果站在挖机下喊我，万古，你下来！我说，看不见正在干活？她说，你快下来，我有重要的事告诉你。我就下来，把挖机交给老范。松果把我拉到一个离老范和挖机很远的地方，对我说，万古，我怀孕了。不知道什么时候开始，她不再喊我哥，而是直呼我的名字。叫名字听起来比叫哥更顺耳。以前她一叫我哥，就让我想起她在"夜来香"的那段不光彩的经历，想起来，我心里就别别扭扭地难受，好像一场见不得人的往事被人揭开看。松果说她怀孕的时候，两汪清水湖一样黑白分明的大眼睛里忽闪着柔软的光亮。我说，你怎么知道你怀孕了？她说，这个月"大姨妈"没来。那也不能说明你就怀孕了，我说。早晨我感到恶心，她说。那也不能说明你就怀孕了。她把嘴嘟起来，沉默了一会儿，说，麦子说我怀孕了。麦子又不是医生，她说你怀孕你就怀孕了？我依然用半信半疑的眼光看着她。松果说，你真讨厌，我说怀孕就是怀孕了，你不信拉倒。我说，你以前怀过孕吧？要不你怎么这么肯定？

　　我的这句话把松果惹恼了。她的脸先是红了一阵，接着又白了一阵，然后一甩头，转身跑了。我叫了一声，松果！

她没回头,或许是她没听见,她一直顺着那条新开的山道跑上黑松岭。她的身影消失在那片松林后面。我走回来,坐到老范用挖机挖出的新土堆上。我想琢磨一下松果怀孕的事。我是这样想的,如果松果没有怀过孕,她就不会知道怀孕的感觉,那她就不能确定她是怀了孕。既然她凭感觉就确定她怀孕了,说明她怀过孕。既然她怀过孕,我说她怀过,也没有错,她干吗还要生气?她和别的男人怀过孕,应该生气的人是我,而我没生气,她倒生气了,这天下简直无理可讲。

我这样想着,就听见老范"啊"了一声。那"啊"听起来像一声尖叫产生的效果,让我全身的毛发"唰"一下直竖起来。我本能地把身子转了过去,看见老范还好好地坐在挖机上,蓝天在他头顶,黄土在他脚下,挖机停在他的屁股下面,长长的手臂悬在半空。他大睁着一双眼睛,盯着铲斗的方向,好像那里有一条眼镜蛇。我顺着他的目光看过去。铲斗挖开的土层横截面上露出一大片褐黄色。什么东西?我站起来,走过去。

老范从挖机上爬下来,盯着那一大片褐黄色定定地看了半天,然后自言自语地说,这古原上果然藏着金元宝。他边说边双膝跪在那道土坑里,伸出两只粗糙的骨节突出的手在那片黄褐色的土层上摸索起来。我第一次看见老范的表情变得无比虔诚。他是个无神论者,可那一刻,他看上去像个圣徒。他匍匐的样子虚弱而令人感动。

我从口袋里掏出烟,坐在土堆上,对圣徒一般的老范说,来，伙计，抽支烟，压压惊吧。老范直起身来，坐到旁边的土堆上，接过烟。我为他点上。老范吐了一口烟圈说，万古，我们挖出金元宝来了。我说，在哪儿？他说，那儿。他指着那片褐黄色眯起眼睛说，这就是传说中的矾土，比煤炭还值钱。你知道，我为什么选中你的古原来搞开发？我摇摇头。他说，就是为了来寻找这种宝贝，没想到还真让我找到了。哈哈，老范爽朗的笑声传遍古原，惊得满山的鸟雀都飞起来。

矾土能干什么？我化学学得不好，我对老范说的这种宝贝，之前闻所未闻。老范说，用途可多了，是一种高温耐火材料。我说，哦。这么说，你是为了这种矾土，来打古原的主意？老范"嘘"了一声，说，万古，你小声点，这话不能让风听见。

我对老范说的这种神秘的矾土毫无兴趣。我现在满脑子想的是松果怀孕的事。我突然有些懊悔，如果松果真的怀孕了，是否意味着我要当爹了。松果跑到山上来跟我说这件事，是要给我一个惊喜，我却把她气跑了。我觉得自己真他妈混蛋。我想和老范分享一下我当爹的喜悦。我跟他说，我媳妇怀孕了。他没回应，好像没有听见。他依然一脸虔诚，眼睛盯着那片褐黄色，像着了迷似的，不知道他在想什么。我站起来，往山上走。

松果和父亲坐在东厢房的火炕上编草墩。父亲见我回来，就停下手里的活，跳下火炕，走出东厢房的门。我上炕，拖了一只草墩坐在松果对面。她没有抬头看我，好像还在生我的气。我说，对不起。她用牙狠狠咬住一片玉米叶子，一声不吭。我说，走，收拾一下，我带你去镇卫生院，做个 B 超。我伸手把她嘴里咬的那片玉米叶子拽出来。她依然不理我，麻利快速地编着草墩，十个细长柔软的手指灵巧地上下翻动。她生气的样子十分可爱，眼睛低垂着，手不停地在干着活。脸色憋得通红。不时地会吐出一口气来。回古原快半年了，第一次看见松果生气的样子，我忍不住笑了。她听见我笑，放下编好的草墩，爬过来，在我的胳膊上狠狠咬了一口，疼得我一阵怪叫。我粗壮的胳膊上现出一排鲜红的牙印子。她说。刚才在山上，我想扇你一个耳光，又看着你灰头土脸的样子，就忍住了。我说，你现在可以扇我。她就狠狠抬起手，然后落在我的大腿根部，拧了我一把，又疼又痒，我趁势把她按在火炕上。

父亲在院子里一阵咳嗽，惊得我从松果身上爬起来。我带松果去镇卫生所，做了 B 超，确认了我要当爹的这一事实。

十

老范挖出来的矾土，堆在村子里一个废弃的旧砖场上。他用几床黑色的塑料布把那些矾土蒙起来，看上去像一堆堆的煤炭。晚上，有拉矾土的大卡车不断到原上来把那些矾土悄悄地运走。那天，老范突然跟我说，矾土是国家资源，政府不让随便挖。如果，有人将咱们举报了，你就说这些矾土是不小心挖出来的。我惊讶地望着老范，说，你是说，我们在做一件违法的事情吗？老范看着我，大笑起来。他说，看把你吓得，没那么严重。等明年开春，托人把开采手续办下来，就可以名正言顺地挖了。你非把古原挖成千疮百孔面目全非不可？我愤愤地望着老范那张上了油彩一般红润的脸。老范依然不温不火，笑着说，万古，你这样说，就不对了，矾土是大自然赐给人类的礼物。我们总不能守着金山讨饭吃吧？我宁可讨饭吃，也不干这种吃祖宗卖茔地的事。我把一截烟头狠狠地扔到土堆上，转身离开了。老范在后面大声喊，万古，矾土这事，你可谁都不能说，一旦让公家知道了，是要坐牢的。我说，他们迟早会知道的。我的话被一阵大风刮到了古原上。

早晨，从老庙醒来，我看见窗外那两棵古松上和对面的瓦坡上落了一层白茫茫的雪。我顿然意识到时序已经进入大寒，快过年了。我带着当爸爸的喜悦心情起了床，走出厢房，走到铺满积雪的院子里。父亲已经起来了，拿着扫帚，在扫庙院里的雪。我站在雪地里，左手握右手，远远地向五谷神鞠了三个躬，在心里祈愿他保佑松果母子平安。许完愿，一转身，看见堂哥万秋山从庙门外一步一滑地跑进来。他头上顶着一撮儿白雪，满身滚得都是雪，看样子他在雪地里摔了跤。他急匆匆地跑进来，对我说，万古，老范被警察抓走，你也赶紧到山外躲躲吧。出了什么事？我莫名其妙地看着他。他的脸一半阴一半阳，躲闪不定的眼神让我生疑。他一边拍着身上的雪片一边说，你们俩乱挖矾土，有人把你俩举报了。

走向烤鸭店

堂哥黑不溜秋的脸上好像笼罩着一个阴谋。是你举报的吧？我盯着堂哥，他的两只眼珠被我盯得乱晃起来。他转身往庙门外跑，边跑边喊，你赶快收拾一下，从后山走吧，现在走还来得及。要不，警察就到庙上来了。他一个趔趄跌闪出庙门，顺着雪坡滚落下去。

我返回身，看见松果掀着门帘，站在东厢房门口。她问我，和谁在说话？我说，堂哥。松果看着我，看了一会儿。她穿着乳白色睡衣，显得单薄而疑惑。我说，快回去，外面冷，小心感冒。她说，你也回来，外面冷。她掀着门帘站在那里，等我。我走回去，将她抱回炕上。我坐在炕头边，等她再次睡着，然后踮着脚走出来。

我出了老庙，走下陡坡，走过黑松林，往原下走。我听到警车的声音由远及近而来。我知道堂哥没有骗我。老范已经被抓走了，我作为他的同谋，也逃不了干系。我望着白雪覆盖了的苍茫的古原，我知道这场战斗最后的结果了。老范输了，输给了沉默的古原，输给了我最初的判断，而我却成为这场战争的牺牲品。我踏着积雪往原下走。远处的警车正朝我驶来。它那令人不寒而栗的声音传遍了寂静的古原的清晨。我开始在雪原上飞奔起来，朝着警车飞奔。我不想让父亲和松果听到警笛声，我希望离他们越远越好，最好不要惊动任何人。

在黑松林旁边，我与警车迎面撞上。我站在一片雪地里，看着警察从警车上下来。我朝他们笑了笑，笑得盲目而无辜。

我想也许只是一场误会，很快他们就会让我回家。在派出所我老实交代了我和老范挖出矾土的全过程。鉴于我的认罪态度好，我被判了三个月的拘役。而老范不仅不认罪，还动手打了警察。所以，他被判了三年刑。他的罪状有三：第一，打着开发古原的名义，私采乱挖国家资源；第二，殴打警察，妨碍警察执行公务；第三，拒不认罪伏法，给办案人员制造障碍。这三条判三年够轻的了，仅袭警这一条，就够判他十年八年的了。一个年轻警察在把我往拘留所送的路上，跟开车的警察说，他们的话让我很难受。我跟警察交代时，我说了，我们不是存心想破坏国家资源，是不小心把那些褐黄的东西挖出来的。警察说，不愧是上过大学的人，就是比那个大兵会说话。不小心就挖出矾土来了，你以为警察好糊弄，是吧？那个两只眼睛鼓出来像青蛙一样的胖警察，用警棍戳了一下我的太阳穴，我立刻就感觉眼前发黑，晕了过去。

　　三个月后，我从拘留所出来，已经是早春。我迎着料峭的春寒，一路狂奔，回到老庙。空空的老庙里，父亲一个人坐在庙院的古松下，身边放着一个大铁盆。一大盆水结成了厚厚的冰。父亲手里拿着一个小铁锤，一下一下砸打盆里的冰。我在他身边站了半天，他没有抬头。我叫他，他也没有回应。我知道他在恨我。在我与父亲之间，恨和爱是一样的。他不想抬头看我，他把砸碎的冰一块一块拣出来放进一只破竹筐里，提着往东厢房走。我跟着他走向东厢房的门。不知道为什么，我发现我掀门帘的那只手在抖，不停地抖。一种莫名的恐惧让我的双脚停在东厢房的门槛外。我看着父亲推开门帘内那两扇厚重的木头门，我看见一具白生生的棺材停在火炕边，棺材下面铺了一层干谷草。我靠着那挂轻飘飘的门帘，风从门帘外面吹进来，吹到我的后背上，我感觉后背很凉。我看着父亲往那口棺材里放冰块，我看着他一块一块放完，提着那只空筐子走出去。我挪动自己的脚到棺材跟前，我看见松果躺在那口棺材里，脸上蒙着一块白布。我揭开白布，看见她的脸铁青，她很冷，她睡在一堆冰块里，怎么能不冷？我把两只手伸进去，捧住她的脸。她的脸也像一块冰。我说，松果，冷吧。我给你暖暖。我说，松果，我回来了。我他妈混蛋，让你睡在这么个鬼地方。

　　父亲走进来把我拖出去。他说，死的已经死了，在的还得在，放了她吧！他把我拖到他的厢房里。我听见父亲的声音像远处沉闷的风声刮过来。他说，你被警察抓走的那天，松果一路追着警车，到了镇上。我这老寒腿，追也追不上她。我就坐在庙外的坡上等你们回来，等了整整一天。天黑时，松果被秋山背了回来。他把她放在火炕上。我看见她满脸是血，满身是血。我就爬过去摸了摸她的头，冰一样冷。我又摸了摸她的手，是硬的，也冰一样冷，我叫她，她不应。秋山说，松果被一辆小车撞了，在回古原的路上，撞他的司机开车跑了。秋山到镇上办事，路上碰见松果倒在雪地里，就把她背了回来。秋山说，把松果埋了吧，不知道万古多会才能出来。我不许，我想等你回来，让你再看看她。我每天往她的棺材里放冰块。这天冷的时候,一盆水在院子里放一夜,就能冻成冰。我就怕天一热,水冻不成冰了,该咋办?亏你在天热之前回来了。

父亲的声音在黑暗中沉下去。我闭着眼睛,听见自己的心向下坠落的声音,那声音像房屋在倒塌,像地在裂,像树在折断,像飓风从险恶的海面盘旋而来。

父亲在母亲的墓地里,用青砖为松果砌了个坟丘,把松果暂时丘起来。按照村里的风俗,男人不死,女人是不能进坟的,先丘起来,等男人死了一起发丧进坟。黑松林是四季常绿的,伴着松果。第二年冬天,父亲突发脑出血去世了,我把他和母亲合葬在一起。墓地靠着黑松林。三块黑色的墓碑,一块是父亲立的,另外两块是我立的。父亲立的那块上刻着母亲的名字,我立的那两块上刻着父亲和松果的名字。天气好的时候,我常常走到三块墓碑中间,就着山风,跟他们说话。我说了很多,可是没有人回应我。他们都沉默着。我有时会把耳朵贴到潮湿的墓碑上,我想听见里面发出的声音,松果,还有她肚子里的孩子,我想听到那孩子的哭声。我那从未见过面的可怜的孩子。

离开墓地,回到老庙,穿过暮色昏暗的庙院,走到西厢房的门口。我推开那对古老乌黑的木门,跨进去,伸手拉亮屋子里的电灯。那一万枚大大小小形态各异的松果松塔像无数个梦境,摆放在一层层松木制成的陈列架上。这些松果和松塔是我从黑松林捡回来。我将它们按年份分开,与松果和父亲编织的草墩、草帽、箅子、篓子、针线陈列在一起。松果穿过的衣服，挂在西厢房的墙上。正中间那枚硕大的松塔，大约半米多高，我在它褐色的鳞片下面用柏木雕刻了一张女人的脸。那张脸我整整用了三年时间才雕完。鳞片张开的松塔是她的发髻。那张古铜色的脸洁净安详，眼神如古原上的阳光一样纯净，嘴角带着永恒的微笑。我在她对面的一只草墩上坐下来，望着她，抽烟。我常常这样在沉默中坐着，像松果，像古原，像死去，又像活着。

你是用这样一种方式让她得到永生吗？身后响起一个男人的声音。我回过头，看见范富贵站在西厢房门外的灯影里，杂草一样疯长的胡子和头发覆盖在他的脸上和头上，让我想起在五指山下压了五百年满脸长草的孙猴子，而他嘴角露出的慈和的微笑却清晰可见。

是的，我说，她一定会永生，只要这世界上还有一个人记得她。我听见自己的声音飘出西厢房，在老庙的上空，回声空旷。

影外之影

一

邻家的那扇黑框窗户，每天对着我。只要我往卧室的小窗前一站，它就占据了我全部视野。它嵌在前排邻居家那堵米黄色的后墙上，像一只眼睛。可我通常却只注意到那只眼睛，而忽略掉了那堵后墙。窗是一方普通的窗户，既非那种传统雕花的木格格窗，也非当下流行的大飘窗。它中规中矩，黑纯木宽边窗框，玻璃是透明的，没有贴那种不透明的遮蔽塑料膜。所以，晚上，灯光亮起来的时候，窗户里的一切就会被看得清清楚楚。而在白天，由于室外的光线过于强烈，玻璃就像一堵会反光的墙壁，挡住人的视线，窗户里就什么都看不见了。对对面那扇窗户的关注，是在最近一个月才开始的，之前，我从未关注过它。因某种机缘，或是窗户上出现的某种异象，吸引了我，它突然就闯进了我的视野，以至于一到天黑，我就不由自主地站在卧室的小窗前，窥望它。

其实，并非出现了某种异象，确切地说，是一个影子吸

走向烤鸭店

引了我。

或许是一种幻觉,也或许是一种想象。灯光在天黑下来的时候亮起来,那扇窗,就具有了一种非同寻常的吸引力。我隔着院子里昏暗的暮色,和一个并不遥远的空间距离,窥望窗户上突然出现的影子。不得不说,那是一个令人着迷的影子,在暖黄的灯光里,一个男人穿过房间,走到窗户前,在一张宽大的书桌旁坐下来。他通常会把那盏罩着古黄色灯罩的台灯调得更亮一些,然后从书桌上拿起一本书,开始读。那本书好像就在那里等着他。他和它很熟悉。很快他好像就专注地读起来,影子一动不动地映在窗户上。这让我能够看清楚他的侧面,一个似曾相识的男人的面部轮廓的侧面,山峦起伏的面部中线发出一道古铜色的光。他的身后是一个装满书的房间,应该是一个小书房。我能看清楚那一排褐色的古木书架,还有书架上摆放的高高低低厚薄不均的书。光有些暗,以致我看不太清,或者说干脆看不见那些书的名字。也或许那些书架和书根本就不存在,它们完全是来自我的想象。说实话,我并不能完全清晰地看到那间房子里的陈设。我唯一能看清楚的是那个男人在灯光里的影子,和他身前的那张宽大的木头书桌。书桌上立着一只罩着古黄色灯罩的台灯。台灯在夜晚安静地亮着,从黑框窗户透出来的灯光,照在我家院子里的竹枝和冬青树上,倒落了一层薄薄的暖光。

我努力在记忆的仓库里搜索着与那个影子有关的一些线索。我确定,那个影子坚硬得棱角分明的面部轮廓,和某个人有几分相像。可是我想不起来那个人是谁,我曾在哪里与他相遇过。我们常常惊讶于我们超常的记忆力,但有时候我们也同样惊讶于我们的遗忘能力。它像一把苦刀,在你身后,毫不留痕地删去你的过去,只留下一小部分晕影,晃动在那狭小的记忆窗口。一旦那只小窗在某一刻突然关闭,你就和你的过去彻底成为毫不相干的部分。

我想不起来那个影子与我的关系,但是他的出现,带给我一缕灯光般温暖的希望。他坐在灯光里看书的神态,似乎对我是一种安慰。我常常会望着那个一动不动的影子,在小窗前坐到很晚。他的影子映在窗户上。月亮在他家的屋顶,像是超越了睡眠的一只眼睛,和他一起以这样一种沉静无扰的状态度过夜晚。他和月亮都沉浸在一团深蓝色的书香里。

窗户、台灯、书籍以及我的目光所及的四周的黑暗,因为他的出现而凸起,变成一个异样的存在。

这里,不得不说一下我居住地的地理环境。

我目前居住的小区是这个小城最后一批庭院式住宅区。据说以后不会再修这样的建筑了,除非你到城郊或乡下去买。为了节约地皮,或者说高效利用每一寸土地,小城已建起了很多高楼。如果你从某座高楼的某一扇窗户望另外一扇窗户,那扇窗户一定在另一座高楼上。你需要用望远镜,因为住在一栋单元楼里的人是不能互相瞭望的,甚至是彼此隔绝的,只有坐电梯的时候,见个面,打个招呼,知道这些互无交集的人原来是住在一栋楼里的,平时,谁也看不见谁。而我住的这种小庭院房，在这个城市里，已算是稀有之物，独门独户，还带个小院。小院西面是黑色的铁栅栏大门和围墙，南面是邻家小楼的后墙。我凝望的那扇窗户就洞开在那堵米黄色的后墙上，正对着我居住的卧室。我可以站在我的卧室里，任意扫描那扇窗户里的一切。这是一个合适的角度。有时候，我专注于对面房间里发生的事情，会忘了自己的房间里正在发生的或刚刚发生过的事情。不得不说，这也是一种解脱。

其实，关于那个影子，或者说关于这位近邻，我并不知道太多。我唯一知道的，是他刚搬到这里不久，我几乎没有看见他出过门，也没有看见过他的真面貌。他的到来，带着一种神秘的色彩。他住过来之前，这里住着一对恩爱勤劳的老夫妇。老夫妇每天在院里院外忙碌，把所有能利用的土地都打理成了菜地。冬天他们还在院子里搭一个蔬菜棚子，所以他家一年四季都不用买菜，偶尔还会送几个新鲜的西红柿或青椒给我家。可是，这个春天，老夫妇突然相继去世。老头得了心肺病，去住医院。从医院回来的第二天，就没了。隔了一个月，老婆婆也跟着去了。据说老头离开后，老婆婆就开始绝食，她不想独活，也跟着老头去了。活泼泼的生活，突然就凋敝了。那些菜地里的菜苗子因为没人照顾，一夜间都枯死了。站在他家的栅栏门外，有时候我会觉得茫然，不知道该如何拯救这些无可拯救的生命。

老夫妇的房子很快就被租了出去。夜晚无聊的时候，我会站在小窗前，望窗外苍茫的夜色。在苍茫空寂的夜色里，南墙上的那扇窗户突然亮起了灯光。那灯光刹那间逼退了四周的黑暗。一个温暖的画面清晰地在灯光里浮现出来：一个男人高大的影子，出现在窗户上。他时而坐下来，从桌子上抽出一本书来读。时而合上书，对着面前的台灯发呆。而更多的夜晚，我和他保持了同样的姿态：读书和发呆。我有时候觉得他是我投射到那扇窗户上的影子吧。我完全是被那个影子的姿势所吸引。在这个叫长平的小县城，遇到一个爱读书的人，并不容易。这里绝大多数的人对书籍不感兴趣，他们只对赚钱和享乐感兴趣。拼命赚钱，然后再拼命享乐。但也有一部分平淡而理性的人，他们中间一大半是中老年人，在饱尝了不理性生活的苦头之外，身体出了问题，患了各种大小不等的毛病，然后在医生的再三叮嘱下，被迫放下放纵的生活，开始节制起来。

　　我在这个叫长平的小县城生活了二十年了，我也快变成一个不读书的人了。幸好我搬到了这里，仿佛沉睡的意识被邻家窗户里那缕灯光唤醒，被灯光里的书影唤醒。这时候，我通常也会在小窗前坐下来，随便拿一本书来读。更多的时候，我并不能专心于读书。我的潜意识里一直想着一件事：那个男人会不会发现我在偷窥他？我手里拿着书，心却向着那扇窗户。那灯光像有一种魔力吸引着我。可是，那只是一个影子，他不是真的，我告诉自己。而那个隐藏在潜意识里的自己并不听我的话，她不断地支配着我的思绪，让它游离于我的身体，像一只夜行的流萤，悄悄地向着那扇窗户闪烁。

走向烤鸭店

这样一种心不在焉的时间不知过了多久,我突然发现那个人放下手中的书,在灯光里站起来。他向上伸展了一下胳膊,然后打开窗户,向着窗户外张望。背着灯光,他的五官和表情完全看不清楚。但是他好像正在朝我的小窗望过来。我突然一阵激动。他看见我了,我想。我身边这只罩着蓝色灯罩的台灯发出的寂静的白光,一定将我的影子映到了他的眼睛里。我不知道我的影子投射到他的眼睛里会是一个什么情形,但是我假装在投入地看书,而且下意识地把背挺了挺,下巴略略扬起来。我知道有一个男人隔着夜色在窥视我。我不动声色地把书桌上的那棵兰花往一边推开,以便他能完全看见我的存在。我希望我与那个影子之间能产生某种关系。我被一种想象摄住,感觉那个男人此时会像我一样,望着对面窗户里的女人,产生一种似是而非的联想。当然,他也许并没注意到我,只是随便打开窗户透透气。可是,他并没有立刻把窗户关上,而是一直站在那里站了很久。他一定注意到我了,我想。我忍不住把头从那本哲学书上抬起来。影子站在我的对面。他高大沉静的体态,似乎散发出一种类似月光一样的气息,让我的心脏有一些战栗。我不由自主地也站了起来,学着他的样子,伸手把窗户打开。一股清凉的空气顿然破窗而入。我打了冷战。没有玻璃的遮挡,我想,我和他会彼此看得更真切一点,或者出于对近邻的友好,他会和我举手示意,或者他还会和我打个招呼。但是这一切都没有发生。一个小男孩突然闯入了我的视线。他趴到他的书桌上去了。

他转回身，俯下身子去和小男孩说话。然后，将男孩抱起来，离开窗前，朝房间里灯光的深处走去。我有些失望，关上窗户，重新坐下来，拿起柏拉图的《自由与面包》，心想，人怎么可能有自由。如果真有，那也只能是在想象之中，放飞一下自己禁锢的灵魂。他还会回来吗？我傻傻地看着书，思想却莫名其妙地等待着，望着空荡荡的窗口，一切又恢复到原有的状态。宽大的书桌，罩着古黄色灯罩的台灯，那一摞摞可能被他读过一遍或者几遍也抑或没有完全被他读过的书，都重新变回静物，像一幅静止的油画，框在那扇黑框窗子里。

等了很久，那男人也没有再回来。我不得不收回自己的目光和想象，回到自己的生活里。但我确信，那扇窗户里有另外一种不同于我的生活，像是对我生活的一种反讽，或是对立的部分。

二

我身后的生活一片烦乱。

我的丈夫曾楚喝醉了，此时正七歪八扭地坐在那张黑皮按摩椅上。平时他从来不到按摩椅上去坐。那只按摩椅是他花了两万块钱买回来用来代替人手按摩他那没有时间锻炼的身体的。那是一具肥胖的慵懒的却时时爆发出愤怒的身体。头部肥大，脖颈上溢满了赘肉。全身最突出的部分是腹部，圆鼓鼓的像半个地球。特别是当他躺在床上的时候，那肚子就仰面朝天地高耸着。一座肉山，我过去常常摸着那层坚硬的肚皮，耻笑曾楚，这座肉山堆在世界面前，真让人发愁。面对我的耻笑，曾楚并不在意。他伸出短粗的手指"嘣嘣"地敲着自己紧绷的肚皮，像敲着一只牛皮鼓，说，如果你看着它发愁的话，你最好把眼睛移开，去看不让你发愁的东西。曾楚的声音让人听起来像跌入地狱一般压抑。

　　有一段时间曾楚的颈椎出了问题，上肢发麻，头晕，医生建议他去做中医理疗，他自然是没有时间准点去理疗店的，就花钱买回来这只按摩椅。这只按摩椅体积庞大，放在小楼二层的客厅里，整整占了半个客厅。再加上之前他买的跑步机，几台电视和一些多余的摆件，家里显得十分拥挤。曾楚有疯狂购物的习惯。自从搬到这个小楼以来，他天天买东西回家。二百平方米的小楼，让他生生地住成了五十平方米的狭小空间。而我又无法阻拦他。我无法阻拦他往家里塞东西，就如我无法阻拦他随时可能喷发的欲望。他心理匮乏的凹陷部分似乎越陷越深。按理说，他不该有匮乏的。从他的出身来讲，他比我优渥得多。他的父亲是一名企业经理，母亲是一名小学教师。他从小也没有缺过钱花，没尝过生活的匮乏之苦。他在一帆风顺中度过了自己的前半生。而我出生在一个世代为农的家庭。小时候，家里穷到快要乞讨的地步。但是我却没有严重的物质匮乏症。相反，有时候我觉得这屋子里的东西实在是太多了，堆得满满的。拥挤的屋子常常让我有些喘不过气来。在这一点上，我和曾楚分歧很大。我们常常为此吵架。每次争吵的结果，都是以我的闭嘴告终。曾楚对物质世界有自己的看法。他觉得，只有拥有了足够多的物质，人才能够变得安稳有序，通情达理。物质匮乏会使人变得狭隘计较刻薄。我不同意他的说法。我不认为物质可以决定一个人的品行。而一个人的品行到底取决于什么，这不是一个拥有唯一答案的问题。我不喜欢谈论与道德有关的话题。它让我觉得虚伪而又荒唐。曾楚是一个好战的人，当我闭嘴拒绝和他争论的时候，他会从拉了一半的马桶上站起来，用手指着我的鼻子，恶狠狠地说，总有一天，我会打败你们的，你们这些坏人！我感觉他的心里住满了他所谓的坏人，包括我。可是，我不知道，我如何就变成了一个坏人。他是如何界定好人和坏人的？特别是他喝得半醉的时候，他会把他认为的那些坏人一个不漏地暴骂一顿。狗日的牛胖子，你等着吧。你想提拔你外甥，居然派人偷偷溜进我办公室把选票改了。篡改选票，你还想让我装哑巴。我不是哑巴，我要揭发这个龟孙子。还有坐在我对面那个华大美，看我哪天不把她那张虚伪的人皮给扒下来。还有你！我最恨的人，我这一辈子最想打败的人就是你。你和他们一样是我的敌人。至于曾楚想打败我的原因有很多，他似乎每天都能说出一大堆，但是永远也说不完，旧的原因还在说，新的原因又产生了，一层压着一层，所以他的恼怒和怨恨像四处洒落的豆子，不小心踩上去，就会滑你一个趔趄。

现在他已经烂醉如泥。只有他烂醉如泥的时候，他才会窝到那只按摩椅上。其实，他并不知道自己窝在了哪里。他

走向烤鸭店

只是糊糊涂涂地把自己随便一堆,正好堆进了那只按摩椅里。然后他就在按摩椅里迷迷糊糊地睡着了。也只有他睡着的时候,屋子里才能保持短暂的安静。

已经是午夜,邻家窗户里那古黄色的灯光还在亮着。男人没有再返回来读书。但是以往,他通常会读书到很晚。我已经注意他很久了,他读书的姿态,我都像熟悉曾楚的醉态一样十分熟悉。他的头微微倾斜着,让我隐约看见他的半张脸。在灯光里,像一个模糊不清的梦。偶尔,他会翻动一下书页,他常常会沉醉在一本书里,忘了睡觉。当我意识到自己也在这深夜里自我迷失的时候,我常常发现自己在小窗前一站就是两个多小时。

天好像下起了雨。有一股寒冷的气流不知从何处飘过来。我在等着自己转身,去照看我那醉酒的丈夫。我知道,我每天都要这样艰难地迫使自己转过身,面对身后这一片狼藉的生活。我的丈夫,一个醉鬼,此刻,正睡在那只黑色的深渊一般的按摩椅上。他睡着的样子看上去像一个无助的老人。他的脸像酱牛肉一样黑红黑红的。他的头耷拉下来,好像随时都会从他的肩膀上掉下来,滚落在地上。他的两条胳膊软塌塌地搭在按摩椅的扶手上,两只手像绳子一样无力地垂在那里。他光着的两脚搁在按摩椅的脚踏上,穿着有些发臭的袜子。两只灰麻布拖鞋一只横着一只竖着,像两个灰色的脚印,散落在脚踏前面的红色木地板上。他闭着眼睛,身子窝起来,真像个老人啊。我想。他比我大两岁,今年是整四十岁了吧。他也应该老了。酒精年复一年、日复一日毒害着他的身体，使他的肝脏受损。前几年，他就查出来酒精肝，医生让他少喝点酒。可是他做不到。我知道更多的时候，曾楚并不想饮酒。他不是一个天生的酒鬼。他喝酒，多半出于无奈。曾楚是一个单位的办公室主任，喝酒是他工作的一部分。有时候，他不得不中午接着晚上喝。因为喝酒这件事，我俩已经分室而居很多年了。尽管分室而居，毕竟还在一个屋檐下住着。他的行为随时都会给我造成困扰。特别是他喝得半醉的时候，也是我提心吊胆的时候。我从他开大门的声音，穿过庭院，走进家里，上楼的脚步声里就能听出他是否喝醉了。如果曾楚没有喝酒，他开了大门之后，会再把大门关上。开与关的声音都很平稳，像一个正常人的动作发出的声音。然后开家门，上楼，脚步轻而不乱。但是如果曾楚喝醉了，他开大门的时候就会发出很重的巨响，我甚至能感受那扇黑色铁栅栏门被强力撞击之后在漆黑的夜色里剧烈颤抖的样子。被打开的大门，会在深夜大开着。曾楚东倒西歪迈着醉步穿过大开着的铁栅栏门走进院子，然后高声喊我的名字，一边喊一边走回屋子里，上楼的脚步声地动山摇，仿佛整座楼都被他弄得摇晃起来。

自从当上这个办公室主任，他就经常带着酒气回家，常常会大发酒疯，砸坏家具，用最粗俗的语言骂人。等他骂累了，折腾够了，就把自己堆在地板上或沙发上睡过去。第二天再把昨天的行径重复一遍。当然，如果说曾楚一年三百六十五天都在喝酒，显然不是事实。大部分时间他还是在工作。他工作的主要内容是写材料。这也是最令他头疼的事。他每天不能准点吃饭准点睡觉，时间对于他是颠倒着的。晚上，大家睡觉的时候，他才开始打开电脑，摊开一桌子资料，开始码字。书房里的灯光整夜亮着。到第二天午后一两点，他才起床。早餐和午餐就混到一起来吃。到了晚上，他会大吃一顿。夜间十二点左右他需要加餐。这种饮食习惯，他已经持续了很多年了。他的这种习惯，让我患上了严重的失眠症。他不回家的时候，我会一夜一夜浮着等他回家。他在家的时候，又因为他敲打键盘的声音，让我睡不踏实。还有午夜家里四处开着的灯光，让夜晚失去了应有的安宁。我曾经希望曾楚换一份工作，可这似乎并不可能。他和他的工作缠绕得很深，以至于他一时半会儿很难脱身。

三

对面窗户的灯光突然熄灭了。男人的影子和窗户里的一切都消失了。那扇窗户像一个电脑的桌面，突然黑屏，什么都看不见了。乌黑的木头窗棂映在模糊的月光里，像一个没有内容的形式摆放在时间的墙上。我收回自己的目光，拉上窗帘，重新面对自己的夜晚。那支我断断续续睡了二十年的一米二宽的小床，安静地在等待我的睡眠。我突然有些惊讶，好像是第一次，我明确地想到，我人生的一大半的夜晚是在这样一支小床上度过的，它承载了我无数波澜壮阔的梦想。

而我这不足一百斤的肉体始终是与这支小床缠绵在一起的。我和它的关系，在以后很长一段时间，可能都不能更改。我或许早已经习惯了这样的生活。

在我的小卧室外面，还有一个大卧室。这一大一小是由一扇门连通着的。现在，在这午夜时分，所有人都进入梦乡，我却饶有兴趣地在两个卧室和两支床之间往返走动。我突然发现，这一大一小之间似乎蕴藏了我多年的生活秘密，或许也算不上什么秘密，它只是属于我个人生活空间里隐秘的那部分。但它又不完全是我一个人的，它是属于我和曾楚两个人的。一个卧室的使命一定是由夫妻双方共同完成的，如果我们承认爱情与婚姻能够在一个卧室里长久存在的话。但是，这是一种幻想。曾楚当时装修这座小楼的时候，请了全城最好的设计师，他自己也全身心投入其中，把这座小楼的装修设计视为此生他最重要的一件作品来完成。

这个小楼一共三层。一层是供公公与婆婆住的。曾楚觉得，老人住的地方应该以传统的老中式为主。所以一层的装饰就选了古木红与淡黄色为主。家具门框为古木红色，地板墙壁为淡黄色。花草占了大半个空间。因为婆婆喜欢养花，小楼就变成了她的花圃基地。公公刚刚去世，他的影子还住在这里。每天买菜做饭洗锅倒垃圾的时候，婆婆都会说，要是你在，多好。她说这话的时候，眼睛对着灶台，垃圾桶和屋里的花草，似乎公公就隐身在这些物质里面。她似乎能看见他或听见他讲话。婆婆一个人住在一楼，一楼就显得有些空冷。更多的时候，我们只是在那里吃饭和进出，就像一个通向外部和内部的出口。那个出口坐着一位阅历丰富的老人，她会给你一种安全感。

  小楼的三层是阁楼，里面堆满杂物。穿过的旧衣物，盖过的旧被褥，穿过的旧鞋子，用过的旧家具，都堆在那里。公公活着时，整理三楼的杂物，是他生活中最重要的事情。他会把所有东西归类，男鞋放在一个纸箱里，女鞋放在一个纸箱里。夏天的衣服放在一个纸箱里，冬天的衣服放在另一个纸箱里，那些废弃的折叠床一个个整整齐齐放在靠墙的地方。他整理这些杂物的意义在于，他想要努力地把阁楼整理成一个旧物陈列馆，以便让这些旧物成为那些供奉在相框里的已逝人的生活场景。阁楼的西面有一间低矮的小房间，是我家的祠堂。那些刚死去和早已死去很多年曾经和我们朝夕相处过的人都聚集在那里。有时候，他们让我害怕。他们会让我联想到比死亡更绝望的事情。有时候，我又特别希望走到楼上去，和照片里的人待在一起，即使不说话，那些稠密的往事，也会将昏暗的阁楼照得一片光明。我就在往事里坐着，与他们共同漂浮在梦境一样的过去。有时候，我在楼下睡着的时候，他们会从楼上走下来，来到我梦里，跟我交谈。他们住在楼上，我们住在楼下，这样彼此守望着，很方便。我确信，我们居住的空间是由活人和死人共同组成的。他们居住在这里，和我们一起过着这起起伏伏的日子。后来，公公也住进了阁楼，和他的父母在一起，住在他亲手打造的旧物陈列馆。我想，有一天，我们都会住进阁楼的相框里，成为一种纪念。这样想，难免会有一些悲凉，但总觉得未来和过去一样都是一个遥远的幻影，最要紧的是眼下的生活，而眼下的生活也在不断成为幻影。

　　我和曾楚生活的主场是在二楼。为了留住我们心目中的生活原型，曾楚把二楼装修得更原始更单纯。我曾经非常喜欢这里黑白灰色调的设计，它更接近我对生活的理解。特别是卧室和书房的设计，完全符合了我心里的审美标准。乳白色的窗帘，黑纯木书架，白木衣柜，湖绿色的墙布，浅灰色木纹地板。大卧和小卧相连，是母子间。曾楚当时的设计思想，是让儿子住里间小床，我和他睡外间大床。等儿子长大了，让他睡书房。我们把里间的小床撤走，做成一个衣帽间。曾楚那时还没有这么胖，全身散发着生机勃勃的气息，呼之欲出的欲望，在他乌黑的眼珠里，性感的嘴唇上和强壮有力的肌肉里荡漾着。那天，他刚和我做完爱，背靠背躺在外间的大床上。他那汗津津热腾腾的身体让我感到无比安全。他说，将来儿子大了，我就把里屋做成衣帽间，做上一排精致的柜子，把你穿过的衣服，戴过的帽子整整齐齐地陈列在里面。等我们老了，它们会让我们想起现在此刻。如果有一天你先于我走了，看见那些衣帽，我就会觉得你一直还在这里。还有这支大床，等我们做不动了，这支床说不定还会带给我们一些冲动。也许等不到那一天，床就被你折腾坏了。我说。曾楚大笑起来。他说，不会的，这支床是纯红木做的，一定会比我俩在得更长久。那就让床来做个见证吧！我说。

　　现在，儿子大了，已经搬到别的房间里去住，可是里间并没有改成衣帽间。很多时候，生活是在我们的设想里美好着的。曾楚早已失去了改造它的兴趣，他甚至连这个卧室都不想进来。大部分的夜晚，曾楚就睡在书房里。这样的生活不知不觉已经过了很多年，似乎并没有发生任何严重的事情，也没有相互做出过某种协定，一切都好像自然而然就这样分离着，隔阂着。由最初的两个人变成此前的一个人，又由此前的一个人变成此后的两个人。那热火朝天的日子在不知不觉中冷却下来。我们还在早出晚归地忙着生活和工作。曾楚依然喝酒写材料组织各种大小的会议，他的时间琐碎而忙碌。我在一个中学当老师。除了上课，更多的时间，我陷在业余写作之中。而我的写作也不是严格意义上的写作，从某种意义上来讲，它只是一种假托，是所有精神生活的假托。我和曾楚已经变成另外两个人。我们生活的图景完全像文学作品里所经常描述的那样：两个熟悉的陌生人，住在同一座房子里的两个不同的房间里。我俩唯一的交集是发生在关于孩子的教育问题上。就是在这一点上，我们也不是完全一致的。曾楚觉得应该让儿子从零开始，不要给他太多来自父母的幻想。而我认为，父母必须要给孩子打一点生活的基础，让他在起跑线上就比别人高一点。为此，我俩争吵不休。最后，曾楚完全放弃了他的努力。他觉得我的固执己见，已经压迫到了他的正常思维，甚至阻碍了他和儿子的正常父子关系。

他觉得我正在把儿子引向一条危险的道路。

每次争吵之后,我都会有一小段极其虚弱的时光。然后因为察觉到生活还要在这样的形态下继续很久,我就不得不放下对曾楚的敌视与冷漠,不断提醒自己,要对曾楚好一点。

现在,我必须把曾楚安顿好,才能上床睡觉。我担心,他会在我睡着的时候,从按摩椅上跌下来。如果面部朝下,口鼻闷在地上,呼吸就会被窒息,等我一觉醒来,曾楚就会变成一个事故。这种情况,决不能因为我的疏忽大意而发生。我从大床上拖了一条毛毯,走到客厅去。我先把按摩椅的开关打开,慢慢地把曾楚靠着的椅背放平,然后关掉开关,将毛毯盖在曾楚身上。做完这些,我关掉客厅的灯,回到卧室里。躺在那只小床上。我被想象中的一团灯光温暖着,我希望睡前不要再想到曾楚,因为一想到他,我就会失眠。失眠会让人进入一个完全清醒的颠倒世界,左边也是右边,影子也会变成实体。

四

我家院子里的那三棵竹树已经长了很高。早晨,竹树的影子就斜落在那扇窗户上。若有微风吹过,竹树的影子就在黑色的窗户上摇曳,

我起床后的第一件事是拉开卧室的窗帘,打开小窗,让清新的空气透进来。那扇映满晨曦的黑框窗户就更加清晰地映入了我的眼帘。白日的强光遮盖了窗户里的一切,只留下

走向烤鸭店

一个黑框和框内反光的玻璃。窗户所有动的人和不动的物体都像沉没在湖底的鱼和水草。站在岸边的人,只能看见一片不动的湖面。竹树摇动起来的时候,玻璃上映出竹枝疏朗的影子,曦光在玻璃窗的反光里跃动起来,像有一群金色的小蝴蝶落在窗面上。

这时我会凝望着那扇窗户上的晨曦与竹影,想象一下窗户里那一家人早晨的生活情形:那些书和那一排古褐色书架沉默着,做着主人的背景。男人会起得很早,然后在房间里走动。他的房间一定格外整洁,起床后他会迅速地整理好自己的床铺。或许他曾经是个军人,他会把自己的被子叠得方方正正,像我们在大学军训时教官教给我们的那种叠法,干净利落的两层。整理好床铺,他会到卫生间洗漱。他的卫生间一定散发着玫瑰花的芳香。他的刷牙杯和他妻子的刷牙杯整齐地放在一起。他一定有一口洁白的牙齿,早晚他都会认真地一丝不苟地刷牙。在刷牙这件事上,他绝不会像曾楚那样马虎。有时候喝了酒,或太累了,曾楚就不刷牙不洗澡,倒头就睡。曾楚的卫生习惯很不好。结婚以后,我曾努力地纠正过他,可他却模仿毛泽东的湖南口音对我说,老虎不刷牙,照样吃肉嘛!说完自己大笑。曾楚没有觉得不刷牙有什么不好,直到前不久,他突然牙疼发作,一半脸肿得像萝卜,他才开始待在卫生间不出来,把那一口被烟熏得黑黄黑黄的烟油牙,刷了一遍又一遍。再刷也不行,牙还是疼得不能睡觉不能吃饭,不得不去牙科看医生。医生说,牙龈坏了,建议他去化验血压与血糖。曾楚拿着化验单回来对我说,我们家族的人牙齿都不好,我爸爸血糖也有点高,我妈妈高血压已经三十多年了。我的高血糖高血压纯属遗传。我看着曾楚,他背靠着床头的木板,背后摞着三个枕头。他每天都必须枕三个枕头才能睡觉。他的睡姿几乎一直是半躺着。他觉得这样睡得更香。当我发现,曾楚异于常人的时候,我就逐渐在改变自己作为一个常人的心态。我努力用非正常的思维去理解他。

　　曾楚的牙龈坏了,他把原因归咎到他的家族遗传。我看着他,一句话没说,只是笑笑。因为我告诉他,不完全是这样,他也不会接受,就像一颗顽石,你磕不动它,反过来它还会把你磕伤。当我一次次想要说服曾楚改变他的生活习惯,而最终徒劳无益的时候,我就学会了闭嘴。学会了在曾楚乱发脾气的时候,我把自己拉到一个听不见他声音的房间里,关起门,把他的声音关在门外。而自己可以望着对面那扇窗户上的竹影和灯光,让自己一点点静下来,进入另外一个虚构的时空。当我不再强求曾楚改变的时候,我反而就变得轻松起来。

　　现在那个男人可能已经洗漱完毕,清清爽爽地下到楼下,和他的妻子孩子一起共进早餐。我想象着他们的早餐桌上摆着清淡可口的米粥,煮南瓜和烤红薯,还有牛奶、面包,水果。然后,他们一边吃着早餐,一边说着夜晚的梦,或讲到自己对时事的一些小心得或小看法,谈到开心处,他们会相视而笑。他们也会有一些小烦恼和小悲伤,他们会互相安慰,彼此鼓励。那个男人绝不会像曾楚这样动不动就大发雷霆。还有,他的妻子也一定温柔贤惠,他们有一个可爱的孩子。吃完早餐,他们会一起去送孩子上学。他们的孩子在一个充满尊重和关爱的家庭成长,没有争吵,安全快乐。哦,这难道不是我梦寐以求的生活图景吗?它和我拥有的生活是如此的不同,以至于我完全沉浸在这样一种想象之中。其实,我并不真正知道,那扇窗户里的生活是个什么样子,或许并无真实可言。

在这种臆想的生活图景的指引下,我起床,整理好床铺,打开健步走的音乐,在跑步机上锻炼了半个小时。锻炼完之后,开始梳洗。这一天的步骤,通常都是我一个人来完成的。曾楚的早晨一般是从下午开始的。他是夜行人。白天他要睡觉,一到夜晚,他就异常地活跃。所以他的工作和生活的很多事情都安排在下午和晚上进行。他把通宵写好的材料,发给他的下属去校对、排版、打印。他就在家安心睡觉。但有时候,遇到特殊会议或领导视察之类的活动,他就得通宵达旦地工作,这样严重损害着他的身体。而令我心生敬意的是,曾楚对这样一种昼夜颠倒的工作状态从不厌倦,也没有说过想要放弃之类的话。这让我惊讶于他的忠于职守。这样,每天的上半天,曾楚是不在场的。

婆婆喊我下楼吃饭。餐桌上放着一盘昨天的剩菜和几块烤焦的山药。小米粥在锅里。婆婆是个节约的人,剩饭剩菜她从不舍得倒掉。可是我最不喜欢吃剩饭剩菜。听见我下楼的声音，婆婆从卧室出来。她知道我不爱吃剩菜，就从冰箱里拿出一个萝卜，说要给我炒新菜。我说，不用了。当然，我肯定面色冷漠，对这样的早餐我早就不止一次地提出过抗议。公公在世的时候，我就提出要改变我们的早餐结构。可是，老人过惯了节省的日子，他们觉得早饭，不需要太过奢侈，吃点米粥就足够了。为此，我和曾楚曾经搬到单元楼住了一段时间。但是公公去世后，我们不得不搬回来，和婆婆一起住。按说，准备早餐的事应该由我和曾楚共同来完成。可是曾楚显然是不会早起的。我搬过来之后，做过两次早餐，牛奶、面包、燕麦粥和水果。婆婆吃不惯。在这一点上，我们产生了分歧。为了不让婆婆为难，我每天起来，假装在楼上跑步，等她叫我的时候，我才下楼吃她准备好的旧式早餐。

　　早餐不能带给我满足感。我从小楼里走出来，去呼吸室外的新鲜空气。我站在小院的竹树下，大口地呼吸。一对彩色的山鸡落在那块还没有翻耕过的菜池里。它们大摇大摆，旁若无人地在菜池里溜达。刚过了农历三月三，春神正式入住了小院。竹树对面的玉兰花开得如痴如醉，像无数只洁白的蝴蝶落在枝头。小院南面是前邻居家的后墙，后墙根开着一溜紫蓝色的鸢尾花。半墙上的那扇窗户，就是我每日凝望的那扇窗户，此刻，就在我的头顶，像一只沉默的嘴巴，大张着，却说不出一句话。小院东面是一堵爬满爬山虎的矮墙，绿莹莹的，让人看着心里就生出春意，墙根长着一棵硕大的冬青树。冬青树的两侧,一边是一棵樱桃树,一边是一棵桂花树。樱桃树每年都开花结果。结出来的樱桃总是不等成熟,就让人摘光了。桂花树却是从未开过花。它曾经死过一次,树叶都干枯了。可婆婆说,树没死。她用骨节突出的手指掐了一下桂花树的树干,说,这树还有救。等到了第二年春天,桂花树突然就长出了绿叶子,之后满树都变绿了。一棵桂花树重生了,这不能不让我们感到意外的惊喜。小院的西面是黑色铁栅栏大门和围栏,是向外界敞开的。路过的人透过栅栏完全可以看到院子里的一切。栅栏外面是小区管委会种植的高大的塔松。这是一个让我足不出户就能看见四季的小院。此刻,我站在小院中央,听着风吹树叶发出的沙沙声,呼吸着新鲜的空气,沐浴着温润的晨光,脑子里就没有了胡思乱想,也没有了怨恨恼怒。我们不能让一些坏东西裹住,脱不出心。我们必须从那些你无法改变的坏生活里,找到一个好的有光透过的缝隙,然后,让自己有那么一小会儿停在那条缝隙里。

  这时,一个女人带着一个小男孩从院门口走过去。小男孩背着书包,拉着女人的手。他看上去大约七八岁的样子,而女人的年龄大约和我差不多。他们同时扭过脸朝我家院子里张望。我看见那孩子穿一身天蓝色的运动衣,小脸鲜明白净。他的身体和脑袋,不断地向我这边倾斜,以至于女人费力地端正着他。女人看上去很精致,短发修剪得整齐利索。身上的衣服不是十分艳丽,但很讲究,乳白色的短装外套,里面好像衬着一件豆青色的旗袍。他们走得很快，像影子一样一晃就消失在塔松的后面。但很快，小男孩又跑了回来，他站在我家小院的铁栅栏门外，两只小手扒在镂空的铁门上，隔着栅栏门，使劲地往院子里张望。那对乌黑明亮的小眼睛，怯生生地望着我。我迎着他的眼神走过去，打开铁栅栏门。我开门时格外小心，生怕一不小心碰着他，或闪倒他。他那么小，以至我站在他身边时，他要使劲仰起头来看我。我赶忙弯下腰，用手摸着他柔软乌黑的头发，想和他说话。但没等我开口，他突然对着我叫了声，妈妈！

哦，我心里一惊，转而笑着用手心捧住他那张新鲜、粉嫩、生动的小脸。一张天使一般可爱的小脸，让我的心口生出一丝柔软的感动。妈妈！孩子的黑眼珠紧紧地盯着我，又叫了一声。他的眼睛里充满了渴望，鲜红的小嘴半张着，像一朵半开的梅花。一时间，一种源自母性的爱怜之情在胸口涌动起来。我从喉咙里发出一个含糊不清的"哦"音。这是谁家的孩子？我正寻思着，刚过去的那个女人就一溜小跑回来，她满脸歉意地说，对不起，打扰你了。这孩子刚睡醒，还迷糊着呢。说着，拉起小男孩就走。小男孩不断地回头看着我，嘴里叫着，妈妈！

他俩的背影很快消失在小区的拐弯处，我突然想起来那个小男孩是我在邻家窗户里看见过的那个小男孩。好几次，我看见他跑进窗户的灯光里，男人放下手中的书，站起来，走过去，又迎着孩子蹲下身来，和孩子说话，或抱起孩子，走出我的视线。他温柔得像个女人。一个仁慈的父亲，看到这一幕，我总是心生赞叹。

这让我禁不住想起小鹿。想起小鹿，我的内心就焦虑起来。小鹿是我的儿子，现在正在外地读高中。他和曾楚的关系一直不好。我一直希望他俩能像所有正常的父子一样说话和相处。可是曾楚和小鹿说话的口气常常带着一种否定性的责怪。你这个孩子啊，我就知道你会把事情搞砸的……每次他用这种语气开口说话，小鹿挂掉他的电话。如果是面对面，小鹿就毫不客气地回敬他，你凭什么来教训我？你连人话都不会说，还来教育我？接下来，如果我不加以制止，一场父子战争就会爆发。曾楚觉得小鹿顶撞他，不听他话，原因都在我这儿，是我把小鹿引向了和他对抗的路上。我试图为自己辩解，小鹿是个大人了，他有自己的思想和判断，但是辩解的结果无非是一场争吵。曾楚并不认为小鹿有自己的判断。他坚定地认为，是我把孩子的思想带偏了。他和小鹿的关系日渐恶化，我感到无能为力。

我常常会梦着曾楚喝醉了，把猩红的烟头砸在儿子的脑门上。深夜正在熟睡的儿子受到突如其来的惊吓，尖叫着从床上爬起来。烟头从他的脑门上跌落下来。我冲过去，将儿子抱在怀里。梦醒后，我的心慌慌乱跳。这样的梦我反复地做，直到儿子上了高中，离开了家，我才不再做这样的梦。但我仍然隐隐担忧着将来，小鹿总要回家来的，这样的事还是会发生。曾楚还会继续喝酒，还会继续发酒疯，而小鹿不会像我这样忍着他。如果他的父亲冲撞到他的心理底线,不知会发生什么事呢。

　　刚刚走过的那个女人和小孩一定是那个男人的妻子和儿子,我想,他们完全符合我的想象。多么可爱的温顺的孩子,简直像一个小天使。他的眼神将我的心勾得发慌,我甚至产生了想把他抱在怀里的冲动。还有那女人虽然并不算年轻美貌,但看上去多么有教养,衣着淡雅古典,一定是那个男人喜欢的。一个爱读书的男人,他的妻子一定也是一本可读的书。可是,那个男人并没有出门。我想象他应该开车送他的妻子儿子上班或上学。可是女人带着孩子走路去上学,或许学校就在附近也有可能。这不是一个问题。

　　我依然站在竹树下,看对面的塔松,潜意识里在期待那个男人也从我家院门口走过,让我看清楚灯光里的那个影子在灯光之外的样子。好奇心让我在那里等了很久,也没有见到一个人影。他的妻子送走孩子也没有再返回来。这个小区只有一个出口,前面的住户要走出小区,必须要经过我家门口。可是我并没有看见那个男人从这里经过。这座和我家比邻而居的小楼呈现出一种异乎寻常的安静。除了能在晚上看见男人在那扇窗户的灯光里看书,其他的时间,我没有听见他家有任何响动。那个男人,好像从未走出过小楼一步。难道他一直把自己关在小楼里吗?难道他家还有另外的出口,或者暗道?或许是我起迟了,他早早就出去工作了?这样想似乎更符合常理。但是他每天都会在六点之前出门吗?因为我每天六点起来锻炼，并未看见过他。

　　总之，一个人不可能完全知道另外一个人的生活。但是一个人可以完全想象另外一种生活。我多余的想象力，无处发挥，就去设想那个男人的世界。我甚至给他取了个名字叫三木。想出这个名字的时候，我愣了一下，我不知道这个名字是从哪里冒出来的，好像突然之间，它就跃进了我的脑海里。我望着院子里那三棵竹树，它们就长在那扇窗户底下。我想，我是因为这三棵竹树，为那个影子取名叫三木的吗？好像还有另外的某种缘由，可我一时半会也想不起来，那缘由来自哪里。至于他真的叫什么，我并不知道。我姑且叫他三木吧。

　　现在，我可以充分地想象一下三木。他可以存在，也可以不存在。他可以看见我，也可以看不见我。他可以看见我当没有看见我。而我的世界此刻已长满了眼睛。他在我的每只眼睛里坐着，或走着，或托着下巴沉思，或昂起明亮的额头远眺。他朴素深沉的样子，让我如同看见了神。在我的晨昏之眼里，他像无处不在的影子。是的，他就是一个影子。但我确信，这个影子已经不知不觉地影响到我的生活。

五

　　曾楚彻底醒来，已经是下午五点。我已从学校回到家里。过了春分，天越来越长了。我回到家的时候，太阳正从西面的窗户上照到书房里来。曾楚就半坐在那柱夕光里。他拿着手机在两只眼睛前晃来晃去。我推开门进去的时候,他还在晃手机。我说,天快黑了,你不用起床了,接着睡吧。我的声音不可能友好,面对曾楚这样一副半死不活的样子,我感到一种无能为力的绝望。他说,飞蝇!我环顾四周,没有看见一只飞蝇。我说,你眼睛有毛病吧?他说,对,我眼里有一群飞蝇。眼里怎么会有飞蝇?你睡昏了头,产生幻觉了吧?他说,不是幻觉,的确有一群飞蝇。我瞅了他一眼,转身出了书房。无论是酒醉酒醒,曾楚已经无法让我产生希望。他的存在对于我等于不存在。而同样我对于他,也是一个可有可无的存在。

  曾楚说他眼里有飞蝇,我当时并没在意。我从他的房间里退出来,穿过客厅,回到卧室,把蓝色的风衣外套脱下来,挂在大卧室的古铜色衣架上,然后给自己沏了一杯茶,端着走进小卧室,在窗户前的写字台前面坐下来,一边喝茶,一边望对面的窗户。窗户依然关闭着,什么也看不见。傍晚的夕光正在往下移动,竹枝安静地扶着那一片晚霞轻轻地摇动。黑色的木质窗棂泛出金属般的光泽。不到天黑,窗户里的那盏古黄色的台灯是不会亮的,那个我为他取名叫三木的男人隐藏在那扇漆黑的窗户里。他一定不知道他家的窗外有一抹夕光正在滑过,有三棵竹子正在夕光中摇动,对面的窗户里坐着一位漫不经心的女人,在慢慢地品着一种当地产的桑叶茶,等着天黑。

  天色一层层暗下来,很快,小院里的一切就变得模糊起来。黑色的窗棂、轻摇的竹枝都隐没在一片朦胧的暮色当中。那盏灯突然亮了起来，比以往亮得要早一点。一阵莫名的冲动，我站起来，以便能看清楚对面窗户里的一切。

三木，或许那个男人不叫三木，他肯定不叫三木。自从我为他取名叫三木以来，他好像和我发生了某种关联。他像往常一样出现在窗户前，在那张宽大的书桌旁坐下来，抽出一本书。他的脸的侧影在灯光下像一幅生动的剪影，浓密的黑头发，静穆专注的神态，让那扇窗户突然间涌满了春色。

我没有开灯。我站在黑暗里看他。他完全不会知道在他对面窗户里有一双眼睛，在窥测着他，而且给他取了一个和他毫不相关的名字。有时候，我看着他，觉得其实，他只是一个陌生人。也许只有陌生人，你才能赋予他一种完美无缺的想象，并让他在想象的世界里活着。一旦他成为一个真实存在的完全熟悉的人，我就无法再对他产生幻想。就像曾楚，他实实在在地横陈在你无处不在的生活里，他的一切都昭然若揭，毫无保留也无法保留地暴露在日日相处的日月里，彼此面对的不是你和我，而是你就是我，我就是你。所以，我一直以为夫妻是一个人，你有时候会像厌倦自己一样厌倦他，会像挑剔自己一样挑剔他，也像对抗自己一样对抗他。不只是我和曾楚在不知不觉的岁月流逝中越走越远，我和自己也在日深月积中日渐疏离。此刻，我站在这里，我想，那扇窗户或许并不存在，灯光也不存在，灯光里那个叫三木的男人也不存在。它们都是我为自己虚设的另一番生活的影子。当我将那方鹅黄色的窗帘轻轻拉住,一切就消失不见了。我想,我并非迷恋对面窗户的灯光及灯光里的人影,我不过是迷恋自己的幻想罢了。我努力关掉自己心里那扇幻想之窗,回到完全如一的现实当中。

打开台灯和电脑,我坐下来,开始做课件。曾楚进来,靠在小卧室的原木色门框上。他说,我的眼里有一群飞蝇。我没有回头,继续做着课件,说,你刚才说过了,我知道你眼睛里有一群飞蝇。我以为他是在逗我,可是接下来,我听见曾楚的声音高了一个八度,你还是不是我老婆?我惊讶地从电脑上抬起头来,回望着曾楚。他很久没有质问过我这个问题了。我还是不是他老婆?我看着曾楚那张潮红的略显老态的脸,他不断眨巴左眼,两鬓的白发显得有点刺眼,好像那白发不是一根根长出来的,而是突然之间就冒出来两撮。我似乎已经想不起来曾楚年轻时的样子,好像我认识的他就是这个样子。可事实上,我们认识得很早,一起经历过少年时代和青年时代。二十年,好像也不算太久,但那些过去都已经变得遥远而模糊。或者,我完全不愿意去回想那些往事,纵然当时感觉十分美好,而现在面对这样一种疏离而彼此怨恨的关系,也毫无回想的兴趣。

你究竟怎么了,要莫名地大呼小叫?我不耐烦地斜眼瞅着曾楚。

我跟你说了,我眼睛里有一群飞蝇。曾楚的声音突然又降了八度。这忽高忽低的情绪真叫人受不了。

但是我突然从曾楚的语气里意识到一种异样的状况。他表现出一种不安与恐惧，这是我和曾楚结婚以来，第一次我在他脸上看到的表情。他不停地拿手机在眼睛前面晃动，似乎要赶走飞进眼睛里的那群飞蝇。

什么情况？飞蝇怎么会进到你的眼睛里？我开始停住自己的手指，专注于飞蝇这个问题。

我也不知道，眼睛里有一群小黑点，像飞蝇。

明天到医院检查一下看看？我看了看窗外正在落下来的夜色，对曾楚说出唯一可以解决的办法。

曾楚说，我刚才百度了一下，这种情况，有可能是眼底出血。那些黑点是血点在眼睛里滑动。

哦，有那么严重？我将信将疑地从坐姿变为站姿。我坐不住了，当事情突袭而来，我才意识到，和我面对面站着的这个中年男人，依旧是我的丈夫。在他身上发生的任何一点微小的或重大的变化，都可能引起这个家庭的地震。我无法漠视他的存在。虽然一切如常的时候，我可以随心所欲，想入非非。但一旦生活发生异常，我就完全被定格在自己这间狭小的屋间里，面对现实婚姻关系中的我们。

还真有点严重。曾楚说着，坐到床边上。我走过来，用手指掰开他的左眼皮，使劲看了半天，发现他的左眼眼白的确有一些发红，但是并未看见飞蝇之类的小黑点。曾楚说，你又不是机器，能看见？我说，什么也看不见。明天去医院，让医生看吧。

那天晚上,曾楚提出要和我睡一张床。我有些为难和不适应。曾楚说,你是我老婆,总得多少尽点老婆的本分吧?我没有搭理他,在外间的大床上铺开两条被子。但是,曾楚要抽烟,他需要烟灰缸,打火机和烟盒之类的东西都放到床头柜上。他习惯半躺在床上抽烟,看手机,或看书。很快卧室里就充满了烟味。那晚,我并没有表现出任何反感的表情。对于男人抽烟这件事,我有时候会生出两种截然不同的心理。比如我不反感曾楚的时候,我会觉得他抽烟的姿势很酷,有点真男人的样子。他鼻孔里散出来的青烟带着男人的气息,在房间里缭绕,有一种别样的温馨之感。一支烟夹在他的手指间,偶尔抽一口,那种漫不经心又居高临下的姿态,让一个平庸的男人突然变得磅礴起来。我有时候很喜欢男人抽烟的这种姿态,喜欢他们抽着一支烟沉入思考的状态,像有一种伟大而深沉的思想在青烟上浮现。我特别希望睡在我身边的这个男人是一个思想高级的人,我们能够在超越俗世的高处对话和相处。因为我坚信这世间有一种完美的两性关系,它是存在的,只是我们没有用心把它建立起来,或者因为其他的因素破坏了它,就像我和曾楚,起初并非这个样子。在刚结婚的几年里,我们的关系都沿着我们想象的轨道往前延伸着。后来,突然那条轨道就消失在生活的丛林之中。好像什么也没有发生,我们就分居两室,就像两条河,在一处汇合,又在一处分流,那么自然的分合,完全是因了某种自然的地势,并非人为所致。

曾楚抽着烟，他没有说话，精神有些颓丧，眼睛睁开，闭上，闭上，又睁开，好像在努力驱赶那群飞蝇。我为他倒了杯茶水，放在床头，让他不要太焦虑，要真的出了什么问题，现在医疗条件这么好，也会有办法的。曾楚说，我怕成了瞎子，连累了你！我笑了，说，那你就努力不要成为瞎子。曾楚说，可是，我已经不能向你保证，我可以做到这一点了。他的声音里有一种无助感。我的心软了一下，安慰他睡觉。

那一夜曾楚睡得很安生。我也没有再惦记对面窗户里的灯光。在现实生活的重压之下，那些似是而非的幻想，会如青烟散开。我听着曾楚忽粗忽重的鼾声，打开手机，百度眼里出现飞蝇的症状及病因。度娘说，眼里出现飞蝇，有各种可能。最常见的是高血压或高血糖引起的眼底出血和视网膜病变，也是糖尿病引起的并发症。我对高血压和高血糖这样的病理学名称并不陌生。婆婆患了三十多年的高血压，天天吃降压药。血压高起来，面色潮红，心慌头晕。可也从来没有出现过飞蝇这样的眼疾。至于高血糖，曾楚不久前就发现了，可是他并没有重视，继续抽烟喝酒，熬夜，不运动，以至于出现了这样的问题。

放下手机，我怎么也睡不着。曾楚那节奏不均匀的鼾声，让我陷入一种嘈杂的旋涡。我不得不打开药瓶，取出一粒安眠药，就水喝下，然后在药力的作用下，进入似睡非睡的状态。

六

　　从医院回来的路上,我在想,病,是一个因,还是一个果?是一个常态,还是一个变态?是疾病主宰着我们?还是我们自造了疾病?它是我们的朋友,还是我们敌人?人类无法揭示它的真相,正如我们无法揭示时间和死亡的真相。此刻,车窗外飘动的云朵似乎包含着一个巨大的阴谋。暮春的小城显出一种与季节相悖的沧桑感。

　　曾楚闭着眼睛靠在副驾驶的靠背上。他的脸色比来时更加抑郁和死灰。一种大难临头的惶恐在车厢里迷漫。医生说,曾楚眼里的飞蝇是高血糖引起的眼底出血,情况已经很严重了,需要马上住院手术。这个消息比我和曾楚想象的要糟糕得多。曾楚望着医生,近似哀求地问,能不能不做手术?他平时的锐气减了一大半。没有别的更好的办法。医生说。要是不做手术呢?我的眼睛会瞎吗?曾楚的情绪突然激动起来,他两眼瞪得很大,血红的眼眶一瞬间盈满了血色。医生愣住了,盯着曾楚看了一会,然后笑着说,有这个可能。

　　医生的话像一团浓黑的包含着雷电的乌云,笼罩着我和曾楚。车窗外,大雾还没散开。我开着车拉着曾楚正在穿越浓厚的迷雾。曾楚一声不吭地闭着眼睛,他的样子让人看着绝望而压抑。为了安慰他,我说,县医院经常出现误诊的事。我想,我们应该去北京同仁医院去看一看。听说同仁医院是中国最好的眼科医院。曾楚没有回应,我的话他好像没听见。

我回头看他时，发现他居然在绝望中睡着了。

　　我决定带曾楚去北京看病。做出这个决定时，我心里为自己鼓起掌来。在这种形同虚设的婚姻关系中，我早就以为我不再对曾楚所遇到任何意外负有不可推卸的责任。因为在整个生活里，我不止一次地提醒过他，戒烟戒酒戒熬夜，不止一次提醒过他，过自律的节制的生活。几乎是每天，我都可能跟他说上十次之多。看着曾楚窝在床上，赤裸着身体，不是大睡不醒，就是吞云吐雾抽着烟看手机，抑或喝得酩酊大醉，拖着自己沉重的身体回家，像一堆烂泥堆在我面前，我就有一种可怕的预感：总会有一天，曾楚的身体会出毛病的。这样一种非常态的甚至是极度放纵的生活，必然会带来一个极度病态的结果。然而，一旦这样的结果不可避免地发生了，这对我，无疑是一种耻辱。因为在所有人的眼里，夫妻是雌雄同株的一棵树，一方出了问题，意味着作为配偶的另一方，必然要成为这个结果产生的原因的一部分。我会成为曾楚得病的原因的一部分被全城的人耻笑，甚至诟病。包括曾楚的亲戚朋友，都会把所有的罪过架在我的身上。为了避免这个结果的发生，我不厌其烦地和曾楚摆事实讲道理，每天早晨我会给他发一篇关于养生的文章，试图唤起他对自己身体的警觉。可是，曾楚不仅听不进我说的话，反而会因为我对他的苛求，而越发反感。有时候，他会突然把手里抽了半截的香烟，狠狠地扔到积满烟头的烟灰缸里，把手机砸向对面的墙壁，然后将自己愤怒的身体背对着我。等我无奈地离开之后，他又下床捡回手机，继续抽着烟看网络小说。我给他发的文章，他也从来没看过，他还警告我，以后再发那些从网上下载的养生文章给他，他就拉黑我。他认为那些养生文章都是胡说八道。他没有试图改变这种状态的主观觉醒。这让我陷入深深的绝望之中。我也因此无法避免今天这样一个结果的发生。我曾想，一旦曾楚的身体出了问题，我会让他自己去承担这个他自己一意孤行造成的结果，我会袖手旁观，让曾楚在病痛中后悔，让他陷入当初不听我劝告的懊悔当中。可是，我没有想到，这么快我的预感就像一块陨石突然从天空坠落，砸在了曾楚那毫无知觉的脑袋上。不仅他被砸蒙了，我也被砸了个措手不及。当事情来临的时候，我完全没有了预想的那种袖手旁观的轻松感，更来不及去责怪曾楚，心里只有一个念头，带他到全国最好的医院去看病。

回到家，我立刻拿起手机，拨通了老同学童爱爱的电话，问她能不能借用一下她的就医绿色通道。童爱爱是我和曾楚的高中同学。人咋咋呼呼的，高中毕业没考上大学，四处流浪打工。后来独自北漂，利用在京老乡的关系，弄了个什么童爱爱医疗代问诊服务机构。就是老乡们去北京看病，不需要自己去排队拿号，也不需要为找不到专家发愁，她可以通过她的就诊绿色通道，也就是通过关系，直接和医生取得联系，临时加号就诊，主要是挣老乡的钱。这样省去了老乡们到北京看病等很多天甚至一个月排不上号的麻烦。

童爱爱在电话里问我，谁病了？我说，曾楚。童爱爱问：

怎么了？我犹豫了一下，说，眼底出血。童爱爱那咋呼劲又起来了，啊啊，你这老婆怎么当的啊？我就知道你不会当老婆。你虽然是一个优秀的人民教师，但你从来不是个合格的妻子。曾楚眼底出血，不是高血压引起的，就是高血糖引起的。男人到了这个年龄最容易得这两种病。连自己的丈夫都照顾不好，你让我怎么说你呢。童爱爱一阵数落，如此准确无误地印证了我当初的预判，人们会毫不留情、毫不客气地把丈夫得病的原因嫁接到他妻子身上。我必须而且逃无可逃地要接受这种指责。面对这种指责，我感到的不是恼怒，而是一种无名的寒冷。记得曾楚查出糖尿病时，曾楚告诉我，不要跟人说他得了糖尿病。他说，他不想让他的朋友们知道，他是一个病人。为了不让人看出他患了高血糖和高血压，他一如既往地陪领导喝酒，继续熬夜写东西，继续和他的朋友们吃烧烤，大鱼大肉地胡吃海喝。很多次，因为我当着他朋友的面，阻止他喝酒吃肉，他回家大发雷霆，说我丢了他的面子，还说，我这样做，就是侧面告诉别人，他是一个病人。为了证明自己不是一个病人，他比没生病之前，更加努力工作，陪领导喝酒一点都不含糊，通宵熬夜写材料，抽烟比之前抽得更厉害了。看着他这种死要面子活受罪的样子，我从开始的愤怒到渐渐地无力再到漠然与无视。我虽然不止一次地想到过，曾楚这样做的后果必将殃及这个家。而这个家，除了我和曾楚，就是一个七十五岁的老人和一个在读高中的孩子。这个后果，说到底，是必须要我来承担的。我为此常常在深夜里被噩梦惊醒，想着这毫无胜算的未来，我就感到一阵阵心虚的恐惧。我不知道，曾楚要把这个家，要把我和我的孩子带向何方？

童爱爱发现我在电话里沉默不语，她在另一头连珠炮似的数落声也顿时停了下来。然后，她说，对不起，老同学，有病看病，长话短说。你抓紧带曾楚来京，我给你们安排就是。我说，谢谢你，童。和我还客气上了，来吧，等你！童爱爱挂断了电话。我拿着手机的手依然没有放下来。在小窗前站了半天，童爱爱尖细的声音，像满世界发出的刺耳的雷电之声，在我的房间里回旋，让我顿然生出一丝丝屈辱。眼泪一滴滴顺着脸颊滚落下来。

七

悲伤抑或高兴的时候，我都把小窗当成一个出口，它在拯救我。对面窗户里的灯光，让我涌动不已的情绪安静下来。它正在把我带出黑暗，带出我这一无所是的生活。我为自己倒了一杯茶，放在书台上，在小窗前坐下来。

画面再次出现了。邻家的后窗，那扇关闭了整个白天的后窗，在夜晚打开。那幽深朦胧的灯光给一扇原本平淡无奇的窗户，罩上了一层神秘的色彩。男人的影子如常地出现在灯光里。他好像一直就没有离开过窗前，以至于灯光亮起来的时候，他就寂然地坐在那里。只是白天我看不见他，到了晚上，借着这幽深的灯光，我能看见他忽而清晰、忽而模糊的轮廓。在他将脸转向灯光的时候,我能看见他被灯光照亮的那半张脸。我甚至确定,那半张脸是发着暖光的,在夜晚让人有一种想要迫近它的心情。但是更多的时候,他的脸部中线正对着那只古黄色台灯。从我的角度望过去,我依然还是只能看见他的半张脸。但是以鼻梁为主峰的中轴线,凸显得很清晰,并带着一线光晕,使得他完全像某部电影里或小说里的人物,或许像我记忆中的某个镜头,带着一种虚幻的光影。

　　三木,脑子里突然闪出这个名字时,我有点惊诧。我必须确信,这世界上没有空穴来风这回事的。任何事情的发生总要有一些来由的。我极力想象着三木这个名字,它在哪里和我相遇过?是否还该有一个鲜活的灵魂与它相匹配?可是眼下,我并不能从记忆里或现实生活中搜寻到这个与之匹配的灵魂。和曾楚结婚之后,我从来没有对别的男人产生过类似现在这样的幻想。我努力在心底深处回避灵魂的所有向往,致使我的情感变得残缺。理智曾一度使我变得冷漠。而此刻,那温暖灵魂的灯光,默默地安抚着我那颗被现实穿凿得千疮百孔的心。

　　我想离那扇窗户更近一些,能感受到那个影子的气息,或者和他说上一两句话。我想了解那个影子。我感觉我要变成《后窗》里那个断了左腿的摄影师杰弗里斯,靠窥探别人的生活来打发这冗长苦闷的时光。但我又不完全像杰弗里斯那样百无聊赖。我感觉我心里有一种比他更高级的追求。这种追求是高于生活本身的，是一个囚徒在一个黯然无光的囚室里，为自己打开一扇生命的窗户。那扇窗在我的对面，又在我的身体内部。我身体内部在与那扇窗互借着灯光，我确信，我也是那个影子的影子，隔着一扇梦幻的窗，互证彼此的存在。

现在，他放下手中的书，在灯光里站起来。他和往常一样打开窗户，向窗外张望。他的头探出窗户来了。他俯瞰着院子里的竹树。他俯视了一会儿，直起头来，我看不清他的眼睛和脸上的表情，但我感觉到了，他在望着我的小窗，而且足足地望了有一刻钟。我没有开灯。我敢保证，他什么也没有看见。我的小窗一片漆黑。他会失望吗？他知道我的存在吗？我为什么要让他知道我的存在？我这样在黑暗中，让他看不见我，多安全！我的心口像挂了一只摇摆的钟表，不时地发出让人慌乱的钟声。但我控制住了自己开灯的冲动。一动不动地坐在浓黑的夜色里，望着他。我觉得此刻我是自由的。只要在暗处，不公开自己，就有一种想象的自由。可是，他完全不知道，我在做什么。他已经把探出窗外的头收回到窗子里，关闭了窗户。灯随之熄灭了。一切都像没有发生过一样，回复到原来一团漆黑的状态。

我凝视着那团黑暗，很久，我才从自己的幻想中回过神来，起身，去看望曾楚。他在手机上订火车票。他看上去很好，不得不承认，曾楚长得很好看。虽然人到中年，他的肤色和五官依然有一种天然的美感。但是老也不可阻挡地在逼近他。现在，他拿着手机的手，在灯光下显得粗糙干硬。他窝着身体，坐在床上，见我进来，他说，你如果不愿意陪我去北京，我就订上一个人的车票。我笑了，说，我说过不去吗？他说，我看得出来，你对我充满了厌倦。我说，你想多了。我已经联系过童爱爱了，她答应帮忙。哦！曾楚喉咙里发出一个含糊不清的音节。然后，他放下手机，盯着对面的书柜看了一会儿，说，如果到了北京，也让我做手术，你说我做，还是不做？我说，听医生的。曾楚说，可是现在，哪有钱做手术。我平时跟你说，要存一点保命的钱，可是你总是对钱一点概念都没有，挣上点钱都接济了你们村里那些穷亲戚，还有你的医保卡，轮流给别人用，你自己却要拿现金买药。我不知道是该说你傻呢？还是……曾楚爱抱怨的老毛病又犯了，他喋喋不休还要继续抱怨下去，而且从这件事会扯到另一件事。我立马意识到，曾楚再说下去，一场短兵相接的战争就会在我俩之间爆发。我实在无法忍受他的抱怨，他的抱怨正在毁掉一切，可是他并未意识到这一点。我怀疑他，已经不会用正常的口气说话了。

　　我转身离开，重重的关门声截断了他充满怨气的声音。因为接济那些穷亲戚的事，他已经无数次地跟我争吵。而每一次争吵，都让我看到我不想看到的曾楚的另一面——自私、狭隘、越来越计较。过去他可不是这样的。他在他的朋友们中间是出了名的大方。我和他谈恋爱的时候，每次见我，都大包小包地带着礼物来，大把为我花钱，从来没有吝啬过，和现在的曾楚简直判若两人。这种变化，让我深感痛苦。我迫使自己回到卧室，坐在小窗前。小腹突然一阵抽搐，像有一把钝器击打在左侧的腰腹部位。一股排不出来的闷气堵在心口，像一团浓稠的糨糊，越搅越稠，快要窒息了。我赶忙推开窗户，大口呼吸迎面扑来的清凉的空气，然后，趴在窗台，眼泪潮水般涌来，我忍不住呜咽起来。

一个黑影，突然出现在对面的窗户上。没有月光，也没有灯火，可是那个黑影如此真切地在邻家的后窗上晃动。他再次把那扇关闭了的窗重新打开，从窗户里探出头来，朝对面的我望过来。当我真切地注意到他在看我的时候，我心里惊慌起来，赶忙抽回身来，关上窗户，拉住窗帘，转身朝向房间里的黑暗。心在"怦怦"地跳着。是我的哭泣声惊动了他吗？还是那影子在那扇窗户里偷窥我。想到那影子在偷窥我，我顿时紧张起来。因为我也在偷窥他，难道他发现我在偷窥他吗？难道是我的行为引起了他的怀疑？不会的，我安慰自己，每次我偷窥他，我都没有开灯。我一直认为，只要我不开灯，他就不会看见他对面窗户里的任何动静，我可以随心所欲地扫视那扇窗户里的一切。可是，现在分明，两个窗户的灯都没有亮，我却看见了那个黑影。同样，那个黑影也看见了我。我确定他看见了我。如果他没有看见我，怎么会在午夜子时，突然从窗户里探出头来？难道他也和我一样，因为烦闷，想透一口气吗？

我决定，不再偷窥那个影子。我躺在床上，希望自己陷入睡眠,把这些闹心的事统统搁在睡眠的门外。可是,我却是反复地睡不着。我确定,我又要失眠了。复又起来,打开手机,百度了一个催眠音乐,把手机放在枕头边,听着。

音乐里传来滴滴答答的雨声,像是从屋檐上滴落下来的那种不连续的雨声,带着我进入到无意识。很快我就把自己交给了这种催眠的雨声,被一种潮湿温热的安全感包围起来,睡意一点点涌上来,漫过心口,漫过大脑,整个人陷入沉睡之中。

八

坐火车,还是坐飞机?我和曾楚的意见又一次发生了严重分歧。曾楚不喜欢坐飞机,他觉得飞机不安全。他说,那种悬空感让他整个飞翔过程都做好随时跳机的准备。而我不喜欢坐火车,尤其不喜欢坐那种慢悠悠的老式绿皮火车。我觉得坐绿皮火车去北京,要坐一个通宵,实在太漫长了。曾楚说,睡一觉就到了,睡觉你还能感觉到漫长?我说,你能睡着,我睡不着。我得听火车一整夜的"咔嚓"声,你不觉得很痛苦吗?我不觉得,曾楚说。曾楚坚持要坐绿皮火车,省钱又方便。这一次我做出了让步。其实,每一次都是我选择放弃自己的坚持,因为我没有办法和曾楚在这种无聊透顶的小事上争执不休。我们终于坐上了那种老掉牙的绿皮火车。时隔八年,我又一次与火车站拥挤的人群相遇。夜晚,火车无数车轮在铁轨上不停滚动时发出的"咔嚓"声,昏暗的车厢里整夜有人走动的脚步声，以及整列火车像蜗牛一样笨重而缓慢地爬行，都让我的心情压抑、烦躁。

　　曾楚在上铺已经睡着了，他粗重的鼾声，让整个车厢都能听得到。车厢里的灯光，有气无力地亮着，一个穿军装的年轻人坐在卧铺车厢过道上的小座上，一只手托着下巴，望着车窗外密不透风的夜色。他的侧面，长着疙疙瘩瘩的青春痘。没有戴军帽，头发整齐浓密。他一动不动地坐在那里，望着窗外，过道上来回走动的人，也没有惊扰到他。而窗外什么也看不到。车厢里昏暗的灯光在车窗的厚玻璃上发出反光，使得窗外的世界在这样的夜晚完全是不存在的。只有车轮在铁轨上前进的"咔嚓"声，让人意识到我们是在夜晚的长途中，和一车毫不相识的人，共度一个难熬的夜晚。

　　坐了大约有一个多小时，我估摸着。那穿军装的年轻人终于从小座上站起身来，他个子很高，大约有一米九的样子。冷傲帅气的一张脸。他旁若无人地从曾楚对面的卧铺上拖出一只背包，从里面掏出一盒方便面，去车门口打了开水泡上。返回来，又坐到那只狭窄的小座上。他依然脸朝着窗外，我不知道他能看到什么，或者他在想着什么。他那一身橄榄绿半袖军装，走路时，挺拔端正的军姿，脸上的冷酷表情与青春痘，都让我觉得有点似曾相识。我的思绪一点点顺着积满淤泥的记忆的河道，滑进了八年前的那个夜晚。

　　我也是这样乘着这趟老火车来北京，参加一个教学交流活动。睡在我对面卧铺上的旅客，就是这样一位年轻的军官。

当时，他和这位年轻人一样，也是坐在车窗前的小座上，独自一人望着窗外。其实，窗外什么也看不见。他的侧面对着我。我看见他面部隆起的中轴线，像一条起伏的山脊，在灯光里一动不动地浮着。他整个人坐在那里，就像一座山峰。开始，我是半躺在卧铺上看书。看累了，我就放下书，看他。没错，他的确很年轻，全身散发出一股逼人的青春气息。他是那么养眼，以至于除了他，这车窗里再没有什么值得我凝视的了。起初，他并不知道我在看他。当他坐够了，回过头来，我赶忙迅速把眼睛移到了别处。但是我很快发现，他开始盯着我看。他的目光冷峻而锋利，像要戳穿我心里那点隐秘的小心思。我顿时惊慌起来，从枕头边拿起那本《生活在别处》，假装看起来。他起身走到我对面的床铺边。那是他订好的卧铺。我想，这一夜，我要和这个年轻军官同住在这个狭小的卧铺车厢，这实在是一件危险又令人心跳不安的事。

如果他睡着，就好了。可是他坐在床边，脸正对着半躺在卧铺上的我，近距离地观察着我。真是咫尺之间的距离，让人无处可逃。我甚至不敢把书移开。我担心与他四目相对，不知道会发生什么。可是很快，他的问话就打破了这种尴尬。他问，你从哪里来？是到北京吗？我慢慢把书从眼睛上移开一点，以至我能看见对面这张脸。那是一张面无表情的脸，近距离地对着我。他的胳膊上搭着他的军装外套。他坐在昏暗的灯光里，是那么的耀眼，仿若一株绿蓬蓬的树叶，只在瞬间就将周围的一切罩住，将我罩住，那令人怦然心动的橄榄绿,让我有点眩晕。有那么一会儿,我竟然忘了回答他的问题,只是望着他,确认着他是否在和我说话。他又问了一遍,你是去北京吗?我点点头。他的脸上终于浮出一丝微笑,又问,一个人?我再次点点头。他说,我也去北京,搭个伴吧?他说话的时候,露出一排洁白的牙齿。

好!我回应着他。我想我当时脸上的表情一定像个花痴。

他从他的背包里掏出一包饼干,打开,递给我一片,说,威化饼干,吃一块。我赶忙摆手说,谢谢您,我不饿。他就把饼干收回去,放到自己嘴里。又从背包里掏出两个纸杯,两支咖啡,拿着到门口去冲泡。回来,递给我一杯,说,相遇是缘分,喝一杯吧。我从半躺的姿势迅疾换成端坐的姿态,接过他手里的纸杯,说了声,谢谢。

他一边喝咖啡,一边拿眼角的余光扫我的脸。那余光冰冷,让我忍不住打了个冷战。

你从哪里来?我问他。

长平!他回答,继续喝咖啡继续用眼角的余光扫我。

我脸上露出惊讶之色,哦,这么巧。你也是去北京吗?

对,去北京。他回答的声音十分冷硬。

他并没有表现出对我的热情,可是他的眼睛却似乎一刻也没有离开过我的脸。他想要干什么?我想,我不会睡的。在他没有躺下睡觉之前,我绝不给他任何可乘之机。如果他要图谋不轨,我就喊乘警来。我快速地在脑子里谋划着,一旦发生意外,我可能找到的应对之法。他喝得很慢,那杯咖啡在他手里冒着热气。他半天喝一小口，停住的时候，就抬头假装越过我的头顶，去看我对面的白墙，但是，我分明感觉，他的眼神一直停留在我的脸上。

我已经喝完了那杯咖啡，把空纸杯搁在他与我之间共用的那只小窗台上。我说，时间不早了，该睡觉了。说着，准备把坐姿变成半躺的姿态。

他没有动，继续端着纸杯里的咖啡，坐在我对面。他说，还早呢！才九点。我看了看手表，的确才九点过几分。就不好意思地笑了笑。

他说，不想聊会儿天吗？

我说，聊什么呢？我们好像没什么好聊的。

他说，我觉得，你很像一个人。

像谁？我问。

像一个死去的人。他说出的答案让我顿时非常生气。

你在诅咒我吗？在这之前，我并不认识你。

你真的很像一个人。他坚定地说，可是她死了，是我开车把她撞死的。他说着把头低下去，好像很难过。

那个人是谁？我的好奇心被他激发出来，把准备半躺下的身体又坐直了。我看见他脸上有些坑坑洼洼，是青春痘留下的痘印。另外一半脸还在继续出青春痘，但这些青春痘一点也不影响他的帅气。

我不认识她。他说，那天晚上，我开着大卡车，拉了一车物资回部队。夜间有雾，她儿子病了。她心急火燎地开车往家赶,就在一个拐弯处与我的大卡车撞在了一起。她是个医生,被我的卡车撞死了。因为这件事,我被部队下放到长平武警中队。

之前,你在哪里当兵?我问。

北京,北京总队。他回答。

哦,这也不能算是你的错。我说。

不,是我的错,我开车太快。如果慢一点,她就不会被撞死。他的头更低了,也不再看我。

可是,这种事,真的是没办法避免的。我说。

他沉默了一会儿,又说,刚开始,她并没有死。我叫救护车来,抱着她去医院。路上她还告诉了我她丈夫的电话。她丈夫赶到医院时,她还和她丈夫说,是她的错,让她丈夫不要为难我。当时,我很感动。她满脸都是血,我看不清她的长相,她受了重伤,已经说不清话了,可她还在替我着想。我当场就给医生跪下了,求医生无论如何要救活她。可是,她被推进手术室,一个小时之后,医生出来,告诉我们,她死了。

他停顿了一会儿,继续说,她的丈夫尊重她的遗愿,没有找我麻烦。但是部队依然对我作出了处罚,把我下放到小城的武警中队来。她出殡那天,我去为她送行。她的儿子被人抱着,搂着她的遗像从我身边走过去。她就在裹着黑布的相框里微笑着。她很美,我无法跟你形容我看见她遗像时的那种心情。她的孩子只有一岁。我幻想她能活过来。我一直在幻想,我能在这个世界上再遇见她。今天第一眼看见你,我一下恍惚了,你太像她了,真的。

他的描述,让我觉得像是真的。我也为那个女人难过起来。可是,我不相信这个世界上有两个没有血缘关系而完全相像的人。

他接着说,她死后,我从她丈夫和她父母那里收集到了所有她的照片,还有她的遗物:书籍,衣物,还有她的医学论文。她丈夫说,她是一位优秀的医生,曾在英国留过学。但是,她的丈夫说,他不会为她过一辈子的单身生活。她的丈夫让我感到失望。

他说着,望着那杯没喝完的咖啡,眼神里有一种琢磨不定的情愫在飘忽闪烁。

你为什么要收集那些照片和遗物,你不会是爱上了一个死人吧?我疑惑地问。

我的话或许太过直接,他又把头低下了,低得很低。然后,他喝了一口咖啡,缓缓地说,你相信,一个活人会爱上一个死人吗?

这个问题,对于我还真是一个新问题,之前我从来没思索过这个问题。我对汤显祖在《牡丹亭》里杜撰的爱情,一直是持怀疑态度。可是,我又不能否认所有超凡脱俗的爱都存在于梦幻之中这一事实。

我把我的想法告诉了他。他说,谢谢你!其实,不完全如此,她还有个孩子。我收集的这些东西,或许对孩子很重要。

当然，一岁的孩子是没有记忆的。他长大后只能借助这些遗物，来想象他的母亲。说出这些话的时候，我突然一阵心酸，眼眶潮湿起来。

他冷漠的表情，突然抽动了一下。他用手抹了一把鼻子，笑着说，我现在就是去接那个孩子回来。

你？要把那个小孩接回来？他不是有爸爸吗？

他说，那个男人再婚，他要和他的再婚妻子出国定居。对方不让他带孩子。他给我打电话说，暂时把孩子寄养到我这里。等他在国外安顿下来，再来接孩子。

哦，是这样。我还以为你在给我编故事呢。

他说，我从来不会编故事，我小时候语文学得不好，我说的都是真的。

嗯，我相信你。说出这句话时，我觉得自己有点莫名其妙，我凭什么相信他？我相信不相信他，对于他，和对于我，又有什么意义。说出这句话，似乎带有一点安慰他的意味。

他笑了，说，到现在，还不知道，你叫什么名字。

弦，琴弦的弦。我也笑着回答他。

哦，弦！我会记住你的。他说。

你没有必要记住我！我说。

谢谢你听我啰唆了这么多，耽误你睡觉了吧？他抱歉地说。

我说，不耽误，还不到十一点。

他几口喝完了杯里的咖啡,说,咖啡会让人兴奋的。我现在一点睡意都没有了。你呢?

经他这么一说,我才意识到咖啡会使人兴奋。我感觉自己的脑袋里月白风清,一点睡意也没有。我甚至还想和他聊天。就在此时,车厢里的灯灭了。我不得不在黑暗中向他道了一声:晚安。他回了一声,晚安,好梦!

很快他就进入了梦乡,清晰的鼾声,带着一个年轻男人逼人感官的气息,不断向我袭来。我心里突然有一些冲动,又有一些失落。后来就在这种莫名的失落中睡着了。

第二天醒来,他已经收拾好了他的床铺,坐在床边等着下车。看见我醒来,他很愉快地跟我打招呼,说,醒了。我说,嗯。准备下车了,他说。我说,好!我用手梳理着自己乱糟糟窝了一夜的头发。除了曾楚,他应该是第二个近距离看见我刚睡醒头没梳脸没洗的人。我感觉有些不好意思,赶忙穿上鞋子,跑到洗漱间,去刷了个牙,洗了下脸。人顿时清爽了许多。回到卧铺车厢,他还坐在那里,望着我说,你真的很像她。是吗?我一边漫不经心地回应着他,一边迅速收拾着我的床铺和东西。他说,很像,我让你看她的照片。他说着从已经收拾好的背包里掏出一个黑皮本子,里面夹着一张照片。他取出那张照片给我看。看着那张照片,我的眼神开始迷离起来。她的确很像我。这世界上真的有长得如此相像的两个人,而且会以如此方式巧合地相遇。我感觉自己是在做梦。我敲了敲自己的脑袋,有点胀疼。

没等我回过神来,他已经收起照片和黑皮本,放回包里,站起来说,火车到站了。他帮我拎起箱子往车厢外走,我跟着他。下了车,出了火车站,他问我,有没有人来接?我说,有。他说,那就不管你了,就此别过。说完,他快步向另一个方向走去。他那高大挺拔的影子一眨眼就消失在刚下车的人流之中。

八年过去了,当我再次乘着这种老旧的绿皮火车去往北京时,在这昏暗的车厢里,望着坐在对面的这个年轻的军人,那扇关闭得严严实实的记忆之门,突然之间打开了,那条我搜索了多日的轮廓线条,清晰地在脑子里浮现出来。年轻军官坚硬的棱角分明的面部轮廓和我夜夜在邻家后窗里看到的影子叠合在一起。是他吗?那个我给他取名叫三木的影子,是那个八年前我偶遇的那个年轻人吗?我独自摇头,觉得自己的想象力正把我平淡无奇的生活带入一个完全故事化的颇具戏剧性的想象之中。那团柔黄的灯光围拢在我的四周,让这个枯寂沉闷的长途之夜,有了某种慰藉。听着火车"咔嚓咔嚓"行进的声音。我的思绪一直漂浮在那片橄榄绿和那片灯光里。

八年,自然是可以让一个人忘记很多事。如果这次不是曾楚固执地要坐这种老旧的绿皮火车,我是无论如何也想不起来与那个军官的相遇。我为这个失而复得的记忆,感谢曾楚。八年的时间,可以改变一个人,也可以改变一个时代。我无法想象出八年后那个军官的面貌,我甚至不知道他叫什么名字。因为我当时压根就没有想过,以后会和他再有交集。之后,我迅速忘掉了他,忘掉如他一样许多擦肩而过的人。其间,又发生过很多类似的事情,换着形态滑过我匆匆而过的生命旅途,我也都近乎忘了。而此刻,我并非想要重温与那个军官的相遇,完全是受了某种意外的启示,那逝去的忽又重现,而且如此清晰,让我在脆弱冗长的旅途中,感到一丝惊喜。

九

北京的早晨,以急促和忙乱迎接我们。

我俩随着出站的人群走在这朗朗晴空之下。那晴空那么高,那么远,让我突然生出一种空荡荡的无助感。而低头看见前面穿梭的车辆与行人,那种无助感和一种置身于人群之中茫然无着的恓惶感交织在一起,一丝没有来由的绝望摄住我的神经。我在车站外,感到身体某处猛烈地抽搐了一下,左下侧腹部就条件反射似的疼了起来。我一手按住腹部,一手举起来,挡住空中射来的太阳的强光,走在车站外纷杂的人流里。曾楚推着拉杆箱走在我的前面。他似乎被首都的好天气包裹着,忘了自己的眼疾。他不停地顾盼左右,并用充满深情的语调说,变化真大啊,火车站的空气都这么好!他赞不绝口地夸着北京的变化,像一个初来乍到的人,好奇地打量着这座古老而忙碌的都市。实际上,曾楚是一个见过世面的人。他经常一个人开车,到全国各地旅游。中国没有他没去过的地方。他也是北京的常客,一年之中,他至少要来北京七八次。他的很多同学朋友都在北京工作。从喜欢旅游这个爱好上推断一个人,他应该是一个好动的人。可是偏偏很多矛盾的性格集中在曾楚身上,让我有时候无法给出他一个清晰的性格判定。一个喜欢旅游却无比懒惰的人,这是一个不成立的判断,没有人会相信我对自己丈夫的这种白描式的写法。我也常常怀疑自己对曾楚有了一种积重难返的偏见。懒惰,爱抱怨,有着一个冗长复杂的大脑。这些对曾楚定性的描述词汇,常常让我惊讶于我当初的选择。我惊讶于白痴一般的少年与青年的我,在择偶这件事上,是毫无经验的,也从来没有人告诉过我,如何去选择一个丈夫。我和曾楚的结合,更像是一场交易。那时候,我只有十八岁,母亲突然病逝。父亲种了二亩三分地,勉强可以糊口。我月月面临交不起伙食费的尴尬。曾楚是我的高中同学,是他源源不断地接济,帮我考上了大学。当然,并不完全因为经济上的需要。中学时候的曾楚,是我们班最帅最深沉的男生。一个家庭条件优越又不张扬的男生,自然博得了全班同学的好感。男生嫉妒他,女生爱慕他,给他写情书的女生很多。他选择我,也并非他多么喜欢我,我们班比我漂亮的女生多的是。曾楚最终选择和我在一起,完全是因为我爱读书的缘故。他说,这一点,我和他的母亲很像。他希望他找一个让他母亲满意的妻子。而至于他是否满意,他并不太在意。这是曾楚结婚后和我吵架的时候说的话,由此我确信,当初曾楚并不是因为喜欢我而和我结婚的,而是因为别的。这句话虽然让我很长时间都处于一种不能消解的痛苦当中,但更让我无法自拔的是现在的生活。曾楚的沉沦和自甘堕落的状态,让我压抑而无路可寻。他的眼病绝非一个偶然的果,而是他长期不自律的生活造成的。而这个果并不是他一个人能够承受的,它必然要转嫁给整个家庭,最主要是我必须责无旁贷地去吞下这个苦果。我有一百个可以预防这个苦果长出的办法,可是曾楚对我给他提出的任何解决办法都充耳不闻。我有时候,感觉我身边这个男人,是一个完全闭目塞听的人。他只在自己自以为是的世界里坠落,而又无比享受这种坠落的过程。或许我该做的,是看着他坠落,而不吱一声。我所有的话,对于曾楚似乎都是一种折磨,正如他的声音对我是一种折磨一样。

坐在通往同仁医院的出租车上,我被一种灰色的情绪紧紧地裹挟着。闭着眼睛,迫使自己从这些不由自主的困顿中逃离,在无意识的某个安静的小站里停留一会儿。无意识是我们的保护神,它总是在一个人最无力的时候,悄悄地潜入身心某处,像仁慈的神一样帮助我们渡过难关。我就这样在无意识之神的安抚下睡着了。醒来,已经到了医院。童爱爱早已等在那里。她那满身火烧火燎的热情,散发在刺眼的阳光里,远远地就让人感受到了。她那一身红裙子,像一团火焰包围着我。她的胳膊紧紧将我搂住,让我有点喘不过气来。十年不见,已经中年的我,经过了无数的人与事,已经完全可以接受这个风火轮一样的女人了。而之前，我对童爱爱是反感的。她的张扬，让她像一只永不能着陆的气球，飘在空中。我并不看好她的未来。我始终认为一个行走在半空中的人，总有一天会从半空掉下来，摔个半死的。可是结果出乎我的预料，童爱爱不仅越混越好，而且还找了一个比她小十岁的小鲜肉。去年她刚刚结了婚。她带着满脸满身的喜气出现在我面前时，我头脑有点发蒙。或许是连日来失眠的缘故，也或许是她的热度太高，我木然地被她拥抱，没有一点他乡遇故知的喜悦。

在童爱爱的安排下，我们顺着她的就诊绿色通道，见到一位专治高血糖并发症的老专家。他先让曾楚做散瞳检查。

散瞳？我不解地望着童爱爱，她那张越来越年轻的脸，涂着一层薄薄的脂粉。由于皮肤有些干燥，脂粉浮在表皮上，近看，还能看见一个个塞满粉底液的小毛孔。但是这些都挡不住她的勃勃生机。她一边数落我无知，一边带着我们穿过医院挤满患者的长廊往验光室走。她说，你呀，教书教成呆子了，连散瞳都不知道。散瞳就是一种检查，就是将眼珠子散大，看看里面有没有病变。按照医学术语讲，就是通过放大瞳孔，来观察晶状体、玻璃体以及视网膜等眼部组织有没有发生病变。散瞳一般分为两种：快速散瞳和慢速散瞳。曾楚做的是快速散瞳，主要是看看眼底出血的情况。听起来好像很生猛吧，容易让人联想到人死之前瞳孔放大的情形。其实，不过是一种正常的眼科检查而已，一点事都没有。童爱爱说得头头是道，我和曾楚对她既感激，又佩服。我说，十年不见，你都成医学专家了。童爱爱大笑，然后附在我耳边小声说，必须成为专家，否则，我怎么挣病人的钱。

做完散瞳，曾楚说，看东西比没做检查前更模糊了，好像眼里的飞蝇更多了。童爱爱说，什么飞蝇，那是血点。曾楚说，像飞蝇。童爱爱说，你得减肥了。糖尿病都是吃出来的。曾楚就不好意思地笑了笑说，的确该减了。童爱爱见曾楚不好意思，就取笑他说，几十岁的人了，还和中学时一样羞涩，大姑娘一个。我告诉你啊，曾楚，对付高血糖，除了管住嘴，迈开腿，没什么好办法。曾楚低着头，像小学生一样听着童爱爱的教诲。我跟在他们后面往专家诊室走。

老专家说，散瞳发现曾楚的两只眼睛都出了血，需要做激光凝血治疗。激光凝血之后，还需要打针。

打什么针？曾楚问。

一种进口的专治眼底出血症的针，需要连续打六个月。老专家说。

一针多少钱？

有贵的，也有便宜的。我建议你，打贵一点的，这种进口针临床用得很好。

这种针，医保上能报销吗？我问。

老专家摇摇头说，这种针，医院现在还没有。需要去另外一个私人门诊去打。

曾楚犹豫了一下说，要是我不打呢，眼睛会瞎吗？

老专家抬起藏在老花镜后面的一双惊诧的小眼睛盯着曾楚看了一会儿，说，有这个可能。

从诊室出来，曾楚心情很坏。童爱爱说，听专家的话，先激光治疗。至于那种针，打不打，再说。曾楚说，激光我也不想治疗了。童爱爱就瞪大眼睛盯着曾楚问，为什么？曾楚说，我怀疑这个医生不是好人。童爱爱就嚷嚷起来，你怎么能怀疑医生。这靳主任可是同仁医院的权威专家，给多少人看过病，又不止你一个。曾楚说，你小声点，这是医院。童爱爱的声音降低了八度，继续劝说曾楚，不做激光，会继续出血，大量的瘀血积到眼珠子里，保不准会引起视网膜病变，后果很严重。曾楚说，我考虑一下。

出了同仁医院门诊楼，童爱爱的声音立马就释放出来，继续嚷着要曾楚尽快去打激光。曾楚说，做了散瞳，本来左眼没有出血，现在弄得左眼也出了血。要做了激光，两只眼都瞎了，咋办？曾楚的话让童爱爱那张粉白的脸突然变得紫青，她被曾楚气坏了，用手指着曾楚的鼻子大声吼道，曾楚，你怎么能这样说。难不成医生会害你？算了我不再管你这鸟人了！她按住自己的胸口，深呼吸了两口，回过头来，对我说，弦，号我给你们加了，专家我给你们找了。我尽力了，打不打，你们自己看着办。我还有事，我先走了。童爱爱一甩长发，把我和曾楚撂在路边，自己开车走了。

我和曾楚站在那里，像两个傻瓜愣愣地站了好半天才回过神来。我说，这下好了，北京这么大，不像咱那小县城，随时可以挂号看病。要是童爱爱不帮忙,我们连号都挂不上。曾楚说,大不了不看了,订票回家。我说,你说得可真轻松,坐了一夜火车,就是为了来北京赌一场气回去?

那你说怎么办?曾楚这时候表现出束手无策的怂样。我说,先找酒店住下,再想办法吧。

十

同仁医院旁边有一条老巷子,来的时候出租车司机就告诉我们,那条老巷里有很多小旅馆,我们如果在同仁医院看病,住在那条老巷里,最方便。童爱爱被曾楚气跑了。按照常理,她应该尽地主之谊,请我们吃一顿饭的。曾楚是个不会说话的人。和一个不会说话的人在一起,要时常准备陷入一场语言软暴力带来的危险。现在曾楚又开始抱怨我,不该找童爱爱帮忙。我知道,无论如何曾楚都能找到抱怨我的理由。我有时候想,我完全可以像童爱爱一样,不再忍受曾楚的抱怨,和他一拍两散。但是想到小鹿,意识里就有一个清晰的声音跟我说,无论里子上的窟窿有多少,面子上还是一袭华美的锦袍。这条华美的锦袍还可以给孩子挡住无数世俗的风寒。想到这里,我就退回去,重新调整自己的情绪。

我们在那条老巷里找了半天,才找到一个刚退出的房间。这个小旅馆叫玛雅旅舍。我们第二次路过它的时候,被服务员喊住,说有人刚好退了一个房间让我们去住。玛雅旅舍虽然小了一点,但旅舍里的装饰颇有一番玛雅文化的情调。从旅舍大堂到住宿的房间有一条很深的走廊，摆放着各种石头神像。石头神像下面写着玛雅诸神的名字。刚才被童爱爱和曾楚弄得一片瓦砾的心情，此刻稍稍好了一点。但路过这些石头神像时，还是一点观赏的兴致都没有。倒是曾楚表现出一种反常的状态。他那张充满怨气的脸，此刻在走廊朦胧幽暗的灯光下，显得十分平静。他还跟我讲起玛雅人关于地球末日的预言。你真信啊？我说。真信，人有生死，地球也有生死。所以，末日终究会来的。曾楚说话的时候，口气平静得让我倒抽了一口凉气。我说，可是玛雅人连自己的末日都没有预测准，他们怎么可能预测地球的末日。我用手摸着玉米神尤姆·卡克斯。它是玛雅这个玉米王国的第三大神祇，代表着繁荣与富足。曾楚摇了摇头，说，我给你和玉米神照个相吧。他说着，举起手机对着我和尤姆。他说，你老了，近镜头拍出来都是皱纹，我离远一点给你拍。他拿着手机往后退了几步。他的话让我稍好起来的心情又落了一层灰。可是曾楚现在是个病人，我此刻不能和一个病人计较。我对着他的手机镜头从嘴角挤出一丝微笑。曾楚在镜头后面看着我说，脸老不怕，怕的是心老。心不老，人就不会老。他大概是觉得自己刚才那句话说得有些过了，又补充了这句多余的毫无实际内容的套话。

  我笑了笑，说，我不怕老。我是怕我老了，没有人陪我过日子。

  这句话一出口就显得很矫情，很虚假，可是我似乎又找不到更温暖的语言来安慰他。他看着我,脸上掠过一丝不易觉察的苦笑,他说,我明天去找专家,打激光吧。他的声音很低,像一阵穿堂而过的凉风。我的心像被针尖扎了一下,生疼。

玛雅旅舍的房间很小,曾楚抱怨说,打不开一个转身。我说,在北京这样一个寸土寸金的地方,有个地方住就不错了。曾楚说,只要你晚上不嫌我打呼噜。我看了看那张不到一米五宽的单人床,笑了一下说,房间大,你不也照样打呼噜?曾楚说,陪我睡觉,对于你,是一种痛苦吧?我说,不是陪你睡觉痛苦,是我的失眠让我痛苦。曾楚说,你跟了我一辈子了,就没见你睡觉好过。即使不和我睡一屋,你不是也睡不着吗?所以,你的失眠,不是病,是心理问题。这样的话,曾楚已经跟我说过一百遍了。他从来不说,你失眠,要不要去看医生?他总认为我的失眠不是病,是心理问题。在这个问题上,我已经失去向他寻求帮助的愿望。

曾楚衣服也没脱,就把自己扔到那只单人床上,想睡觉。我问他,不吃午饭了吗?他说,我不想吃了。你想吃,你自己出去吃吧。

分歧像一缕缕看不见的灰尘堆积在我和曾楚之间,挡住了所有的光,我对他的希望,或他对我的希望,刚从心里升起来一点,就幻灭了。我坐在房间靠窗的那只三角沙发上,望窗外的老巷,还有对面低矮的古色古香的民宿。其实,我们居住的这个旅舍也是一个普通的民宿,只是这家的老板一定是一个喜欢玛雅文化的人。房间里的布置也别有一番中美洲的风情。

对面的民宿洞开着一排古老的格格窗户,有的还贴了红窗花。这让我想起家乡的老屋,也想起小楼对面的那个影子。想起那个影子,我心里那被坏情绪缠绕成的麻线疙瘩,就一点点散开。一缕阳光从窗户上斜照进来,我就那样坐在阳光里,听着曾楚越来越重的呼噜声。连日来的失眠,再加上饥饿,让我心里出现了一种心悸似的恐慌感,仿佛每一个毛孔都住满了空落落的绝望。在这样一个狭小陌生的空间里,我发现,我对曾楚的厌烦和偏见是那样的无法改变,恍如在一场噩梦的泥潭里跋涉。我努力地想要修复我和曾楚的感情,却感觉那座被称为婚姻的大山,因为长期被无所顾忌地采掘,已经成了采空区。那一道道巨大的裂缝,让人望而却步。可是这个布满裂缝的婚姻之山,依然存在着,还要存在很多年。直至老去,直至死后,小鹿还会把我和曾楚合葬在同一个墓里,生生死死地纠缠在一起。

我不敢想下去,再想下去,我保不准会自杀。想到自杀,我心口一阵寒战。无论如何,我得避开这种决绝的念头。我要回避这种事情的发生。我也从不认为自杀是一个勇敢并值得称颂的行为。但事实上,一个希望活着的人,每天都在和自杀搏斗。这种自杀不是跳楼,不是投河,不是割腕咬舌,也不是上吊服毒,而是堕落,是放纵,是推延,是沉迷,是消极,是悲伤,是怨恨,这些都是另一种形式的慢性自杀。

我们与其搏斗，寻找各种拯救自己的办法。最后，会发现，除了下决心改变自己，没有人会给你提供任何救援。你必须在自己密不透风的生命里撕开一个口子，让自己活下去。

十一

打完激光，曾楚的两只眼睛都蒙上了纱布。我扶着曾楚从医院回到旅舍。童爱爱没有陪我们去医院。她给那位老专家打了电话。她在电话里告诉我，她的就医绿色通道是要收费的。她上午要接待一个从老家来的病人，一上午能挣两万多。这么多啊？我惊讶地问。当然，你以为呢，在北京看病有多难，你知道吗？你们来，我念在老同学的份上，没问你们要一分钱，曾楚连个感谢都没有，还说混账话。我一听就火了。我说，谢谢你，童！童爱爱没有时间听我啰唆。她说有患者要往别的医院送，就把电话挂了。我知道北京各大医院都有她的绿色通道。

我把曾楚安顿到旅舍，就到附近的饭店买了饭菜打包回来。纱布蒙着眼睛的曾楚只能躺在床上。我买回来的米饭配菜，他也不想吃。他说，眼睛疼。我说，刚打过激光，能不疼。他说，活受呢！我说，自作自受。他说，有你这样的老婆，我不受也不行。我说，我提醒过你，你不听。他说，人吃五谷生百病，你就敢保证你不得病？我说，我不敢保证。但我总能保证自己不去犯那些损害身体的低级错误。曾楚说，这世界上哪个人能保证一点都不损害自己的身体？我们吃的蔬菜上有农药,我们吃的粮食是污染过的土地长出来的,我们吃的猪肉鸡肉,是激素吹大的。我们吃的———

行了,我把曾楚的话截住,说,我知道你会罗列几车厢的客观理由,可是,坏习惯才是健康的最大杀手。你抽烟喝酒熬夜,这些不都是致病的原因?

曾楚不再说话了,他躺在那里,眼上的白纱布让他看上去更像一个病人。我不能和一个病人争吵。我赶忙闭住了自己的嘴。

晚上,童爱爱打电话说,要请我和曾楚吃饭。曾楚说,不去。我说,童爱爱帮了咱们的忙,本来该咱们请人家吃饭。现在人家请我们,我们还不去,有点说不过去吧?曾楚就勉强答应了。出门前,我帮曾楚拆掉了眼上的纱布。曾楚说,看不清。我安慰他,恢复几天就好了。他托着我的肩膀出了旅舍,出了老巷,打了辆出租车,按照童爱爱发来的地址,我们到了二环一个叫尚城的五星级酒店。

到了酒店门口,曾楚突然说,不想进去了。他抬头望着酒店大楼上空流动的火红色的晚霞说,她这哪里是想请咱俩吃饭,她这分明是想炫富。曾楚心思复杂,这个我清楚,但童爱爱跟我炫富,这一层我没有想到。我觉得曾楚是对童爱爱产生了偏见。我说,不会的,再说童爱爱又不是什么大老板,她有什么富可炫耀?曾楚说,她想证明自己过得比咱们好。我摇了摇头。我不否认童爱爱在北京混得不错这一事实。但她如果跟我攀比,这也太滑稽了。我和她十年见了一次面,往常井水不犯河水。她过得好不好，又不妨碍我，同样我过得好不好，也不妨碍她，干吗要攀比呢？我知道曾楚的攀比心一向是非常严重的。他那颗心总让他把一个人往坏处想。可是无论怎样劝说，曾楚都坚决要打车返回旅舍，不去赴童爱爱的鸿门宴。没办法，我只好让他打车回去。我一个人去和童爱爱吃饭。

令我没有想到的是，童爱爱并不是专门请我吃饭。除了我，她还请了男男女女十几个人。一桌人，除了童爱爱我一个也不认识。这让我很尴尬。一进门，看到那么多人，我就想撤，童爱爱赶忙跑到门口使劲拉我进去，并向一桌人介绍我，什么优秀的人民教师，才女加美女，夸得我起了一身鸡皮疙瘩。为了照顾童爱爱的面子，我只好硬着头皮坐下来。童爱爱又一一给我介绍了她的朋友。张总，李总，韩总，都是老总。其中还有两个韩国人。他们说韩语，我听不懂，童爱爱能听懂。他们彼此称兄道妹，非常熟悉，一看就是那种经常混在一起的朋友。整个饭桌上，只有我一个人显得多余而寂寞。我看着这散发着浓浓的江湖之气的宴席，庆幸曾楚没有来。否则，他的自尊心肯定受不了。曾楚这一次对童爱爱的判断是对的，她不只是在向我炫富，她还在故意炫耀她的交际圈。他们之间推杯换盏，不惜溢美之词，互相吹捧，一个个表现出财大气粗又侠肝义胆的英雄主义，其实不过是一群空虚的灵魂，一群极度无聊的混客。但出于礼貌，我还是坚持到了最后。从饭店出来，童爱爱开车送我。我说，你喝了酒,不能开车。她说,我没有喝,我杯子里的酒都是白开水。我说,你真行。

路上,童爱爱说起她在京闯荡的经历,她说,多亏这些朋友帮忙,才活到现在。我说,这些朋友看样子很江湖,你能招架得了?她说,开始也招架不了。这帮人野蛮得很,都是吃生肉长大的。可是一旦成了朋友,这帮人还真够意思。

怎么个够意思?我问。

帮你办事一点都不含糊。我这个绿色通道,都是他们凑钱找关系帮忙弄起来的,现在运行得很好。童爱爱熟练地开着车,带着我穿行在首都的夜色中。我突然发现,我身边这个童爱爱,已经不是十年前那个穷得叮叮当当经常跑到我家混饭吃的那个童爱爱了。她变得胆大,粗野,陌生。在老巷口,我下了车,心里翻腾着一股杂陈的味道。我自是不会羡慕或者嫉妒童爱爱这种人的。我只是觉得她的变化超出了我对她的预判。我感到一阵莫名的沮丧。

独自走在京城这条夜深人静的老巷里,看着那些闪烁着灯光的格格窗,我想起我的小楼,想起对面的窗户,想起灯光和影子,想起影子的侧影和那个军官的轮廓。他们是那样的相似,以至于,我感觉像一个晃动在现实生活中的梦境。此刻老巷里这些映着灯光的窗户,也让我感觉不像是真的。我努力清醒着自己,我确信我并没有喝太多的酒。我只是出于礼貌,和童爱爱的朋友碰了几杯。可是童爱爱带来的茅台,度数比较高,让我感觉有点头晕,轻飘飘得像一缕月光在老巷里飘着。邻家窗户里那个叫三木的影子也好像跟着我来了,在我的身后忽近忽远地跟着。我突然感觉那时常让我感到拖不动的沉重的肉体消失了,只有两个影子在月光下的老巷里一前一后地飘着,飘着。我抓不住自己的影子,也抓不住那个叫三木的影子。我只能看着它们在这个异乡的深巷里,像两只蜉蝣的灵魂,隔着一个适当的距离,不远不近地浮动着。

十二

我晕晕乎乎回到旅舍时,曾楚还没有睡。我问他吃晚饭没有?他说,吃了。他问我,童爱爱在鸿门宴上有没有舞剑?我说,舞了。曾楚就笑了。我说,你笑啥?他说,童爱爱那种人,浮夸和炫耀是她的两把剑,没有这两把剑,她就舞不起来。可是,她确实舞起来了。我说,也就乱舞一阵,你等着瞧吧。曾楚也不看好童爱爱。在这一点,我俩终于达成共识了。此刻,我们对童爱爱的一致评价,掩盖了我俩内部那无法弥合的裂痕。我俩开始热烈地谈论起童爱爱。曾楚说,童爱爱当初在我们班就是个笑话。她居然不知道交际花是什么意思,自称自己是一朵黑色的交际花,还给每个同学的抽屉里放了一张纸条:上面写着:黑色交际花——童爱爱。我怎么不记得这件事了,我说,不过就今天晚上我见到的情景,我觉得童爱爱从小就有和人交际的天赋,她对自己的定位是很准的,准个屁。她根本就不知道交际花的意思,她还以为交际花是个褒义词呢。但交际花也不算是个贬义词吧?女人爱交际，又不违法。我说。曾楚说，但我无法想象一个女人混在一群男人中间，会有什么好事发生。今天晚上真该让你见识一下童爱爱，一个女人的江湖。我说。曾楚大笑起来，说，一个女人的江湖！她不仅是在炫富，还在炫情人吧？情人倒也不是，好像都是她的江湖兄弟。我说，她还请了别人。原来是把我俩捎带上了，亏我没去，曾楚说。

我不再说话，心里有些烦闷，便倒头睡了。

一早，童爱爱就打来电话，问曾楚要不要去打针？我说，打什么针？童爱爱说，昨天靳主任说的那种进口针，一针九千多的那种。

九千多？我举着电话的手抖了一下，回头看着曾楚。他也已醒了，在被子里看电视。他听见童爱爱在电话里的声音，朝我摇摇头，说，不打。我和童爱爱说，曾楚不想打。童爱爱说，不打恐怕不行，打激光只能起到凝血的作用，要从根本上治疗，还是得打针，而且进口针效果非常好，副作用小。我又回头看曾楚，曾楚继续摇头，说，不打。我和童爱爱说，我和曾楚商量一下。童爱爱就在电话里大声嚷嚷起来，是命重要，还是钱重要，你俩是典型的要钱不要命的人。说完，不客气地挂断了电话。

曾楚已经在网上订好了返程的火车票。我说，你确定不打针？他说，一针九千多，打半年，六九五万四千多。我俩没有那么多钱？再说，进口针又不能报销。我去借钱，我说。曾楚一边往箱子里收拾东西，一边回头看了看我。我知道曾楚不会让我去借钱。我说也是白说。没病的时候,我和曾楚没有感到没钱的危机,有钱就花,没钱也可以不花。买了一套房子花了一百万,贷款还没有还清。我和曾楚的工资加起来不到八千块钱,除了每个月五千多块钱房贷,寄给小鹿一个月两千块钱生活费,就所剩不多了。哪有钱存银行。我和曾楚的生活一直是紧巴巴的。可就是这紧巴巴的生活,曾楚还要从牙缝里挤出一部分钱来抽烟喝酒旅游。他平日似乎并不为钱发愁。我和曾楚都是那种不拿钱当钱的人。可是真到用钱的时候,卡里空空,就没了底气。曾楚平时那嘹亮的男高音也顿时低了八度。我想坐飞机回家的愿望终究也没敢说出口。

回去时,又坐上了那种老式的绿皮火车。

十三

路上,我重温了一遍八年前与那个军官的相遇。他的故事,他的冷峻锋利的眼神,冷硬果断的声音,出着青春痘的脸,那个被他撞死的医生,那张照片里的和我极其相像的脸,所有这些都在我的脑子里像过电影一样回放了一遍。它们仿佛在一个遥远的梦里出现过,可是现在如此清晰,如此真切,就像发生在前天去的路上。我闭着眼睛,想着那张照片里的女医生,天使一样的脸庞,真的和我有几分神似呢。不只是神似,她那一字清眉,整齐的刘海,清澈的眼神,都和我如同孪生姐妹,以至于我感觉这个世界,会有一些奇迹发生。

天黑的时候，我们回到了家。一进门，扑面而来一股呛鼻的焦煳味，把我和曾楚都吓了一跳。什么东西烧煳了，妈，你把什么东西烧煳了？曾楚大声地喊。婆婆慌里慌张地从卧室里跑出来，嘴里呀呀地叫着，我忘了，米粥在火上熬着。

　　曾楚扔下拉杆箱，冲进厨房，关掉液化气。满屋的焦煳味，让我又闻到了往日旧生活的气息。曾楚责怪了婆婆一顿，就独自上楼抽烟去了。一路没有抽烟，他急迫地要把自己关在书房里抽几口。我和婆婆说了一下曾楚的情况，也提着箱子上了楼。生活似乎又恢复到了原来的样子！

　　收拾完箱子里的东西。我倒了一杯茶，回到卧室，坐在小窗前，望着对面那扇窗户。那只熟悉的古黄色台灯已经亮起来了。男人的影子出现在窗户上。我站在一团漆黑的夜色里，审视对面灯光里的影子。八年前，那个年轻的军官和眼前这个穿着深蓝色T恤的成熟男人的影子，让我无法确定他们是一个人。

　　影子背着灯光转向窗外。他没有像往常一样坐下来读书，而是站在窗前，背对着灯光，脸朝着我面前这扇小窗。因为背着光，我无法完全看清楚他的脸。但他的体型和那个军官的体型如此切合，让我确信，他们是一个人。可是，他怎么会住到这里？天下哪有这种巧合？我在黑暗中漠然地想着，努力否定着自己这种移花接木的联想。

　　或许是太累的缘故。我的脑子里乱纷纷，注意力无法集中在那个影子上，身体的疲乏，让我不得不反身躺回自己的小床上。连日来的奔波,让我来不及想明白对面的影子和那个军官的关系就迷迷糊糊地睡着了。

梦中,我来到邻家的院门前。一道和我家一样的铁栅栏门突然被打开,影子出现在我面前。朦胧的月光下,我看清楚了,是他,那个军官,他虽然没有穿军装,但是我依然一眼就认出了他。

是你!我站在他的影子里。

是我!他说,低沉的男中音。

你知道我住在这里吗?我说着走进院子,闻到一股浓浓的花香。

他说,不知道。住到这里以后,才知道的。他跟在我后面进了他家的小楼。

屋子里收拾得井然有序。

孩子呢?我问。

睡了,在楼上。他说。

我在他家的木头沙发上坐下。他为我端来一杯咖啡。

咖啡?我看着那暗红的液体,在一只青花瓷小杯里散发出一股清香。他在我对面坐下。灯光柔和,给他的脸罩上了一层暖黄的光晕,使得他看起来那么温和,又那么成熟。

太巧了吧。我说。

他说,无巧不成书。你可以把我们的故事写成一本书。他平淡地说,并没有因为我的到来表现出惊讶,或惊喜。

你早就认出了我吗?我试图知道,他是不是知道我在偷窥他。

没有。开始没有注意到你。是后来慢慢认出来的。他说。

我可以看看那个孩子吗？我提出这个要求时，自己也吃了一惊。

他说，你，跟我来。他说着站起来，带我上了二楼。

二楼，正如我透过那扇黑框窗户看到的，褐色的书架，宽大的书桌，书桌上那只亮着的古黄色羊皮罩的台灯。而那个灯光里的影子，此刻就站在我的面前。

之后，他带我进了一个房间，里面睡着一个孩子。开门声把孩子惊醒了。他轻轻叫了一声，爸爸！翻了一下身，又睡过去。借着朦胧的灯光，我看见房间四周的墙壁上，挂满了一个女人的照片。为了让我看清楚那些照片，他打开手机上的手电筒，一张一张照着，让我看过去。

那个女人的风情万种在电光里浮现闪耀。她在电光里朝我笑着，温柔地，深情地笑着。她真的好美，美得让人有点嫉妒。那纯净的清澈的超凡脱俗的笑容，用什么词语形容呢？他说，她像天使！天使是不能停留在人间的，所以她到天上去了。

从孩子的房间退出来，我心里涌动着一股莫名的潮水。

他问我，怎么样？是你吗？

我摇摇头，说，不是我。当然不是我。可是，如果她还活着，真的可以以假乱真的。

我跟孩子说，妈妈还活着。有一天，妈妈会来找你的，所以孩子每天都在等着。他说。

哦，难怪那天，他扒在我家院门上，叫我妈妈。可是那个女人是谁？那天早晨，我分明看见有个女的，带着孩子去上学。

她是我姐姐。偶尔她会来帮我带一下孩子。他说。

孩子的亲爸爸呢？我问。

自从我把孩子接回来，他就没有来过。如果他肯要这个孩子，他早就来找我了。他不来，就足以说明，他不想要这个孩子了。

哦，我明白了。可是，我能帮你做些什么呢？我问。

我想让你假扮孩子的妈妈。他说。

假扮孩子的妈妈。这个我能做到。但是，从明天起，你得把孩子交给我来带。

这个不行。孩子只能由我来带。他连连摇头。

既然你让我扮演他的妈妈，孩子怎么能不和妈妈生活在一起呢？

但是，他也必须和爸爸在一起啊。

我和他都为难起来，不知道该如何解决孩子应该由谁带的问题。

弦！他突然叫了我一声。

哦，我愣一下，他还记得我叫弦。他低头看着我，他眼睛里有一种让我无法抗拒的东西，我躲闪着，问，你叫什么名字？

他说，我叫三木，三木！

哦，三木！我低低地叫了一声，仰起头望着他。模糊的灯光里，我看见他的眼睛里有一颗颗亮晶晶的东西落下来，落在我的脸上。他逼视着我，他的鼻子和嘴唇压迫着我，让我感到喘不上气来！我想要从他的压迫中逃走，猛烈地抬了一下腿，醒了！

清晨的鸟鸣正从窗外传来。我闭着眼睛，试图把自己留在梦里。但是晨光已漫进小窗，涌满了屋子。一切正在秩序之神无言的召唤中醒来。一只大鸟，叫着掠过我的窗户，它的清晰的叫声落在梦外崭新的日出里。这一切让我的心里荡漾出一种莫名的欢悦。

空气中飘来一股浓浓的咖啡的香味。曾楚手里端着一只小瓷杯，推开我小卧室的门。他已洗漱完毕，穿戴整齐，清清爽爽地站在我卧室的门口。有那么一会儿，我以为自己还在做梦。我揉揉眼睛，从被子里钻出来，坐直身体。我看清楚了，的确是曾楚站在那里，手里端着一只青瓷小杯。那是我在一次深圳文博会上给他买的一只骨瓷杯。那浓烈的咖啡的香气就是从那只小瓷杯里散发出来的。

曾楚的脸浸在柔和的晨光里，像是换了一个人。他说，你昨晚睡得好吗？我说，还好。他说，我刚刚在京东上买了一套情侣运动服，黑色的和橘红色的。我把截屏发给你看看。我说，好。从今天起，我要开始跑步，你要和我一起吗？他问。我点点头。他说，我想，我们应该开始一个新生活。

走向烤鸭店

新生活？我望着他。咖啡的浓香诱惑着我的嗅觉。我说，你可以给我冲一杯咖啡吗？他转身去给我冲咖啡。他身后那棵越爬越高的龟背叶，又长出一片崭新的叶子。